PAUL STAPFER

Professeur à l'Université de Bordeaux
Doyen honoraire de la Faculté des Lettres

Victor Hugo

ET LA

Grande Poésie Satirique

en France

PARIS

SOCIÉTÉ D'ÉDITIONS LITTÉRAIRES ET ARTISTIQUES

Librairie Paul Ollendorff

50, CHAUSSÉE D'ANTIN, 50

1901

❖JEANNE RABA❖

Victor Hugo

ET LA

Grande Poésie Satirique en France

OUVRAGES DU MÊME AUTEUR

A LA LIBRAIRIE ARMAND COLIN

Racine et Victor Hugo (6ᵉ édition), 1 vol. in-12.......... 3 50
Rabelais. *Sa personne, son génie, son œuvre* (4ᵉ édition), 1 vol.
in-12.. 4 »

A LA LIBRAIRIE FISCHBACHER

La grande prédication chrétienne en France. *Bossuet, Adolphe
Monod* (couronné par l'Académie française), 1 vol. in-8.. 7 »
Gœthe et ses deux chefs-d'œuvre classiques, 1 vol. in-12. 3 50
Études sur la Littérature française moderne et contemporaine,
1 vol. in-12.................................. ..... 3 50
Variétés morales et littéraires, 1 vol. in-12............. 3 50
Laurence Sterne. *Sa personne et ses ouvrages,* 1 vol. in-8. 7 »
Les Artistes juges et parties :
　　Causeries guernesiaises, 1 vol. in-8........... (épuisé).
　　Causeries parisiennes, 1 vol. in-12............ (épuisé).
Shakespeare et l'Antiquité, suivi de **Molière, Shakespeare et
la Critique allemande,** 2 vol. in-8, couronnés par l'Académie
française, réédités en 4 vol. in-12, sous ces titres :
　　Drames et poèmes antiques de Shakespeare, 1 vol. in-12. 3 50
　　Les tragédies romaines de Shakespeare, 1 vol. in-12... 3 50
　　Shakespeare et les Tragiques grecs, 3ᵉ édition (Société fran-
　　çaise d'imprimerie et de librairie), 1 vol. in-12 .... 3 50
　　Molière et Shakespeare, 4ᵉ édition (Hachette), 1 vol. in-12. 3 50

A LA LIBRAIRIE HACHETTE

Montaigne (Collection des Grands Écrivains français).... 2 »
La famille et les amis de Montaigne, 1 vol. in-12....... 3 50
Des réputations littéraires. *Essais de morale et d'histoire*
(1ʳᵉ série), 1 vol. in-12.............................. 3 50

A LA LIBRAIRIE STOCK

Billets de la province, par Michel Colline.............. 1 50

A LA LIBRAIRIE OLLENDORFF

Victor Hugo et l'affaire Dreyfus................... » 50

Coulommiers. — Imp. PAUL BRODARD. — 1062-1901.

VICTOR HUGO

ET LA

GRANDE POÉSIE SATIRIQUE

EN FRANCE

I

La satire lyrique.

La poésie française se montrait autrefois très préoccupée de rentrer dans un genre bien défini et de ne pas introduire dans celui dont elle avait fait choix les qualités d'un autre genre. L'épître, par exemple, devant rester tempérée et familière, s'interdisait tout mouvement lyrique ; l'élégie n'était jamais que « tendre » et « plaintive » ; l'ode se réservait « l'éclat », l'allure impétueuse et le sublime « désordre » ; la description elle-même formait un genre à part, et les anciens recueils de morceaux choisis distinguent la poésie descriptive de la poésie narrative.

Qu'était-ce alors que la satire ? Une espèce de

sermon en vers, ressemblant fort à la sage épître morale assaisonnée d'un peu plus de malice et de raison piquante. Parfois elle s'indignait, se souvenant que l'indignation est son antique muse ; mais cette indignation n'avait guère de verve naturelle et spontanée. C'était un exercice de rhétorique, contenu dans certains thèmes traditionnels, simulant la colère comme une loi du genre, cultivant l'hyperbole comme une figure, d'autant moins sérieux qu'il feignait de s'emporter davantage ; où l'on admirait en souriant la virtuosité de l'artiste, mais où l'on ne sentait point la sincère ardeur d'une âme vraiment blessée et souffrante. Des pages spirituelles, des fragments oratoires, de la belle prose rimée : voilà ce qu'a donné à notre littérature l'ancienne satire classique. Dans l'échelle de la poésie, quand on cherchait ce qui occupe le rang le plus bas, on ne pouvait hésiter qu'entre deux choses prosaïques presque au même degré : le poème didactique et la satire.

Victor Hugo, adolescent, avait écrit des satires selon le type ancien, *le Télégraphe, les Vous et les Tu, l'Enrôleur politique*, que le *Conservateur littéraire* a publiées, mais qui n'ont pas été admises par le poète dans les recueils de ses œuvres poétiques. Devenu maître de son génie, il a donné, dans le dernier vers des *Feuilles d'automne*, avec autant d'exactitude que de poésie, la définition de la grande satire, de la satire poétique, en déclarant son dessein de lui faire désormais une belle place dans son inspiration.

Je vais avoir trente ans, dit-il; je pouvais me croire né pour chanter l'amour, la famille, les enfants, la nature, les fleurs du printemps et les feuilles de l'automne; mais je suis aussi un homme dans la société et un fils de ce siècle; j'ai le culte de ces deux saintes choses, la patrie et la liberté; « je hais l'oppression d'une haine profonde », et quand la nouvelle m'arrive d'un crime commis contre un peuple par un gouvernement tyrannique,

> Alors, oh! je maudis, dans leur cour, dans leur antre,
> Ces rois dont les chevaux ont du sang jusqu'au ventre.
> Je sens que le poète est leur juge! je sens
> Que la muse indignée, avec ses poings puissants,
> Peut, comme au pilori, les lier sur leur trône,
> Et leur faire un carcan de leur lâche couronne,
> Et renvoyer ces rois qu'on aurait pu bénir,
> Marqués au front d'un vers que lira l'avenir!
> Oh! la muse se doit aux peuples sans défense.
> J'oublie alors l'amour, la famille, l'enfance,
> Et les molles chansons, et le loisir serein,
> Et *j'ajoute à ma lyre une corde d'airain.*

Voilà toute la définition de la satire qui est poésie. Elle est un chant *de la lyre,* entendons bien cela, et la lyre ne serait pas complète s'il lui manquait la *corde d'airain.* Dans l'œuvre poétique de Victor Hugo, les *Châtiments, l'Année terrible,* « le Livre satirique » dans *les Quatre Vents de l'Esprit,* « la Corde d'airain » dans *Toute la Lyre,* enfin *les Années funestes,* ne sont pas les poèmes à part d'un lyrique qui, ayant écrit à d'autres heures des hymnes, des élégies, des odes, laisse sa lyre de côté et demande à un nouvel instrument des sons qu'on n'a pas encore entendus : c'est toujours la même lyre qui chante, et si la corde d'airain est maintenant celle où résonne surtout le thème mélodique, jamais, dans l'harmonie totale, les autres cordes ne se taisent. Toujours et partout Victor Hugo est lyrique ; sa lyre est la plus riche, la plus variée, la plus puissante qu'un grand poète ait jamais maniée.

On peut se demander si ce continuel *état lyrique* est la condition la plus heureuse pour exécuter dans la perfection d'autres poèmes : l'épopée, par exemple, chose éminemment objective ; ou le drame, œuvre impersonnelle aussi, ou multipersonnelle, si l'on veut, dont l'auteur doit savoir d'abord sortir de lui-même et prendre tour à tour des âmes très diverses ; mais, pour la satire, la question ne se pose pas. La poésie satirique procède évidemment de la sensibilité, qui ne perd rien à être débordante et sincère, et à laquelle aucun rhéteur ne saurait imposer pour loi la modération ou la feinte ; lors même qu'on ferait consister la satire en lieux communs, il est clair que les lieux communs ne peuvent que gagner infiniment à être réchauffés par l'ardeur du sentiment personnel, âme de la poésie lyrique, et colorés de tous les feux d'une imagination opulente.

La gloire d'être le plus grand poète satirique de la littérature française est celle qu'on peut le moins contester à Victor Hugo. On sait les critiques auxquelles prêtent ses drames ; je viens d'en faire entrevoir une. Ses petites épopées sont d'une grande beauté ; mais il est peut-être fâcheux qu'on ne puisse pas dire : *son épopée*. Ce mot a toujours évoqué l'idée d'une vaste composition, et le génie épique de Victor Hugo ne s'est manifesté que dans de magnifiques miniatures. Rien n'est plus beau que plusieurs de ses odes; mais si j'ajoute que les plus admirables sont celles où il a touché la corde d'airain, cela revient précisément à dire ce que j'avançais tout à l'heure : il est notre plus grand poète satirique, la satire poétique n'étant, ne nous lassons pas de le répéter, qu'une chanson de la lyre, plus sévère et plus rude. On a remarqué que, dans l'expression tendre et passionnée de l'amour, ce grand poète n'est point le premier; il éblouit, il ne touche pas, il parle moins au cœur- qu'à l'imagination. Personne, au contraire, ne l'égale dans l'expression des sentiments violents et sombres, l'indignation, la colère, la haine, le mépris.

On voit, chez d'autres poètes français, briller, comme par éclairs, la grande poésie satirique; mais le seul qui puisse être comparé de près et avec suite à Victor Hugo, c'est le vieil auteur des *Tragiques*, Agrippa d'Aubigné.

Poète conscient et réfléchi, Victor Hugo se rendait très bien compte de la révolution qu'il a eu l'éternel honneur de faire dans la satire, devenue un des modes de la poésie lyrique, après être restée, durant tant de siècles, un discours littéraire ou un sermon moral. Une pièce des *Quatre Vents de l'Esprit* (I, 5) précise en ces termes la différence :

La satire à présent, chant où se mêle un cri,
Bouche de fer d'où sort un sanglot attendri,

> N'est plus ce qu'elle était jadis dans notre enfance,
> Quand on nous conduisait, écoliers sans défense,
> A la Sorbonne, endroit revêche et mauvais lieu,
> Et que, devant nous tous qui l'écoutions fort peu,
> Dévidant sa leçon et filant sa quenouille,
> Le petit Andrieux, à face de grenouille,
> Mordait Shakspeare, Hamlet, Macbeth, Lear, Othello,
> Avec ses fausses dents prises au vieux Boileau.

Autrefois la satire ne s'attaquait qu'à de petites choses, à des ridicules, ou à la sottise d'une certaine classe d'hommes :

> Marquis ou médecins, une caste, un métier,
> Ce n'est plus là son champ; il lui faut l'homme entier.
> Elle poursuit l'infâme et non le ridicule...
> Elle n'a plus affaire à l'ancien Lilliput.
> Elle vole à travers l'ombre et les catastrophes,
> Grande et pâle, au milieu d'un ouragan de strophes...
> Il lui faut pour gronder et planer largement,
> Tout le peuple sous elle, âpre, vaste, écumant;
> Ce n'est que sur la mer que le vent est à l'aise.

Dans une autre pièce, datée du 2 décembre 1867 et intitulée *Après Seize ans* [1], Victor Hugo trace le

---

1. Pièce XV de la *Corde d'airain* de *Toute la Lyre* (la seconde Corde d'airain de l'édition in-8). Toutes les fois que ce sera utile, je continuerai de dire, avec autant de précision que je le pourrai, où je prends mes citations; mais ce n'est pas toujours commode. L'édition in-18 et l'édition in-8 ne sont pas d'accord; la *Légende des Siècles* surtout a subi, dans les éditions successives, des bouleversements où l'on se perd. Il y a dans l'édition in-8 de *Toute la Lyre*, au tome dernier, une « Corde d'airain », et il y en a encore une autre au tome II. La publication des *Années funestes* a achevé de tout brouiller dans les renvois qu'on peut faire, en donnant comme nouvelles une soixantaine de pièces, dont vingt et une au moins ne l'étaient pas. A qui ne possède pas encore les œuvres de Victor Hugo, il est probable qu'il faudrait donner le conseil d'acheter de préférence l'édition in-18 (Hetzel), où la *Légende des Siècles*, en particulier, est classée en cinq volumes dans un ordre méthodique; mais, précisément pour ce grand ouvrage, on peut préférer (et je préfère) l'ordre chronologique des publications en première, « nouvelle » et « dernière série », faites de son vivant par l'auteur.

programme du poète satirique ; c'est le plus vaste
et le plus ambitieux que la poésie puisse rêver :

> ... Que voulez-vous donc? — Tout.
> Tout. Les tyrans à bas et les hommes debout.
> Tout. La fin. Ce qu'il faut à notre âpre insomnie,
> C'est la captivité du genre humain finie,
> C'est le souffle orageux des clairons, c'est l'écho
> Des trompettes jetant à terre Jéricho ;
> C'est le débordement des Tibres et des Rhônes,
> C'est l'écroulement vaste et farouche des trônes,
> C'est leur dernière armée en fuite à l'horizon !
> Ce qu'il nous faut, c'est l'âme écrasant sa prison,
> C'est le peuple arrachant sa chaîne avec furie ;
> C'est l'Amour criant : Guerre ! et la sainte Patrie
> Criant : Peuples, j'abdique et suis l'Humanité !
> C'est la Paix disant : Passe avant moi, Liberté !
> C'est en nos cœurs gonflés la colère profonde,
> C'est l'épée en nos mains pour délivrer le monde,
> C'est l'imbécile amas des rois séditieux
> A nos pieds, et l'aurore immense dans les cieux !

Autant dire que la poésie satirique c'est la poésie
tout entière, qu'elle embrasse au moins *toute la lyre*,
et qu'elle est capable de toute l'action que la poésie
lyrique peut avoir sur les hommes, de tous les
bons effets qu'elle peut réaliser. On peut très bien
soutenir ce paradoxe et concevoir de la satire une
idée si large et si haute, que rien de ce qui est beau
ou sublime, rien de ce qui est utile et bienfaisant
dans les pensées, les sentiments, les passions dont
s'inspire un poète, ne soit étranger à cette grande
forme de la poésie lyrique.

Ce n'est pas sans raison qu'un critique a dit :
« L'art serait-il investi par la nature d'une sorte de
mission sociale? Nous serions tenté de le croire. »
Mais c'est avec une singulière irréflexion qu'il
ajoute : « Il est clair, en ce cas, que les œuvres de

haine seront très inférieures aux œuvres d'amour, si l'on peut ainsi dire, et que, par exemple, il n'y aura rien en prose au-dessous du pamphlet, ni d'inférieur en poésie à la satire [1] ». Ce critique oublie que l'homme qui hait comme il faut, et comme un poète doit haïr, est aussi celui qui aime le plus et le mieux. Une haine vigoureuse, qui n'aurait pas pour contre-partie l'amour tendre du contraire de ce que l'on hait, ressemble fort à un non-sens. Alceste, par hasard, n'avait-il pas un cœur et un grand cœur? Si un homme était capable de haïr sans aimer, de tout haïr et de ne rien aimer, il serait hors de l'humanité, il appartiendrait au monde des démons.

Non, ce n'est point dans les grandes et profondes haines que l'amour, au fond, ne se sent pas ; c'est, au contraire, dans les haines superficielles et mesquines, dans la malveillance, le dénigrement, la mauvaise humeur, l'envie, dans le parti pris de ne jamais voir que le pire côté des choses et des hommes, de tout prendre à rebours et de tout juger de travers ; c'est, en un mot, dans la *méchanceté*. Mais cela est petit ; cela, c'est l'esprit de la vieille satire, et c'est, sans aucun doute, le souvenir de cette espèce de poésie, très médiocre, sans contredit, terre à terre et toute prosaïque, qui a dicté au critique que je réfute sa prodigieuse erreur sur l'infériorité poétique de la satire en général [2].

---

1. Brunetière, article de la Grande Encyclopédie sur la *Critique*.

2. Même erreur à propos du pamphlet, étourdiment rabaissé. Est-ce que les *Provinciales* ne sont pas un pamphlet? Est-ce que ce pamphlet manque d'amour?

Victor Hugo n'a jamais séparé, ni dans sa doctrine ni dans sa pratique, la puissance de haïr de la puissance d'aimer. Il a bien vu qu'en vérité c'est une seule et même chose; si l'antithèse, qui est une des lois fondamentales de sa pensée, est souvent aussi une loi de la nature, elle éclate ici dans sa matérielle réalité. En fait, la haine et l'amour ne se conditionnent pas moins nécessairement que l'ombre et la lumière.

> Nous sommes rugissants et terribles. Pourquoi?
> Parce que nous aimons [1].

Pourquoi la satire de Victor Hugo, comme celle du farouche huguenot Agrippa d'Aubigné, est-elle infiniment plus passionnée que la satire de Mathurin Régnier ou de Boileau?

> Comme elle a plus d'amour, elle a plus de colère.

Deux ans avant sa mort, le 2 juin 1883, le vieux poète écrivait encore :

> Je sens en moi, devant les supplices sans nombre,
> Les bourreaux, les tyrans, grandir à chaque pas
> Une indignation qui ne m'endurcit pas.
> Car s'indigner de tout, c'est tout aimer en somme [2].

La haine, qui a dans l'amour sa source profonde, pourrait d'ailleurs refouler violemment celui-ci dès qu'elle rugit et se déchaîne; le phénomène serait normal, et c'est tout simplement ce qu'on voit se produire dans bon nombre de pièces satiriques de

---

1. *A Garibaldi*, dans la deuxième *Corde d'airain* de *Toute la Lyre* (in-8).
2. *La Légende des Siècles* (dernière série).

notre auteur. Mais dans beaucoup d'autres aussi le torrent roule à la fois l'eau pure et l'eau troublée; la sombre fureur avec laquelle il se précipite ne l'empêche pas de refléter le ciel. Ce contraste fréquent est un des beaux caractères de la poésie de Victor Hugo, qui est rarement monochrome ou monocorde, qui unit les contraires dans une harmonie puissante et qui a été très bien définie par le poète lui-même quand il a dit qu'il avait

> Dans la tête un orchestre et dans l'âme une lyre [1].

« J'ai mis des rayons dans un livre inclément, » écrit-il, en faisant allusion aux *Châtiments* [2], et le fait est que la principale beauté de cet admirable livre consiste dans le mélange continuel de la poésie la plus délicieuse avec la fureur effrénée des outrages les plus insultants.

> La haine du crime,
> L'horreur, le dédain
> Mettent dans ma bouche
> Un hymne farouche...
> Mais parfois soudain,
> Une strophe passe,
> Emplissant l'espace
> D'ébats ingénus,
> Et m'arrive ailée,
> Fraîche dételée
> Du char de Vénus [3].

Une pièce des *Contemplations* (I, 28) illustre par une frappante image ce mélange de grâce et d'hor-

1. *Toute la Lyre*, V, 1.
2. *Les Quatre Vents de l'Esprit*, I, 32.
3. *Droit de reprendre haleine*, dans *Toute la Lyre*.

reur, de colère et d'amour, qui est le cachet le plus
original de la grande satire poétique :

> Il faut que le poète épris d'ombre et d'azur...
> Devienne formidable à de certains moments...
> Au milieu de cette humble et haute poésie,
> Dans cette paix sacrée où croît la fleur choisie,
> Où l'on entend couler les sources et les pleurs,
> Où les strophes, oiseaux peints de mille couleurs,
> Volent chantant l'amour, l'espérance et la joie,
> Il faut que par instants on frissonne, et qu'on voie
> Tout à coup, sombre, grave et terrible au passant,
> Un vers fauve sortir de l'ombre en rugissant.
> Il faut que le poète aux semences fécondes
> Soit comme ces forêts vertes, fraîches, profondes,
> Pleines de chants, amour du vent et du rayon,
> Charmantes, où soudain l'on rencontre un lion.

L'art pour l'art ou l'inutilité de la poésie, doctrine de certains disciples de Victor Hugo, qui ne
fut jamais celle du maître, est évidemment incom-
patible avec la satire comprise et sentie, comme je
tâche, d'après notre poète, de la faire comprendre
et sentir. Et voilà sans doute une des raisons pour
lesquelles les prétendus artistes purs relèguent la
satire dans les régions inférieures de l'art; mais
c'en est une, au contraire, pour que nous lui assi-
gnions dans la poésie un rang d'honneur. Si jamais
la prétention, quelquefois risible, de Victor Hugo,
à être un prédicateur, un missionnaire, un prophète, a pu être prise au sérieux, c'est quand son
âme s'est indignée devant le spectacle du mal.

Tout poète, qu'il le sache ou non, qu'il le veuille
ou non, est un moraliste, bon ou mauvais, puisque
la matière de son art est la matière humaine.
Différents par la qualité de leur morale, les poètes

peuvent différer aussi par la conscience qu'ils ont du bien ou du mal qu'ils font aux hommes, par leur dessein avoué ou ignoré de nuire ou de servir. Chez Victor Hugo, l'intention de remplir un rôle moral et social est formelle, expressément et continuellement déclarée; l'auteur des *Châtiments* se présente à nous avec un évangile dont il aime à répéter les dogmes et dont il a plus ou moins perfectionné l'article concernant la colère et la haine.

La formule la plus simple est celle-ci :

> ... L'amour devient haine en présence du mal [1].

Il est rigoureusement juste de concevoir la haine comme une souffrance de l'amour blessé, et il est naturel de maudire les auteurs de cette blessure et de cette souffrance.

> ... Soyez maudits d'obséder les poètes!
> Soyez maudits, Troplong, Fould, Magnan, Faustin deux,
> De faire au penseur triste un cortège hideux,
> De le suivre au désert, dans les champs, sous les ormes,
> De mêler aux forêts vos figures difformes!
> Soyez maudits, bourreaux qui lui masquez le jour,
> D'emplir de haine un cœur qui déborde d'amour [2]!

Ce cri de rage est humain et légitime; mais s'il est humain d'aimer le beau et le bon, de haïr le mal et la laideur, de haïr même les méchants, il y a une chose qui est surhumaine ou divine : c'est l'amour universel et la suprême pitié, c'est la charité ouvrant ses bras aux créatures maudites et attendrissant le mépris en miséricorde. A ce degré

---

1. *L'Année terrible.* Décembre, IV.
2. *Châtiments*, VI, 14.

supérieur de sagesse Victor Hugo a eu la gloire
de s'élever par la contemplation ; il est à peine
utile d'ajouter qu'il ne l'a guère mise en pratique,
d'abord parce que c'est une sagesse divine et que
nous ne demandons pas à l'homme les vertus d'un
dieu ; ensuite, parce que l'homme dont il s'agit est
un grand poète satirique et que l'exercice des
vertus chrétiennes et de la charité en particulier
exclut la composition de satires vengeresses ; si
Victor Hugo, chrétien parfait, n'avait écrit ni
Éblouissements ni *Sacer esto*, l'avantage moral pour
l'humanité serait mince et le dommage littéraire
très grand.

C'est donc dans la pure sphère d'une philosophie
idéale, dont il ne faut point lui demander la confirmation par des actes, que Victor Hugo évangé-
lise sur les devoirs sublimes de la charité ; mais
s'il ne prêche pas d'exemple, sa doctrine en soi n'en
est pas moins belle :

> Cette loi sainte, il faut s'y conformer,
> Et la voici, toute âme y peut atteindre :
> Ne rien haïr, mon enfant, tout aimer,
>   Ou tout plaindre [1].

Le sombre prologue, par lequel s'ouvrent les
Châtiments eux-mêmes, s'écrie :

> Aimez-vous ! aimez-vous !

Le 10 décembre 1865, le poète écrivait dans une
lettre à Paul de Saint-Victor : « Je n'ai jamais eu
de haine et je n'ai plus de colère. Je ne regarde

---

1. *A ma fille.* (*Les Contemplations*, I, 1.)

plus que les beaux côtés de l'homme; je ne me courrouce plus que contre le mal absolu, plaignant ceux qui le font ou qui le pensent ». Que Victor Hugo se soit rendu à lui-même un trop bon témoignage, c'est possible, ou plutôt ce n'est point douteux; mais les maximes des plus sages furent-elles jamais autre chose que la formule de leur bonne volonté et de leur impuissance en face du bien? « Il faut, a dit l'un des meilleurs, que nos idées soient dix fois supérieures à notre conduite pour que notre conduite soit simplement honnête... Il est nécessaire d'être héroïque dans ses pensées pour être tout au plus acceptable ou inoffensif dans ses actions [1]. »

Le *sermon* même *sur la montagne* n'a rien de plus élevé que la pensée des vers suivants :

> Plaindre Jésus, c'est bien ; mais plaindre Barrabas,
> C'est aussi la justice ; et la grandeur éclate
> A relever Caïphe, à consoler Pilate ;
> Et c'est là le sommet le plus haut des vertus
> Que Socrate expirant soit bon pour Anitus....
> Homme, on t'a fait le mal; ce qu'il faut que tu rendes,
> C'est le bien; vis, réponds à la haine en aimant,
> Et c'est là tout le dogme et tout le firmament [2].

Cette hauteur de charité, où la satire, aux rayons de l'amour, fond et s'évanouit, a inspiré à Victor Hugo dans sa vieillesse le poème intitulé *la Pitié suprême*, qui n'est pas une pièce, mais un ouvrage entier. L'idée qu'il y développe : personne n'est plus digne de compassion que le méchant, ne lui est

1. Mæterlinck, *La Sagesse et la Destinée*, CVI.
2. *La Pitié suprême.*

pas venue seulement à la fin de sa vie. On la rencontre fréquemment dans ses œuvres antérieures.

Déjà, les *Odes et Ballades* (V, 20) présentent ce
vers :

> Toi qui plains la victime *et surtout les bourreaux !*

Il est vrai que les *Voix intérieures* disent par
exception ou plutôt par inadvertance :

> ... Moi qui n'ai d'amour que pour l'onde et les champs,
> Et pour tout ce qui souffre, *excepté les méchants* [1]....

Mais le premier mot de la pièce *A un riche*, qui
peut passer pour une fort belle satire, c'est :

> Jeune homme, je te plains....

Le beau poème des *Malheureux*, dans *les Contemplations*, est fondé tout entier sur cette idée :

> Il n'est qu'un malheureux, c'est le méchant, Seigneur !

La Bouche d'Ombre dit, avec une grande force :

> L'assassin pâlirait s'il voyait sa victime :
> C'est lui !

et les *Pleurs dans la nuit* s'écrient :

> O Dieu bon, penchez-vous sur tous ces misérables !
> Sauvez ces submergés, aimez ces exécrables !
>   Ouvrez les soupiraux.
> Au nom des innocents, Dieu, pardonnez aux crimes.
> Père, fermez l'enfer. Juge, au nom des victimes,
>   Grâce pour les bourreaux !

Si cette généreuse idée avait dominé l'âme de
Victor Hugo au point d'énerver chez lui la satire et

---

1. *Sunt lacrymæ rerum.*

de changer en sermons miséricordieux les splen-
dides malédictions de sa muse, on pourrait en
regretter l'action exagérée ; mais il était utile qu'elle
fût toujours présente au fond de son esprit. La
pensée de l'amour qui pardonne et qui plaint, de
la compassion due à tout ce qui souffre, préservait
sa satire de la vulgarité. Elle lui donnait une saveur,
une éloquence et une poésie qu'elle n'aurait point
eues sans cela ; car il arrive sans cesse que des
idées latentes et inexprimées exercent secrètement
leur influence sur celles que nous exprimons, pour
le plus grand bien de celles-ci. Les *Châtiments* sont
sans aucun doute une œuvre poétique de beaucoup
plus de valeur et d'éclat que *la Pitié suprème* ; mais
l'auteur des *Châtiments* ne serait pas un si grand
poète s'il n'avait pas contenu en puissance celui de
la Pitié suprème.

> A voir comment il frappe, on sent qu'il aime [1].

L'obsédante et insupportable question revient
encore nous assiéger ici ; il faut enfin la poser nettement dans toute sa force, et tâcher d'y faire une
réponse péremptoire pour en débarrasser définitivement notre pensée.

Cette haine que le poète satirique professe pour
le mal, cette charité qui l'avertit, à la réflexion, que
le mal lui-même a son excuse, que la laideur
morale est à plaindre et que les méchants ont droit
à une pitié supérieure, c'est-à-dire encore à l'amour,
sont-ce là des idées, sont-ce là des sentiments qui

---

1. Épilogue des *Quatre Vents de l'Esprit.*

puissent et qui doivent nous toucher, lorsque, con-
naissant la vie du poète, sachant combien elle fut
peut-être petite, vulgaire, misérable, pleine de passions basses et de vilaines actions, nous mesurons
l'infinie distance qui sépare sa conduite de sa philosophie? Vraiment, ne se moque-t-on pas de nous
quand on prétend que les poètes qui nous font respecter et chérir des images de la vertu, en ont
trouvé d'abord les exemplaires en eux-mêmes, et
qu'inversement, comme l'affirme le brave Boileau,

Le vers se sent toujours des bassesses du cœur?

Qu'est-ce que tout ce bel étalage, sinon le simple
fait du talent, et qui donc peut être assez naïf pour
y voir des certificats d'honnêteté réelle? André
Chénier aurait bien voulu croire à l'édifiante con-
cordance du génie et de la vertu ; l'évidence de la
vérité l'en a empêché, car voici l'aveu désolé qu'il
fait :

Ah ! j'atteste les cieux que j'ai voulu le croire ;
J'ai voulu démentir et mes yeux et l'histoire.
Mais non, il n'est pas vrai que des cœurs excellents
Soient les seuls en effet où germent les talents.
Un mortel peut toucher une lyre sublime
Et n'avoir qu'un cœur faible, étroit, pusillanime,
Inhabile aux vertus qu'il sait si bien chanter,
Ne les imiter point et les faire imiter [1].

Je crois qu'il faut franchement admettre qu'un
grand poète, et un grand poète satirique, c'est-à-dire
un vengeur, c'est-à-dire un justicier, peut être tout
le contraire d'un saint et même d'un juste ; souillé

1. Cité par Sainte-Beuve, *Portraits contemporains*, tome I.

d'abord des vices élégants que la société absout, et capable aussi des vilenies qu'elle déteste ; non seulement libre dans ses mœurs, mais encore égoïste, personnel, intéressé, dur, avare, orgueilleux, vaniteux, haineux, rancunier, ingrat, artisan de mensonges, dissimulé, despotique à l'occasion et même impitoyable, ayant donc en lui les germes hideux des vices et des crimes qui l'indignent le plus. Tel aurait été Victor Hugo, si nous devons en croire son mieux documenté et plus sévère biographe[1]. Mais ce portrait n'est-il pas, plus ou moins, celui de tout homme ? Est-il un seul de ces articles dont ne soient journellement rebattues les oreilles des confesseurs ? Où est le chrétien sincère, ayant de lui-même la moindre connaissance, fût-il le prince des apôtres, qui ne frappe matin et soir sa poitrine, comme celle du premier des pécheurs ? Il serait donc absurde de s'étonner qu'un grand poète puisse être un homme, lui aussi, je veux dire une créature pécheresse, et de lui reprocher, comme une tare exceptionnelle dont son génie aurait dû le garantir, des misères qui sont l'héritage commun de l'humanité.

Mais ce que nous avons le droit d'exiger du poète, ainsi que de tout homme, c'est qu'il ait sinon la conscience et le repentir de tout le mal qu'il fait, au moins le respect et le culte du bien qu'il ne fait pas: Les Saintes Écritures, en nous disant que tous les péchés des hommes pourront

1. M. Edmond Biré.

leur être pardonnés, font une réserve mystérieuse
pour un seul crime sans rémission qu'elles appellent « le péché contre le Saint-Esprit ». Quel est-il
ce péché diabolique que rien ne lave? Je sais, en
littérature au moins, ce que c'est; le voici : c'est le
blasphème qui consiste à railler l'idéal, à nier la
conscience, le devoir, la vérité, la vertu, et à soutenir que le mal est le bien. Un tel monstre est
moins rare qu'on ne suppose; si les négateurs
insolents du bon et du beau ne sont pas très communs, il ne manque pas de gens d'esprit qui parlent avec un sourire de ces choses sacrées et dont
les propos ou les écrits nous laissent l'impression
qu'ils n'ont jamais pris la vie au sérieux. Qui ne
sent, par exemple, que ni Théophile Gautier, ni
Flaubert, ni Mérimée, ni Musset lui-même, n'auraient été capables de ces colères viriles, de ces
hautes et saintes indignations qui sont l'âme de la
satire poétique? non point que ces honnêtes gens
fussent pires que d'autres, mais parce que trop
d'indices dans leur vie et dans leurs ouvrages révèlent un profond scepticisme moral qui ne prenait
pas fort à cœur les devoirs de l'homme et du citoyen.
Ces délicats auraient craint de compromettre leur
réputation d'écrivains d'esprit et de goût en se laissant aller à des sentiments si bourgeois.

Or, les manquements de Victor Hugo à la loi morale
peuvent être aussi graves et aussi nombreux qu'on
voudra : il demeure investi du droit de la satire; il
conserve la puissance de nous communiquer ses
émotions, parce que rien dans tout ce qu'il a fait

ou écrit, *pas une ligne absolument*, ne nous autorise à croire que le « péché contre le Saint-Esprit »
ait seulement approché de sa pensée. Il n'a jamais
cessé d'adorer l'idéal. Il n'a jamais élevé le moindre
doute sur la réalité de nos devoirs. S'il ne s'est pas
connu et jugé lui-même assez sévèrement, s'il a pu
se tromper sur la valeur morale ou immorale
des personnes et des choses, jamais il n'a nié que
le mal fût le mal et que le bien fût le bien. Et ce
degré d'honnêteté suffit pour que la satire poétique,
la seule dont je m'occupe, soit grande et sérieuse,
et pour qu'elle nous touche; mais il est absolument
indispensable.

Oserons-nous ajouter que la curiosité indiscrète,
l'esprit d'envieuse inquisition, ennemi des pures
joies esthétiques, qui furète malicieusement dans la
vie des poètes, afin d'y surprendre un désaccord
entre ce qu'ils disent et ce qu'ils font, méconnaît
peut-être la différence qui est entre les hommes,
quant aux devoirs utiles qu'ils ont à remplir? Le
devoir des écrivains dont les idées rayonnent sur le
vaste monde et qui agissent au loin par la contemplation et par la pensée, est-il exactement le même
que celui des personnes modestes dont toute l'activité est resserrée dans un cercle étroit et prochain?
Si Victor Hugo a fait du bien aux hommes par
quelques-uns de ses écrits, ce bien n'est-il pas
incomparablement plus précieux que celui qu'il
aurait pu faire en donnant toujours dans sa maison
l'exemple des vertus domestiques?

Il y a, dans cet ordre d'idées extrêmement délicat

et que je ne touche qu'en tremblant, une bien belle pensée de Mæterlinck, illustrée par une magnifique image : « La meilleure partie du bien qu'on fait autour de nous est née d'abord dans l'esprit de l'un de ceux qui négligèrent peut-être plus d'un devoir immédiat et urgent pour réfléchir... Il serait regrettable que tout le monde s'en fût toujours tenu au devoir le plus proche... Évitons d'agir comme ce gardien du phare de la légende, qui distribuait aux pauvres des cabanes voisines l'huile des grandes lanternes qui devaient éclairer l'Océan [1] ».

On a pu trouver peu spirituels deux traits du caractère de Victor Hugo, qui, en effet, sont naïfs, mais qui ont leur valeur poétique et morale, et sans lesquels la grande satire ne se concevrait pas : d'abord, le sérieux profond de sa respectueuse considération pour lui-même, qui va jusqu'à la foi en sa mission divine; ensuite, la violence de la passion qui le fait rougir et pâlir, écumer, sortir des gonds de la raison, bégayer des mots presque sans suite et vomir des injures. Cela, dit-on, est lourd et grossier. Oui, mais comme est lourde la majesté du pontife qui se croit ministre de Dieu; oui, mais comme est grossier le taureau qui fonce dans l'arène. Le spectacle en lui-même est beau; il est beau de voir l'exaltation d'une âme et la fougue d'un tempérament. Victor Hugo se dresse devant nous dans sa double grandeur d'apôtre et d'athlète. Il combat avec furie; mais la victoire pour laquelle il lutte

1. *La Sagesse et la Destinée*, I et LXIX.

âprement, c'est celle de l'Idéal sous toutes ses formes, c'est celle de Dieu sous tous ses noms : la vérité, la justice, la paix sur la terre, l'amour et la fraternité entre les hommes.

> ... Que le mal détruise ou bâtisse,
> Rampe ou soit roi,
> Tu sais bien que j'irai, Justice,
> J'irai vers toi !
>
> ... Foi, ceinte d'un cercle d'étoiles,
> Droit, bien de tous,
> J'irai, Liberté qui te voiles,
> J'irai vers vous !
>
> ... J'ai des ailes. J'aspire au faîte,
> Mon vol est sûr ;
> J'ai des ailes pour la tempête
> Et pour l'azur.
>
> ... Vous savez bien que l'âme affronte
> Ce noir degré,
> Et que, si haut qu'il faut qu'on monte,
> J'y monterai !
>
> Vous savez bien que l'âme est forte
> Et ne craint rien,
> Que le souffle de Dieu l'emporte !
> Vous savez bien
>
> Que j'irai jusqu'aux bleus pilastres,
> Et que mon pas,
> Sur l'échelle qui monte aux astres,
> Ne tremble pas !...

Cette pièce étonnante d'*Ibo*[1], un des chefs-d'œuvre du poète par le souffle, l'audacieux élan et la parfaite appropriation du rythme à l'idée, procède de la même inspiration que les *Châtiments*. Ils sont lyriques comme elle, elle est satirique comme eux. L' « âpre athlète », le « penseur blême », le « mage

---

1. *Les Contemplations*, VI, 2.

effaré » menace de saisir « la comète par les cheveux », et, si le tonnerre aboie, de répondre à la foudre par ses rugissements. Il faut, a fort bien remarqué un critique [1], se représenter Victor Hugo composant cette ode comme il a composé les plus violentes satires des *Châtiments*, éperdu, parcourant à grands pas la grève, le poing tendu vers le ciel, ainsi que vers la côte française, et criant ses vers irrités dans la brise.

L'identité non seulement de la satire et de la poésie lyrique, mais des sentiments contraires en apparence qui inspirent l'une et l'autre, la fureur et la joie, la haine et l'amour, la colère et la pitié, l'épouvante et l'adoration, a été rendue avec un éblouissant éclat de style dans l'épilogue des *Chansons des rues et des bois*. Ce recueil est un intermède idyllique s'ouvrant et se fermant par deux pièces hors cadre, dont la première nous montre « Pégase mis au vert », et la dernière, le cheval rendu à la liberté de sa course effrénée à travers l'espace :

> Monstre, à présent reprends ton vol.
> Approche, que je te déboucle.
> Je te lâche, ôte ton licol,
> Rallume en tes yeux l'escarboucle...
>
> Redeviens ton maître, va-t-en !
> Cabre-toi, piaffe, redéploie
> Tes farouches ailes, Titan,
> Avec *la fureur de la joie*.

1. Mabilleau, *Victor Hugo*, dans la Collection des Grands Écrivains français, p. 146.

Retourne aux pâles profondeurs.
Sois indomptable, recommence
Vers l'idéal, loin des laideurs,
Loin des hommes, ta fuite immense...

Sois plein d'un *implacable amour*.
Il est nuit. Qu'importe? Nuit noire.
Tant mieux, on y fera le jour.
Pars, tremblant d'un frisson de gloire!

Sans frein, sans trève, sans flambeau,
Cherchant les cieux hors de l'étable,
Vers le vrai, le juste et le beau,
Reprends ta course épouvantable...

Le poète ordonne au cheval de bien le garder sur
son dos, car « tous ses songes font partie de sa
crinière ». Mais il ne sait pas, nouveau Centaure,
jusqu'où il est le guide et jusqu'où la monture, s'il
est l'homme ou la bête, le seigneur ou l'esclave; la
fameuse pièce de *Mazeppa*, dans les *Orientales*, est
le premier symbole de cette dualité, analysée au
livre V de *Toute la Lyre* avec plus de précision :

... Est-ce que j'obéis? est-ce que je commande?
Ténèbres, suis-je en fuite? est-ce moi qui poursuis?
Tout croule; je ne sais par moment si je suis
Le cavalier superbe ou le cheval farouche;
J'ai le sceptre à la main et le mors dans la bouche.
Ouvrez-vous que je passe, abîmes, gouffre bleu,
Gouffre noir! Tais-toi, foudre! Où me mènes-tu, Dieu?...
Je suis la volonté, mais je suis le délire [1].

Ce mélange de force et de faiblesse, de maîtrise
et d'abandon, un des caractères essentiels du génie
de Victor Hugo, est aussi ce qui constitue la
nuance intéressante de sa moralité. Il ne professe

---

1. *Toute la Lyre*, V, 24, dans l'édition in-8.

que *jusqu'à un certain point* l'immorale et funeste doctrine romantique du droit divin de la passion :

> ... C'est pour tous les yeux un spectacle sublime
> Quand la main du Seigneur,
>
> Loin du sentier banal où la foule se rue
> Sur quelque illusion,
> Laboure le génie avec cette charrue
> Qu'on nomme passion [1]!

Mais la mauvaise espèce des romantiques se livre, sans résistance et avec ivresse, à la fatalité des passions, comme à un baptême de feu nécessaire à l'épanouissement du génie, tandis que Victor Hugo (c'est le point très important de sa doctrine esthétique et morale) souffre bien plus qu'il ne jouit de cette influence fécondante d'un mal qui, pouvant produire du bien, n'en reste pas moins un mal, je veux dire une humiliation et une douleur. La charrue est utile pour faire germer la moisson; mais le labeur de la glèbe retournée est pénible, et la terre gémit d'abord du fer qui lui ouvre le sein.

La célèbre allégorie, dans les *Chants du Crépuscule*, de la cloche marquée, rayée, dégradée par le couteau des passants qui montent dans la tour, sans que ces souillures lui fassent subir la moindre diminution d'éclatante sonorité, à l'heure où le bras du sonneur ébranle la corde, est significative à cet égard; le regret du péché se fait nettement sentir dans les vers suivants :

> Les passions, hélas! tourbe un jour accourue,
> Pour visiter mon âme ont monté de la rue,

1. *A Olympio*, dans les *Voix intérieures*.

Et de quelque couteau se faisant un burin,
Sans respect pour le verbe écrit sur son airain,
Toutes mêlant ensemble injure, erreur, blasphème,
L'ont rayée en tous sens comme ton bronze même,
Où le nom du Seigneur, ce nom grand et sacré,
N'est pas plus illisible et plus défiguré !

La cloche n'en chantera pas moins glorieusement les louanges du Seigneur, mais elle est avilie; le poète l'avoue, sinon avec la contrition d'une âme vraiment pénitente, du moins avec une gravité où n'entre aucune insolente allégresse : car, si cette vertu religieuse qui peut rester à la poésie d'un mortel indigne est un « triomphe » surnaturel, un tel miracle vient de Dieu; il faut que l'Esprit Saint « touche et délie » ce que la fange des sens et du monde a souillé.

Victor Hugo n'est rien moins qu'un poète purement passionnel et passif. C'est une sensitive à la vérité, mais c'est un fort; il suit, mais il résiste; il obéit, mais il commande; il est « le délire », mais il est « la volonté ». Son imagination le mène, mais un peu moins qu'on ne se le figure, et même dans le maniement de la rime dont il semble parfois le jouet, c'est lui qui reste le maître souverain et qui joue avec elle, n'allant, en somme, qu'où il veut aller. Aucun homme n'a subi plus d'influences; aucun héros n'a triomphé de plus d'obstacles, vaincu plus d'ennemis, renouvelé plus glorieusement l'antique vaillance d'Hercule, accompli de plus énormes travaux.

Ce contemplateur avait la passion de l'action et même celle du pouvoir. « Quel malheur qu'il se soit

mêlé de politique! ¹ » répètent des gens légers et des
critiques graves qui se croient judicieux et qui ne
savent pas combien ils sont superficiels. L'ambition
de jouer un grand rôle dans l'État fut, chez Victor
Hugo, une forme de ce besoin d'activité publique,
dont la satisfaction n'est complète que dans l'exercice
de la puissance. Oserait-on prétendre qu'il eut tort de
vouloir user, dans toute leur extension, des droits
que lui conféraient la liberté et l'égalité conquises
par la révolution française? L'indifférence d'un fils
de la démocratie pour ses droits de citoyen n'im-
plique-t-elle pas l'abandon d'une partie de ses
devoirs d'homme? Il est sans doute permis à un
poète de ne chanter sur sa lyre que « Ninette ou
Ninon »; mais assurément ce n'est pour lui ni une
obligation, ni un titre d'honneur. Qu'on reproche
donc à Victor Hugo, si le reproche est juste, de
s'être mêlé de politique témérairement; qu'on ne
lui reproche pas de s'en être mêlé.

Je vais plus loin, j'ose dire qu'à regarder la chose
au seul point de vue de la poésie, cette intrusion du
poète dans la vie publique fut un gain. Son trésor
d'idées, de sentiments, de faits, de connaissances et
de vocables ne pouvait que s'enrichir par cette
expérience, et la corde d'airain surtout devait sortir
de là plus vibrante et plus frémissante. Il fallait,
pour le plus grand profit de la littérature française, que l'expérience politique de Victor Hugo
fût un amer déboire, et c'est heureusement ce qui

---

1. *Toute la Lyre*, I, 3 (édition in-18).

est arrivé. La politique l'a rejeté dans un âpre exil
où a pris sa source le flot de poésie le plus abon-
dant et le plus magnifique que le monde eût jamais
vu. Porté à l'action et au combat par sa nature, il a
répandu dans la satire toute l'activité qu'il ne pouvait plus dépenser, et mêlant désormais à ses
colères humaines la contemplation solitaire de la
mer et du ciel, il a trouvé dans cette alliance de la
passion et de la sérénité la perfection même du
lyrisme et la plus sublime de ses antithèses.

Il écrivait encore en 1877 : « Le jour où je ces-
serai de combattre, c'est que j'aurai cessé de vivre ».
Voici des vers que je prends à dessein, non dans
les recueils plus spécialement satiriques, mais dans
le livre lyrique des *Quatre Vents de l'Esprit* (II, 39),
pour mieux montrer chez Victor Hugo l'intime
union de la veine qui épanche l'hymne de religion
ou d'amour et de celle qui vomit la vengeance :

> Tant qu'on verra l'amour pleurer, la haine rire,
>   Le mal régner,
> Le dogme errer, l'autel mentir, Néron proscrire,
>   Jésus saigner...
>
> Tant que je sentirai, cœur où rien ne mutile
>   Le fier devoir,
> Que le vol d'une strophe irritée est utile
>   Dans le ciel noir,
>
> Je combattrai !
>
> ... Je resterai fidèle à la sombre colère,
>   Au deuil pensif...
> Je dirai sans relâche et redirai sans trêve
>   La vérité...
>
> Je ne quitterai point, grande France trahie,
>   Mon tribunal !
> Avant que je me taise, ô tragique Isaïe,
>   O Juvénal,

O Dante, Ezéchiel à l'œil visionnaire,
        Fier d'Aubigné,
On verra dans les cieux s'arrêter le tonnerre
        Époumonné.

Ce. serment solennel, Victor Hugo l'a maintes
fois répété avec le même tour de style d'un usage
si commode et un peu trop cher à sa rhétorique,
de plus en plus portée vers l'énumération et l'amplification. Citons seulement l'épilogue de *Toute la
Lyre* [1] :

> Chaque fois qu'un vaisseau partira pour Cayenne;
> Chaque fois que Paris, la ville citoyenne,
> Sera livrée au sabre, et que la liberté
> Sentira quelque pointe infâme à son côté;
> Chaque fois que des pas tortueux et funèbres
> Marcheront vers un but obscur dans les ténèbres,
> Alors dans la nuit lâche où s'éclipsent les lois,
> On entendra gronder une lointaine voix,
> On verra tout à coup un fantôme apparaître,
> Et les hommes distraits reconnaîtront peut-être
> Cette ombre à sa tristesse au fond du firmament,
> Et cette conscience à son rugissement.

Et, ce serment solennel, il l'a tenu. J'ose dire
que ni Agrippa d'Aubigné, ni Ronsard, ni Corneille,
ni Lamartine, ni Vigny, ni aucun des poètes les
plus fiers et les plus purs de la France n'a trouvé
d'accents comparables à ceux de Victor Hugo
défendant, contre la force et contre les puissances
de la nuit, ce qui fait la noblesse de l'homme, la
foi en l'idéal, la fidélité au devoir, les droits de la
conscience, le culte de la justice, l'amour de la
lumière et de la liberté.

C'est pourquoi nous gardons, en dépit de tout,

1. *La Corde d'airain*, la première de l'édition in-8.

pour ce grand exemplaire de l'humanité faillible, estime, reconnaissance et respect. Il peut avoir violé, avec tous les commandements du Décalogue et avec toutes les leçons de l'Évangile, tous les préceptes de la morale humaine : les griefs, si solides qu'ils soient, accumulés contre l'homme par une critique envieuse et chagrine, ne prévaudront point sur le bien que l'auteur a fait au monde en le nourrissant de sublimes pensées et de sentiments virils. Quand donc cette vérité sera-t-elle profondément comprise, que nos écrits sont la meilleure partie de nous-mêmes, la seule qui reste et qui compte, lorsqu'auront disparu les « fantômes errants » que nous sommes et qui passent « sans laisser même leur ombre sur le mur » ?

De l'œuvre immense de Victor Hugo une portion énorme périra sans doute; mais tant qu'il y aura des esprits capables de cette admiration qui nous fait « voler au firmament »[1], tant qu'il y aura des âmes pour répondre aux accents d'une âme indignée, tant qu'il y aura des consciences pour respecter les saintes choses que le poète adore, la patrie, l'honneur, le devoir, la vérité, la justice, le meilleur de cette œuvre est assuré de vivre dans le culte des hommes, et il me paraît extrêmement probable que c'est la satire qui constituera la plus grande part de ce résidu immortel. Il y a de la satire non seulement dans les vers lyriques du poète, mais dans ses drames, dans ses épopées,

---

1. « Admire, c'est ainsi qu'on vole au firmament. » *Toute la Lyre*, IV, 13 (édition in-18).

dans ses romans, partout, si c'est d'elle que relèvent tous les jugements émus de la conscience et de la raison sur la méchanceté des fils de Caïn et sur la folie de toute la postérité d'Adam.

En quel temps fut-il superflu de secouer la paresse des hommes, de leur faire honte des vices où leur courage s'endort, et de leur dire :

> Il faut agir, il faut marcher, il faut vouloir...
> Oh! que de lâchetés! oh! l'abjecte débauche
> Où la chute du peuple et de l'homme s'ébauche!
>
> ... La mort du pays suit le sommeil des cœurs.
> Le devoir est un dieu qui ne veut point d'athée...
> Réveillez-vous! je dis que la patrie expire [1].

En quel temps les partis politiques, quels qu'ils soient, pourvu qu'ils soient sensibles à l'honneur, pourraient-ils refuser d'admirer et de suivre le poëte qui fait profession de rester fidèle aux principes, seul à protester, seul debout, devant la trahison et la défaillance universelles :

> ... Quand la lâcheté publique se déploie,
> Il me plaît d'être seul et d'être le dernier.
> Quand le *væ victis* règne et va jusqu'à nier
> La quantité de droit qui reste à ceux qui tombent,
> Quand, nul ne protestant, les principes succombent,
> Cette fuite de tous m'attire. Me voilà [2].
>
> ... Devant les trahisons et les têtes courbées,
> Je croiserai les bras, indigné, mais serein.
> Sombre fidélité pour les choses tombées,
> Sois ma force et ma joie et mon pilier d'airain!...
>
> ... Si l'on n'est plus que mille, eh bien, j'en suis! Si même
> Ils ne sont plus que cent, je brave encor Sylla;
> S'il en demeure dix, je serai le dixième,
> Et, s'il n'en reste qu'un, je serai celui-là [3]!

1. *Les Quatre Vents de l'Esprit*, I, 34.
2. *Ibid.*, 29.
3. *Châtiments, Ultima verba.*

... Fût-on cent millions d'esclaves, je suis libre :
Ainsi parle Caton. Sur la Seine ou le Tibre,
Personne n'est tombé tant qu'un seul est debout.
Le vieux sang des aïeux qui s'indigne et qui bout,
La vertu, la fierté, la justice, l'histoire,
Toute une nation avec toute sa gloire
Vit dans le dernier front qui ne veut pas plier.
Pour soutenir le temple il suffit d'un pilier ;
Un Français, c'est la France ; un Romain contient Rome,
Et ce qui brise un peuple avorte aux pieds d'un homme[1].

En quel temps les vérités élémentaires, les axiomes, les *deux et deux sont quatre* de la morale, n'ont-ils pas été méconnus, défigurés, faussés par l'esprit de ténèbres et de mensonge, si bien que ces paroles, simples comme l'évidence, de Victor Hugo à *Napoléon le Petit*, ont toujours de quoi faire rentrer les méchants en eux-mêmes et confondre les sophistes étrangement pervertis qui doutent que le crime soit un crime, que les faux soient des faux :

« Il faut d'abord, monsieur Bonaparte, que vous sachiez un peu ce que c'est que la conscience humaine. Il y a deux choses en ce monde, apprenez cette nouveauté, qu'on appelle le bien et le mal. »

Mais en quel temps, plus que dans le nôtre, fut-il impérieusement nécessaire de replacer la justice sur son trône idéal, qui n'est pas plus la volonté du peuple que le caprice d'un prince, qui n'est pas même un tribunal de juges ni un édifice de jugements et de lois, mais qui est encore la conscience ? Ni la volonté de la nation, ni son intérêt, ni son salut, ne sont la justice ; car ils peuvent se trouver en conflit avec elle, et ce n'est point la justice qui

---

1. *Châtiments*, III, 4.

doit alors fléchir. Les tribunaux, les jugements, les lois sont *une justice*, qui suffit ordinairement pour satisfaire notre besoin de l'ordre, mais qui, n'étant pas absolument *la justice*, peut contredire les commandements de la conscience, et alors, redisons-le bien haut, ce n'est point la justice idéale qui doit céder ; ce n'est point elle, reine divine, qui doit descendre de son siège souverain pour se soumettre à la justice humaine.

Le caractère de la justice, c'est de n'avoir rien au-dessus d'elle, à moins que ce ne soit la charité ; mais la charité nous élève dans un autre ordre de choses, « surnaturel », disait Pascal. La justice la plus haute n'est que raisonnable ; la charité, outre la *raison*, veut la *sagesse*, cette sagesse supérieure qui est « folie ».

Rien, pas même la loi, ne prévaut contre le droit ; ces deux choses, respectables l'une et l'autre, quoique inégalement sacrées, devraient toujours être d'accord ; par malheur elles peuvent s'opposer, et c'est dans cette lutte douloureuse où se déploie le plus haut effort de la tragédie morale d'une conscience, que le poète satirique peut atteindre aussi l'âpre sommet de son éloquence.

> Sauvage serviteur du droit contre la loi,

c'est ainsi que l'auteur des *Châtiments* s'est défini lui-même dans *la Légende des Siècles*[1].

Mais où donc un individu chétif, seul, un zéro

1. Nouvelle série, t. II de l'édition in-8, p. 371.

dans l'immense total, peut-il puiser l'assurance de dire : « J'ai raison, moi, contre vous tous » ?

D'abord, le plus souvent, il n'est pas tout seul; il est soutenu par une élite d'honnêtes gens; il fait partie d'une de ces minorités, fières de leur petit nombre, mais désireuses de l'accroître, et qui ont une force intellectuelle et morale grandissante par le pouvoir de la vérité, jusqu'au jour où, ayant la force numérique, elles cesseront d'être intéressantes. La raison est par excellence l'avantage de l'élite, l'élite est par définition le petit nombre, et rien n'est plus honteux, plus lâche, plus indigne d'esprits cultivés et d'âmes « un peu bien situées » que l'argument des siècles passés, restauré de nos jours par de misérables apostats du droit, qui consiste à écraser la justice et la vérité hérétiques sous le poids et la masse de l'innombrable orthodoxie de l'erreur. Mais en fait comme en doctrine, le juste peut être seul. Et alors, où puise-t-il sa force? Dans l'idéal.

Pour les croyants, l'idéal, c'est Dieu. Victor Hugo, âme peu chrétienne, mais restée religieuse, ne paraît pas avoir supprimé dans la pratique toute communication avec cette forme personnelle et vivante de l'idéal. Ce qui est sûr, c'est que Dieu occupe une grande place dans sa poésie.

> ... L'habitude auguste de songer,
> De méditer, d'aimer, de croire et d'être en somme
> A genoux devant Dieu, met debout devant l'homme [1].

1. *L'Année terrible*. Novembre, VIII.

Il est clair qu'assisté de l'Être tout-puissant, le juste n'est plus seul. Il y a de grands révoltés, Luther, par exemple, seul contre Rome, c'est-à-dire en l'an 1520 contre le monde entier, dont on ne peut concevoir la résistance victorieuse à l'oppression que par un appel de toutes les minutes au secours du Dieu en qui il croyait. Le juste des justes et le saint des saints, la victime la plus auguste de la loi, n'a pu accomplir à lui tout seul la plus grande révolution morale de l'histoire que parce qu'il vivait en communion intime et incessante avec son Père céleste. Il y a peut-être aujourd'hui des justes qui ne croient plus en Dieu ou qui s'imaginent qu'ils ont cessé d'y croire ; mais chez tous les véritables idéalistes, la foi en l'idéal conserve une vertu proprement religieuse qui seule les rend capables de soutenir leur isolement sublime, et ils restent des adorateurs du Dieu vivant sans le savoir. Athées presque chrétiens, ils peuvent même avoir quelque chose de la charité de Jésus, attendrir et couronner la justice par l'amour,

Bravant tout ce qui règne, aimant tout ce qui souffre [1].

On traite d'exaltation religieuse l'état d'âme des adorateurs de l'idéal ; la vérité est qu'eux seuls sont de braves cœurs, tout simplement, et que les tristes sires servilement résignés à respecter l'appareil concret de la justice, les tribunaux, les lois, le gouvernement, l'armée, plus que l'idéal devoir de

1. *La Légende des Siècles*, nouvelle série, t. II de l'édition in-8.

justice dont l'évidence éblouit leur raison et leur conscience, ne sont pas même d'honnêtes gens.

Je devrais dire qu'ils ne sont pas des hommes. Ils sont troupeau, ils sont bétail,

> Ils s'appellent Vulgus, Plebs, la tourbe, la foule,
> Ils sont ce qui murmure, applaudit, siffle, coule,
> Bat des mains, foule aux pieds, bâille, dit oui, dit non,
> N'a jamais de figure et n'a jamais de nom...
> Ils sont les passants froids....
> Le bas du genre humain qui s'écroule en nuage,
> Ceux qu'on ne connaît pas, ceux qu'on ne compte pas...
> L'ombre obscure autour d'eux se prolonge et recule;
> Ils n'ont du plein midi qu'un lointain crépuscule,
> Car jetant au hasard les cris, les voix, le bruit,
> Ils errent près du bord sinistre de la nuit [1]...

On me dira qu'il est fort heureux que le genre humain soit composé surtout de moutons de cette sorte, les gros bataillons, qui sont la force matérielle, n'ayant d'autre devoir que de suivre, et leur obéissance étant nécessaire non seulement à l'ordre, mais à la marche en avant de la société. C'est vrai. Mais si ces nullités, dont l'addition fait un corps formidable, existent matériellement; si même, selon la doctrine des sociologues, cette matière a son organisme, et ce corps je ne sais quelle âme collective, je ne suis pas tenu de considérer comme des personnes pensantes et vivantes les individus dont se compose la masse, ni d'avoir pour eux plus d'estime que pour les pierres utiles qui ont servi à construire la maison où je demeure.

> Ceux qui vivent, ce sont ceux qui luttent; ce sont
> Ceux dont un dessein ferme emplit l'âme et le front [2].

1. *Châtiments*, IV, 9.
2. *Ibid.*

On me dira encore que ces héros qui vivent et
qui luttent sont fragiles, et que leur destinée
presque fatale est d'être brisés et vaincus. Qu'importe?

> Les dieux sont aux vainqueurs, Caton reste aux vaincus.
> Kosciusko surgit des os de Galgacus.
> On interrompt Jean Huss, soit; Luther continue.
> La lumière est toujours par quelque bras tenue.
> On mourra, s'il le faut, pour prouver qu'on a foi;
> Et volontairement, simplement, sans effroi,
> Des justes sortiront de la foule asservie,
> Iront droit au sépulcre et quitteront la vie [1].

On me dira enfin (et ceci est plus grave) que l'individu en rupture d'idées avec l'opinion dominante
court un grand risque de se tromper, que l'erreur
devient crime quand elle est révolutionnaire, et
qu'à trop mépriser « l'appareil concret de la justice », on s'expose à de fâcheux démêlés avec les
tribunaux. C'est vrai encore. J'avoue franchement
que dans l'ordre des vérités morales, politiques,
religieuses, comme des vérités littéraires, dans tout
ce qui est matière de foi, non de science, je ne connais point de garantie pour la certitude.

Quand notre devoir est incertain, nous pouvons
le reconnaître avec beaucoup de probabilité à ce
signe, qu'il n'agrée pas à nos goûts, qu'il coûte à
notre nature un effort et qu'il exige un sacrifice.
Victor Hugo expiant dans l'exil sa résistance à l'Empire rendait très probable la vérité de la cause qu'il
avait embrassée. Les citoyens libres qui paient de
leur position et de leur fortune le refus de prêter

---

1. Prologue de *l'Année terrible*.

serment à un usurpateur, les martyrs qui paient de leur vie leur attachement fidèle au vrai Dieu, élèvent au plus haut degré possible de probabilité la vérité pour laquelle ils se ruinent ou pour laquelle ils meurent.

Mais ce n'est qu'une probabilité ; eux-mêmes peuvent se tromper. Il faut admettre la possibilité de l'erreur, bien moins comme la misère des êtres libres, que comme leur plus haut privilège. Le droit à l'erreur est le droit viril de la liberté. Il n'y a de garantie contre les aventures de l'intelligence, contre l'agitation féconde de la pensée, que dans les langes du nourrisson endormi sur le sein de la bonne mère qui berce son sommeil.

L'idéaliste, j'entends donc par là le simple honnête homme, ne méprise rien tant que la justice relative lorsqu'elle est en conflit avec la justice absolue. Les hommes politiques ont l'esprit ainsi fait qu'ils envisagent et apprécient toutes choses par rapport à la prospérité matérielle de leur pays ; ce point de vue peut sembler juste, mais il est inférieur ; la justice qui n'est que relative risque fort d'être l'injustice. Elle dit, par la bouche de Caïphe : « Mieux vaut la mort d'un homme, fût-il innocent, que la ruine de tout un peuple » ; et la multitude des âmes basses et des esprits courts s'écrie en chœur : « Comme c'est évident ! comme c'est juste ! » Non, peuple sans conscience et sans idéal, c'est un crime ; et ce qui est, non pas évident pour les yeux des myopes ou des aveugles, mais sensible à la raison du philosophe et démontré par l'histoire, c'est que

ce crime sera suivi d'un châtiment divin et puni
un jour par la destruction de Jérusalem.

> Un monde, s'il a tort, ne pèse pas un juste [1]...
> Cent mille hommes, criblés d'obus et de mitraille,
> Cent mille hommes, couchés sur un champ de bataille,
> Tombés pour leur pays par leur mort agrandi,
> Comme on tombe à Fleurus, comme on tombe à Lodi,
> Cent mille ardents soldats, héros et non victimes,
> Morts dans un tourbillon d'événements sublimes,
> D'où prend son vol la fière et blanche Liberté,
> Sont un malheur moins grand pour la société,
> Sont pour l'humanité, qui sur le vrai se fonde,
> Une calamité moins haute et moins profonde,
> Un coup moins lamentable et moins infortuné
> Qu'un innocent, un seul innocent, condamné [2].

A la maxime infâme de Caïphe s'oppose celle
qui est le scandale des politiciens, mais qu'approu-
vent tous les philosophes dignes de ce nom : *Fiat
justitia, pereat mundus!* « Que justice se fasse, dût
le monde périr! » Pourquoi? parce que la vie d'un
monde où la justice ne règne pas serait le déclin sûr
et rapide d'une santé trompeuse et condamnée à
brève échéance, tandis que d'une héroïque opération, comme l'est quelquefois l'œuvre de la justice
bouleversant la criminelle tranquillité d'un État,
peut sortir le salut du malade qui se croit bien portant en courant vers la mort.

Dans une pièce de *l'Année terrible* [3], deux voix,
la voix *sage* et la voix *haute*, s'adressent tour à tour
au poète. La voix sage lui dit :

> Toute la politique est un expédient...
> L'homme est l'homme, il n'est pas méchant, il n'est pas bon.
> Blanc comme neige, point; noir comme le charbon,

1. Prologue de *l'Année terrible.*
2. *Les Quatre Vents de l'Esprit*, I, 19.
3. Juillet, I. *Les Deux voix.*

Non. Blanc et noir, mêlé, tigré, douteux, sceptique.
Tout homme médiocre est homme politique.
Cherchons, non la grandeur, mais la proportion. .
Ami, le médiocre est un très bon endroit,
Ni beau, ni laid, ni haut, ni bas, ni chaud, ni froid ;
Moi, la raison, j'y fais mon lit, j'y mets ma table,
Et j'y vis, le sublime étant inhabitable.
Qui donc prend pour logis la cime du Mont-Blanc?...

Mais la voix haute répond :

N'écoute pas. Reste une âme fidèle...
Je suis la conscience, une vierge ; et ceci
C'est la raison d'État, une fille publique...
... Il faut bien quelqu'un qui soit pour les étoiles !
Il faut quelqu'un qui soit pour la fraternité,
La clémence, l'honneur, le droit, la liberté,
Et pour la vérité, resplendissement sombre!...
L'équité monte et plane et n'a pas d'autre règle.
Qui donc prend pour logis le haut du Mont-Blanc? l'aigle.

Il y a quatorze ans que Victor Hugo est mort.
Quand le vent qui souffle menace d'éteindre, selon
l'expression du poète, « cette veilleuse, la conscience » [1], j'ouvre son œuvre satirique, et je vois
« dans la nuit profonde de la France sa torche
flamboyer ». Je l'entends maudire les menteurs, les
fourbes et les traîtres, les lâches et plats valets qui
appellent César dans l'ombre, et l'alliance éternelle
du sabre et de la mitre contre nos libertés ; je l'entends prendre à témoin ses grands frères d'autrefois
dans la poésie vengeresse et s'écrier :

Oh! je sais qu'ils feront des mensonges sans nombre
Pour s'évader des mains de la vérité sombre ;
Qu'ils nieront, qu'ils diront : Ce n'est pas moi, c'est lui!
Mais n'est-il pas vrai, Dante, Eschyle, et vous, prophètes,
    Jamais, du poignet des poètes,
Jamais, pris au collet, les malfaiteurs n'ont fui!...

1. *L'Année terrible.* Mai, IV.

Ces coquins vils qui font de la France une Chine,
On entendra mon fouet claquer sur leur échine.
Ils chantent : *Te Deum*, je crierai : *Memento!*
Je fouaillerai les gens, les faits, les noms, les titres,
    Porte-sabres et porte-mitres;
Je les tiens dans mon vers comme dans un étau.
On verra choir surplis, épaulettes, bréviaires,
    Et César, sous mes étrivières,
    Se sauver, troussant son manteau [1]!

J'entends le grand poète prendre encore à témoin
contre les hommes sans honneur et sans foi « la
conscience de la nature », « le soleil, face divine »,
les « monts sacrés, hauts comme l'exemple »,
« l'eau chaste où le ciel resplendit » [2]. Ce qui fait
la poésie de la satire, c'est le lyrisme; il faut donc
qu'un hymne à Dieu et à la nature s'entremêle
étroitement à ses malédictions. Cette union chez
Victor Hugo fut si intime qu'il semble vraiment
que son âme continue à frémir dans l'ouragan, à
rugir dans le grondement de la mer. Sur l'aile de la
tempête, dans le bruit de l'orage, j'ai cru parfois
entendre vibrer la corde d'airain de sa lyre, la
foudre et les éclairs de sa grande poésie se confondre
avec la musique même de Dieu, et j'ai profondément senti alors l'étrange beauté de cette strophe
des *Châtiments* [3] :

Et les champs, et les prés, le lac, la fleur, la plaine,
Les nuages pareils à des flocons de laine,
L'eau qui fait frissonner l'algue et les goemons,
Et l'énorme Océan, hydre aux écailles vertes,
    Les forêts de rumeurs couvertes,

1. *Châtiments*, I, 11.
2. *Ibid.*, II, 4.
3. *Ibid.*, I, 11.

> Le phare sur les flots, l'étoile sur les monts,
> *Me reconnaîtront bien* et diront à voix basse :
>   C'est un esprit vengeur qui passe,
>   Chassant devant lui les démons!

Mais à la communion avec la nature il faut, pour que la poésie satirique remplisse toute sa grandeur, qu'un autre sentiment s'ajoute : l'amour de l'humanité. La passion contre le mal ne doit être que la forme douloureuse et violente d'une passion exaspérée pour le bien. Dans la haine même dont le poète poursuit les méchants, on doit sentir une *pitié suprême* pour la souffrance que le mal inflige à son auteur, plus encore qu'à ses victimes, une sympathique intelligence de ses causes quelquefois fatales, et la possibilité du pardon.

> Peuple, il est deux trésors, l'un clarté, l'autre flamme,
> Qu'il ne faut pas laisser décroître dans notre âme,
> Et qui sont de nos cœurs chacun une moitié :
> C'est la sainte colère et la sainte pitié [1].

Oh! quelle colère, mais quelle pitié Victor Hugo aurait eues au cœur s'il avait vu, en une nouvelle « année funeste », sa patrie bien-aimée, sous l'influence infernale d'une presse dont aucune épithète ne peut qualifier le crime, mentir à ses traditions généreuses, oublier, avec les qualités de son cœur, celles de son esprit, sortir de sa nature, sortir momentanément de l'humanité même, pour prendre, hélas! les deux caractères de la brute, qui sont la férocité et la stupidité, renier les conquêtes

---

1. *L'Élégie des fléaux*, dans *la Légende des Siècles*. Nouvelle série, tome II de l'édition in-8.

de la Révolution, la tolérance religieuse, l'égalité devant la loi, les droits du citoyen et de l'homme, redevenir sectaire, fanatique, altérée d'iniquité et de sang, prête aux luttes fratricides, et aspirer à redescendre dans la nuit d'où l'aurore de 89 l'avait tirée!

Les journaux du second Empire, étant bâillonnés, n'avaient été coupables que d'une servilité abjecte ; le spectacle d'une presse libre et soi-disant libérale coalisée contre le droit avec les ennemis naturels de la Révolution, de la République, de la liberté, aurait été étrangement nouveau pour le grand poète, et je me demande de quelles satires enflammées, inouïes encore dans la poésie humaine, il aurait châtié un tel monstre. Ils étaient bien moins haïssables, beaucoup de ceux auxquels il a dit :

> Rien qu'en songeant à vous, mon vers indigné sort,
> Et mon cœur orageux dans ma poitrine gronde
> Comme le chêne au vent dans la forêt profonde [1].

Mais à sa juste fureur une tendresse égale se serait jointe. Il aurait eu pitié. Il n'aurait pas confondu la France avec les criminels qui la trompent et l'égarent, pas plus qu'il ne confondait la justice avec les juges qui la vendent, la religion avec les ministres qui la rendent odieuse ou méprisable, l'armée avec les soldats et les chefs qui la déshonorent.

Il faut aimer tous ceux qui souffrent le mal ; il faut plaindre, c'est-à-dire encore aimer, ceux même

---

1. *Châtiments*, I, 5.

qui le font, si le mal n'est souvent que le bien qui
se trompe, si les méchants sont les vrais malheureux, et si, finalement, tout se réconcilie dans la
grande paix de la mort.

C'est la nuit, *Nox*, qui est le premier mot et la
première pièce des *Châtiments*; mais ils s'achèvent
et se couronnent par un hymne à *Lux*, la lumière,
par une vision sublime du poète affirmant sa foi
en un avenir de justice et d'amour :

> Nous vous verrons sortir de ce gouffre où nous sommes,
> Mêlant vos deux rayons, fraternité des hommes,
>   Paternité de Dieu!

II

Lois de l'imagination de Victor Hugo.

La satire, dans l'œuvre de Victor Hugo, n'étant qu'une forme, étant même la forme par excellence de sa poésie lyrique, et son génie étant lyrique essentiellement, il s'ensuit qu'analyser les lois de son imagination satirique, c'est vraiment entreprendre de son génie poétique l'étude générale.

La première loi de sa poésie, d'où toutes les autres dérivent, est que les mots ont à ses yeux une espèce de *vie réelle*.

Le mot, pour Victor Hugo, n'est naturellement pas, non plus que pour personne, un pur signe abstrait, comme dans la langue idéale de l'algèbre ; mais pour lui le mot n'est guère davantage ce qu'il est pour tout le monde, poètes, orateurs, écrivains et hommes quelconques, excepté peut-être pour les mathématiciens, la simple illustration de l'idée par l'image. C'est beaucoup plus : c'est une puis-

3.

sance active qui met toute son imagination en branle; c'est une figure animée; c'est, il l'a dit, un *être* substantiel et vivant :

> Car le mot, qu'on le sache, est *un être vivant.*
> La main du penseur vibre et tremble en l'écrivant [1].

Ce voyant, étrangement impressionnable, est ravi en « extase », plongé dans « l'effarement », lorsque, descendant la pente de sa rêverie, il songe à cette chose toute-puissante, le mot :

> La plume qui d'une aile allongeait l'envergure
> Frémit sur le papier, quand sort cette figure,
> Le mot, le terme, type on ne sait d'où venu...
> Il est vie, esprit, germe, ouragan, vertu, feu :
> Car le mot, c'est le verbe, et le verbe, c'est Dieu...
>   ... Tu n'aurais pu, Lumière,
> Sortir sans moi du gouffre où tout rampe enchaîné.
> Mon nom est *Fiat Lux*, et je suis ton aîné [2]!

Traduisons ce mystère en langage intelligible; expliquons le rôle souverain du mot dans la pensée de Victor Hugo et sur sa poésie, et prenons comme premier exemple le mot *Liberté*.

La plume du grand poète ne trace pas ces lettres sacrées sans un frémissement de tout son être, parce qu'en les écrivant il voit, comme l'a dit un critique [3], « des hommes déliés qui s'embrassent en pleurant », parce qu'il entend, comme il l'a dit lui-même, *le bruit d'une chaîne qui se casse* :

> O matin radieux,
> Quand tu remplis d'aurore et d'amour le grand chêne,
> Ton chant n'est pas plus doux que le bruit d'une chaîne
> Qui se casse et qui met une âme en liberté [4]!

1. *Les Contemplations*, I, 8.
2. *Ibid.*
3. Hennequin.
4. *Le Titan*, dans *La Légende des Siècles*.

Le mot *Révolution* lui donne en un éclair la vision de l'écroulement d'un monde :

> ... Le monde entraînant pavois, glaive, échafaud,
> Ses lois, ses mœurs, ses dieux, s'écroule sous le mot [1].

Le même mot, *Révolution*, lui rappelle aussi l'aurore, le souffle vivifiant du matin, pendant que l'activité féconde de la France, ouvrière du *Progrès*, fait retentir à ses oreilles le bruit d'une forge et d'un marteau :

> Et cependant la terre est d'aurore baignée,
> Un jour se lève, on sent un souffle frissonner ;
> La France est une forge où l'on entend sonner
> Le marteau du progrès et l'enclume du monde [2].

Si le mot *Napoléon* « ébranle toujours sa pensée », c'est que, dans la défaite comme dans la victoire, toujours ce mot lui représente un fantôme gigantesque, soit que le géant, « faisant trois pas comme les dieux », prenne les unes après les autres toutes les capitales, bouleverse la carte de l'Europe et dicte ses lois à des esclaves couronnés ; soit que, foudroyé non par les hommes, mais « par le sort », de l'extrémité de l'île lointaine où il meurt, aigle captif dont un grand coup de vent a cassé les deux ailes, il remplisse encore l'univers du bruit et de la terreur de son nom.

Ce qui fait que Caton ne plie pas, c'est qu'il « a dans les reins cette syllabe : Non [3] ». Sous la pau-

1. *Les Contemplations*, I, 8.
2. *La Révolution*, dans le livre épique des *Quatre Vents de l'Esprit.*
3. *Les Contemplations*, I, 8.

pière de tous les grands obstinés flamboie le mot qui est leur foi, leur joie, leur force.

> Sonnez, sonnez toujours, clairons de la pensée [1].

Les clairons de la pensée, ce sont les mots. Quand Josué, rêveur, fit le tour de la ville de Jéricho, en sonnant de la trompette,

> A la septième fois les murailles tombèrent [2].

Le mot enflamme les cœurs, rue les peuples à l'assaut contre la tyrannie, renverse les villes et les rois :

> Que de mes entrailles
> Sorte le grand mot
> Qui court aux murailles
> Et donne l'assaut...
>
> Le mot qu'à Florence
> Dit Dante irrité ;
> Le mot Espérance !
> Le mot Liberté [3] !

Je n'ignore pas qu'au fond ceci n'a pas l'air bien nouveau, que la puissance du mot sur l'imagination des hommes est chose depuis longtemps connue, et que Bossuet avait déjà dit, dans l'oraison funèbre de la reine d'Angleterre : « Quand une fois on a trouvé le moyen de prendre la multitude par l'appât de la liberté, elle suit en aveugle, pourvu qu'elle en entende seulement le nom. » Je sais aussi que

---

1. *Châtiments*, VII, i.
2. *Ibid.*
3. *Coups de clairon*, dans la seconde *Corde d'airain* de *Toute la Lyre* (xxvi de l'édition in-8). C'est une des pièces prétendues inédites des *Années funestes*.

la loi de la pensée qui nous fait associer une image, une vision, sinon à chaque mot de la langue, du moins à certains grands mots, inspirateurs de notre conduite, régit tous les esprits humains et n'est point une singularité de l'imagination de Victor Hugo.

Le mot même a une force, écrit M. Fouillée [1], parce qu'il suscite tous les sentiments qu'il résume; *honneur*, *devoir*, ces simples mots retentissent en échos infinis dans les consciences. Au seul mot d'*honneur*, toute une légion d'images est prête à surgir : vous entrevoyez vaguement, comme des yeux ouverts dans l'ombre, tous les témoins possibles de votre acte, depuis votre père et votre mère jusqu'à vos amis et tous vos compatriotes; bien plus, si votre imagination est vive, vous entrevoyez tous vos grands devanciers qui, en des circonstances semblables, n'ont pas hésité. — Il le faut, allons!... — Le mot, produit social, est aussi une force sociale. L'âme religieuse va plus loin encore : le devoir, pour elle, se personnifie en un être qui est le Bien vivant et dont elle entend la voix. On parle de formules mortes, il y en a bien peu. L'idée et le mot sont des formules d'actions possibles et de sentiments prêts à passer en actes : ce sont des *verbes*.

De quelque mot profond tout homme est le disciple [2].

Entre les procédés ordinaires de l'esprit humain et ceux de notre auteur, il y a pourtant une différence.

Il est vrai que nous ne pensons qu'au moyen d'images, et que les mots *Liberté*, *Révolution*, *Napo*-

---

1. *Revue des Deux Mondes* du 1ᵉʳ juin 1889.
2. *Les Contemplations*, I, 8. — « Les mots *sont des choses*, a dit aussi Lord Byron; une petite goutte d'encre tombant, comme une rosée, sur une pensée, la féconde et produit ce qui fait penser ensuite des milliers d'hommes, peut-être des millions d'hommes. »

léon, etc., font surgir à nos yeux les mêmes visions à peu près qu'aux siens. Mais, en premier lieu, nos visions sont beaucoup moins nettes, et cela constitue d'abord une différence énorme de degré. Ensuite, comme nous ne sommes pas poètes, nous ne jouons pas activement avec nos images; et comme nous ne sommes pas Victor Hugo, nous ne les subissons pas non plus au point d'en être obsédés et d'en devenir nous-mêmes les jouets. Pour que nous nous rendions les « disciples d'un mot », il faut, si nous sommes des esprits libres, que nous ayons soumis à la critique l'idée qu'il contient; et si nous sommes « *vulgus, plebs*, la tourbe, la foule », il faut qu'instinctivement nous soyons déjà du parti qui l'a inscrit sur son drapeau. Car à toute noble devise une devise également noble peut s'opposer, et alors où est la raison de choisir l'une plutôt que l'autre? Le mot *Patrie*, par exemple, est un mot sublime de ralliement; mais on a vu se dresser en face de lui d'autres mots, tels que *Justice* ou *Vérité*, dont on ne peut pas dire qu'ils soient moins sublimes. Il est clair dès lors que, si des mots vénérables et saints comme ceux-là s'engagent dans une lutte impie, c'est à cause de la quantité de petites idées accessoires, de passions d'ordre inférieur et contraires entre elles que ces mots représentent aussi. Lorsque Bossuet dit que la multitude suit en aveugle le nom de la liberté, il ajoute qu'on l'a *d'abord* prise et séduite par l'appât des biens trompeurs que la liberté lui promet. Quant aux philosophes, ils doivent

rester, par définition, insensibles au prestige des
grands mots, capables d'y distinguer la substance
et l'enflure, et de les vider de toute la fantasma-
gorie qui s'y trouve contenue. Ils admirent Napoléon, mais ils le jugent. La Révolution n'est pas
pour eux un bloc intangible et sacré ; ils la discu-
tent ; ils en viennent peut-être à voir de vilaines
ombres dans cette « aurore éblouissante », dans ce
« matin radieux », et leur liberté de critique va si
loin que plusieurs, qui certes étaient moins de
vrais philosophes que de beaux esprits,. ont osé
dire, de nos jours, à la grande et juste indignation
du poète :

> Nous sommes revenus de tous ces grands mots creux :
> Progrès, Fraternité, mission de la France,
> Droits de l'homme, Raison, Liberté, Tolérance [1].

Or, l'esprit de discernement, qui est le premier
degré de la justice et la qualité la plus élémentaire
du critique, est très faible chez Victor Hugo. Tous
ses jugements sont absolus. Ayant, dans le cours
de sa longue vie, changé d'opinions comme tout
homme qui pense, et ses opinions étant toujours
extrêmes, il devait, plus que personne, scandaliser
ceux qui ne pensent pas, par la violence de ses contradictions. Mais il est possible d'en découvrir la
loi, et de les ramener ainsi au moins à l'unité de
cause.

Cette loi, c'est l'empire, toujours le même,
qu'une suite de mots divers ont eu sur son esprit.

1. *Les Quatre Vents de l'Esprit*, I, 21.

Très grand poète, grand penseur aussi quelquefois à force d'imagination, Victor Hugo est surtout le plus grand *rhéteur* qui fut jamais, en ce sens que l'expression verbale n'est pas seulement pour lui l'achèvement de l'idée, mais l'essence même de toute son activité et presque la seule fin pour laquelle il ait agi et vécu. Son amour de l'humanité n'est pas douteux; cependant, il lui a fallu le roman des *Misérables* pour qu'il existât d'une existence complète. Son amour de la patrie fut sincère; cependant, il a eu besoin du poème de *l'Année terrible* pour se réaliser pleinement [1]. Nul auteur français ne s'est montré plus exclusivement « livresque » que notre poète, par la forme toute littéraire de son action morale, sociale et politique, comme par sa prodigieuse mémoire des nombreux dictionnaires qu'il avait dévorés; Baudelaire a spirituellement rappelé [2], à propos de cet incomparable moulin à paroles, le prophète de la Bible auquel Dieu ordonne de manger un livre.

En vérité, il n'a aimé, au fond, que la littérature et surtout que la sienne; mais, comme la littérature s'alimente d'idées grandes, nobles, simples et fécondes, que les délicats appellent *lieux communs*, il a passionnément chéri ces idées par rapport à la littérature et suivant ce qu'elles lui semblaient fournir de digne matière à sa virtuosité de grand écrivain.

---

1. Voyez Mabilleau, *Victor Hugo* (Collection des Grands Écrivains français), p. 148.
2. Dans sa notice sur Victor Hugo. Tome IV des *Poètes français*, de Crépet.

Il n'est point un dilettante, parce qu'il ne se contente jamais d'un thème quelconque ; le motif ne lui est nullement indifférent, et il tient beaucoup, au contraire, à la *valeur de rendement* que présente une idée. Il est moins encore, est-il besoin de le dire? un industriel de la plume exploitant l'art d'écrire pour une fin bassement intéressée. Il lui faut toujours un sentiment élevé, noble, généreux, pour mettre en branle ce que Veuillot appelle son « bourdon » ; mais peu lui importe que ce sentiment soit banal ; comme tous les poètes de haut vol, comme tous les écrivains de grand style, la banalité ne lui fait point peur.

Dans la foi républicaine il y a de beaux motifs de poésie ; il y en a aussi, ou il y en avait, dans la foi royaliste. Le passage du poète d'un culte à l'autre ne fut, au fond, que le remplacement d'un thème littéraire fécond en images brillantes, en développements magnifiques et en nobles mouvements de l'âme par un autre thème qui lui parut encore plus riche à cet égard. Son catholicisme et son royalisme lui étaient entrés au cœur par l'imagination ; ils en ont été chassés, non point par une profonde crise de son intelligence, mais par les besoins nouveaux de son vocabulaire, par la rapide extension de sa gamme poétique, qui, d'abord contente d'un simple clavier, exigea bientôt d'autres notes et la symphonie de tout un orchestre. C'est l'image, c'est le verbe, c'est le *mot*, qui seul a engendré toutes les théories religieuses, politiques, sociales, morales et littéraires de Victor Hugo.

Les mots autrefois puissants sur l'imagination de l'auteur des *Odes et ballades* étaient : *Foi, Devoir, Honneur*. Il écrivait dans sa préface, faisant allusion à la philosophie du xviiie siècle, ouvrière de la Révolution française : « C'est surtout à réparer le mal fait par les sophistes que doit s'attacher aujourd'hui le poète. Il doit marcher devant les peuples comme une lumière, et leur montrer le chemin. Il doit les ramener à tous les grands principes d'ordre, de morale et d'honneur » ; et, dans l'ode 3 du livre II :

> Qu'on ne nous vante plus nos crédules ancêtres!
> Ils voyaient leurs devoirs où nous voyons nos droits.
> Nous avons nos vertus : nous égorgeons les prêtres
>   Et nous assassinons les rois.
> Hélas! il est trop vrai, l'antique honneur de France,
>   La Foi, sœur de l'humble Espérance,
>   Ont fui notre âge infortuné ;
> Des anciennes vertus le crime a pris la place ;
> Il cache leurs sentiers, comme la ronce efface
>   Le seuil d'un temple abandonné...

Ces vers appartiennent au temps où le poète satirisait la Révolution et la Liberté. La liberté lui apparaissait alors sous la figure d'un monstre sanglant, et la révolution sous celle d'une orgie ou d'une ruine[1].

En ce temps-là, le peuple était pour le poète un *tigre*[2]. De cette bête cruelle et sanguinaire le peuple a été promu à la dignité de *lion*, avec toutes les idées de grandeur généreuse et de force tranquille dont la légende honore le roi des animaux.

1. II, 6.
2. II, 5.

L'ascension irrésistible et lente du peuple dans l'histoire l'a fait comparer aussi à une *marée*, et sa puissance formidable à l'*océan* [1].

Toutes ces images sont très importantes, car elles ont certainement influé sur la doctrine démocratique du poète à tel point qu'on peut dire qu'elles en ont façonné la substance et déterminé la direction.

Ses jugements contradictoires sur Voltaire sont piquants. En 1835, la sagesse du patriarche est encore « impie, envenimée, fille de l'ignorance et de l'orgueil [2] », et en 1839 il est un *singe*

Chez l'homme en mission par le diable envoyé [3].

Quelle métamorphose plus tard !

Voltaire, cet esprit de flamme armé du rire,
Ce Titan, qui, proscrit, empêchait de proscrire,
Ce pasteur guidant l'âme, enseignant le devoir
Et chassant le troupeau des dogmes au lavoir [4]...

Voltaire, pasteur des âmes ! Voltaire enseignant aux hommes le devoir ! le paradoxe est fort ; une idée aussi folle est sans doute un accident, non pas même de l'image, mais de la rime, et c'est le cas de rappeler au poète philosophe ces vers judicieux de *l'Ane* :

O mon vieux Kant ! la phrase est une grande fourbe.
On croit qu'elle se dresse alors qu'elle se courbe,
Tant la coquine met de pompe à s'aplatir !

1. Voyez *la Méridienne du Lion*, dans les *Chansons des rues et des bois* ; *Au peuple, la Caravane*, et la pièce 5 du livre V, dans les *Châtiments*, etc.
2. *A Alphonse Rabbe* (dans les *Chants du Crépuscule*).
3. *Les Rayons et les Ombres*, IV.
4. *Toute la Lyre*. Deuxième *Corde d'airain*, II (dans l'édition in-8).

Il n'était guère possible qu'en changeant de foi politique et religieuse Victor Hugo n'eût pas sur Voltaire deux avis diamétralement opposés. Mais quelquefois ses palinodies sont plus apparentes que réelles; par exemple, sa prétendue contradiction sur Napoléon Iᵉʳ. Il a d'abord maudit, puis adoré le grand empereur, mais il l'a toujours admiré avec épouvante, et de l'horreur au culte enthousiaste la transition est aisée et n'a rien de heurté. La seule différence qu'il y ait, au fond, entre les vers d'une très belle rhétorique que l'auteur des premières odes a consacrés au terrible fléau de Dieu, et tous les vers qui ont suivi, c'est que le poète autrefois insistait davantage sur le châtiment divin réservé au téméraire par la puissance supérieure et infinie du Dieu que son orgueil oubliait.

Victor Hugo a toujours été non point bonapartiste, mais *napoléonien*, si par bonapartisme on entend un parti politique, par napoléonisme un état littéraire de l'imagination qu'éblouit la grandeur des héros de la gloire [1]. Le culte esthétique des grands hommes, naturel à tout poète, ne cessa jamais d'être dominant chez lui; si les objets qu'il trouvait grands ne sont pas demeurés les mêmes, la constance de son enthousiasme pour la grandeur maintient entre ses pièces les plus royalistes, les plus impérialistes et les plus républicaines l'unité du sentiment qui a inspiré les unes et les autres.

Il était encore dévoué à la monarchie légitime,

1. Voyez l'article de J.-J. Weiss sur Victor Hugo, daté du 26 mai 1885.

lorsqu'il choisissait pour héros de ses drames des
révoltés, des laquais, des vagabonds, des bandits,
qu'on croirait éclos des rêves d'un anarchiste ;
mais ces fils de leurs œuvres, ces déclassés rompant
en visière à l'ordre établi, étaient grands. Il était
bon serviteur du roi Louis-Philippe, il n'avait pas
commencé la moindre évolution politique vers un
autre système de gouvernement, mais son imagination était toute remplie de la gloire de Napoléon
lorsqu'il s'écriait dans *Ruy Blas* :

> O géant! Se peut-il que tu dormes?
> On vend ton sceptre au poids! un tas de nains difformes
> Se taillent des pourpoints dans ton manteau de roi,
> Et l'aigle impérial, qui, jadis, sous ta loi,
> Couvrait le monde entier de tonnerre et de flamme,
> Cuit, pauvre oiseau plumé, dans leur marmite infâme!

Vraiment, Victor Hugo était révolutionnaire dans
l'âme, dès les jours de son royalisme ; car la révolution, c'est le mouvement, la vie, la liberté
féconde, la mise en lumière des grands hommes, et
à quelle époque de telles choses ne le ravirent-elles
pas? On le blâme d'avoir renié la foi de son
enfance : c'est une double sottise, d'abord parce
que ce n'est jamais mal de changer de religion, les
convictions personnelles ayant seules de la valeur
et n'éclatant nulle part avec plus de sincérité que
dans une apostasie libre et volontaire; ensuite,
parce que ce blâme deux fois aveugle implique une
vulgaire inintelligence du génie particulier de
notre poète. Son changement d'église politique eut
des causes exclusivement littéraires, qu'il ne faut

point chercher ailleurs que dans les lois mêmes de son imagination.

La première de ces lois est donc l'ébranlement extraordinaire qu'elle recevait des mots en général et surtout de certains grands mots, considérés fantastiquement comme de véritables *êtres doués de vie*.

La deuxième loi de cette imagination sans pareille est la *simplification* extrême des choses que les mots lui représentaient, et cette seconde loi est la conséquence logique de la première.

Ce qui est complexe, délicat, nuancé, intéresse l'esprit, exerce l'intelligence, mais ne frappe pas vivement le regard. L'œil de Victor Hugo, voyant les choses avec une netteté intense, les voyait toujours simples. Il n'était pas de ces myopes repliés sur eux-mêmes par l'impuissance de leur vue et confinés dans l'analyse intérieure, ou examinant avec la loupe, sous l'abat-jour de leur lampe crépusculaire, un détail infiniment petit de la nature, un point obscur et difficile de l'histoire. Sa pensée avait besoin et du choc des mots et du contact violent des choses, contemplées par les yeux de son corps sous la lumière crue du soleil, ou surgissant à son imagination hallucinée dans l'horreur épaisse de la nuit.

M. Mabilleau a cru pouvoir affirmer que l'œil de Victor Hugo ne distinguait pas les couleurs, contentons-nous de dire les nuances, et qu'il n'était sensible qu'aux oppositions très tranchées, le noir,

le blanc, le rouge. Une singularité bien curieuse
de sa complexion physique, c'est qu'il était un
« visuel » à tel point qu'il avait besoin de *voir
les mots* et qu'il ne composait qu'en écrivant, ne
pouvant ni dicter ni rimer de mémoire. Il illustrait
de dessins les marges de ses manuscrits. Il estimait
que les mots ont une physionomie, et que les
lettres mêmes de l'alphabet ont chacune sa signification. Ce n'est certes pas lui (et je l'en félicite) qui
aurait signé la pétition pour la réforme de l'orthographe, consenti jamais à changer en *i* simple l'*y*
grec du mot *lys*, cette gracieuse image de la chose
qu'il exprime, ni à supprimer du mot *poète* ou *poëte*
soit l'accent grave, qui est une flamme, soit le
tréma, qui est une étoile double.

Par l'excessive simplification des choses et des
idées, suite naturelle du relief intense qu'elles
avaient dans son imagination et dans sa vue, Victor
Hugo, dont on a souvent signalé les tendances
classiques, remonte non seulement au grand Corneille, mais presque à la rudimentaire sagesse
morale des vieux bardes de la chevalerie française
et des antiques Homères; il rejoint les poètes
primitifs, qui étaient *sans psychologie*.

L'absence de vérité mesurée, composée, tempérée, sachant fondre et allier les contraires, est,
dans son œuvre poétique, tantôt une faiblesse et
tantôt une force. C'est une faiblesse dans ses romans
et dans ses drames, où la représentation complète
et harmonieuse de la nature humaine fait un peu
trop défaut; c'est, dans ses épopées, une lacune

plutôt avantageuse ; mais c'est certainement un avantage et une force dans la satire lyrique, qui n'a que faire de nuances et d'atténuations, de restrictions et de réserves, de retouches et de repentirs, et qui ne saurait trop carrément se ranger contre les hommes et contre les choses que sa justice irritée châtie.

Toutes les âmes que Victor Hugo a créées sont simples : celles même qu'il croit doubles, parce qu'il y a violemment jeté une de ces antithèses qui lui sont chères, ne servent qu'à mieux faire ressortir cette loi ; car le conflit de deux forces contraires, qui est la plus grande complexité de son art, se réduit toujours à une simple opposition mécanique où brille non pas l'ondoyante et sinueuse richesse de la nature, mais le seul éclat de sa rhétorique. L'expérience de la vie apprend à l'observateur que tous les vieillards ne sont pas vénérables comme Nestor, que tous les héros ne ressemblent pas à de jeunes dieux comme Achille, que tous les traîtres ne sont pas laids comme Thersite, que toutes les mères n'ont pas un cœur de mère, que tous les diables ne sont pas noirs, que tous les enfants ne sont pas des anges, et toutes les femmes non plus. Victor Hugo, dominé par l'influence des mots, s'en tient à ces épithètes de nature : mère *tendre*, héros *divin*, femme *gracieuse*, ange *innocent*, monstre *horrible*.

Voyez l'enfant dans sa poésie :

Il est fait de candeur et de grâce suprême...
C'est le nouveau venu de la céleste rive [1]...

1. *La Pitié suprême.*

> ... On sent manquer l'aile à ce petit pied blanc [1] ;
> Il est du paradis des anges encore ivre [2].

L'évangile que le bon vieillard prêche à ses petits enfants est d'une simplicité toute patriarcale :

> ... Je leur montre du doigt
> Le ciel, Dieu qui s'y cache, et l'astre qu'on y voit.
> Je dis : Donnez l'aumône au pauvre humble et penché [3].

L'idée qu'un pauvre, mendiant de porte en porte, puisse n'être qu'un escroc, n'entre point dans l'esprit du poète, et Dieu sait cependant si ce n'est pas le cas le plus fréquent !

Le système absurde de grand-papa gâteau, où il réduit doctoralement, dans *l'Art d'être grand-père*, tout le mystère de l'éducation, comme une sagesse révélée du ciel, dérive très logiquement de sa psychologie sommaire et simpliste. Un jour que Jeanne ou Georges lui a donné une tape, le vieux barbon se met à rire pour toute réponse, et il écrit ces deux vers charmants :

> Bah ! contre de l'aurore est-ce qu'on se défend ?
> Le tonnerre chez lui doit être bon enfant [4].

Pour Victor Hugo, comme pour les poètes antiques et primitifs, la beauté de l'âme a son rayonnement nécessaire dans celle des traits et de la physionomie ; fatalement la difformité morale engendre la difformité physique :

> Pancho, fauve au dedans, est difforme au dehors ;
> Il est camard, son nez étant sans cartilages,

1. *Toute la Lyre*, III, 2 (édition in-18).
2. *L'Ane.*
3. *Les Contemplations*, I, 6.
4. *L'Art d'être grand-père*, VI, 4.

Et si méchant, qu'on dit que les gens des villages
Ramassent du poil d'ours où cet homme a passé [1].

Un des lieux communs de la satire, celle des femmes, manque totalement à l'œuvre de Victor Hugo, ou s'y borne à bien peu de chose; Ce qu'on en peut extraire dans cet ordre d'études morales est d'une rare insignifiance. Pourquoi? cela tient encore à la simplicité excessive de sa psychologie, tout idéale, et à une certaine galanterie chevaleresque qui s'est fait comme un point d'honneur d'ignorer les défauts et les vices du sexe qui possède la beauté. Aux yeux du grand poète naïf, toutes les reines généralement sont belles, parce qu'elles sont femmes, et parce qu'étant femmes elles sont bonnes.

Quand on est un homme d'imagination puissante et qu'on ne voit dans les choses que leurs caractères les plus simples et les plus généraux, on est naturellement enclin à grossir sans mesure cet aspect unique; et nous voilà conduits à la troisième loi du génie poétique de notre auteur, qui est l'*outrance*.

Les poètes classiques simplifiaient beaucoup, eux aussi; cependant ils exagéraient peu, parce que l'imagination, moins forte chez eux que la faculté philosophique d'abstraire, était tenue en bride par la raison. Victor Hugo met la sienne en liberté, il lui lâche les rênes de plus en plus; des *Orientales*

---

1. *Le Jour des Rois*, dans *la Légende des Siècles*.

à *la Légende des Siècles*, des *Feuilles d'Automne* aux *Contemplations*, des *Voix intérieures* à *l'Art d'être grand-père*, à travers ses romans, à travers son théâtre, à travers son *William Shakespeare*, il y a un crescendo continuel dans ce sens; il s'amuse énormément au jeu d'Hercule ou de Goliath qui consiste à toujours renchérir de conceptions, de termes, d'images gigantesques; sa fantaisie ne s'épuise pas, même dans la vieillesse, en inventions prodigieuses; sa plume amoncelle les mots formidables, « son écritoire fume comme un cratère[1] », et il finit par ressembler lui même à ce Titan dont il a dit :

Des aigles tournoyaient dans sa bouche béante[2].

Dès ses premières *Ballades* nous voyons paraître *le Géant*. Mais les merveilleuses prouesses de cet être fabuleux nous sont racontées alors comme une légende plaisante, et il n'y a qu'un brillant emploi de l'esprit à lui faire dire :

Ma tête ainsi qu'un mont arrêtait les nuages
Et mon souffle courbait au loin les peupliers...

Je n'emporte au combat que ma pique de frêne
Et ce casque léger que traîneraient sans peine
    Dix taureaux au joug accouplés...

Ensevelissez-moi parmi des monts sublimes,
Afin que l'étranger cherche en voyant les cimes
    Quelle montagne est mon tombeau!

De même, dans *la Fin de Satan*, lorsque nous voyons sortir des mains de Dieu les grands ancêtres

1. *William Shakespeare.*
2. *Le Satyre*, dans *la Légende des Siècles.*

du genre humain, parlant avec de formidables voix,

> Et ces géants aller et venir dans les bois,

il n'est pas mal à propos de nous montrer

> . Cham assis dépassant les colosses debout...

Mais ailleurs le géant a vraiment trop usurpé la place de l'homme, la grandeur surhumaine a supplanté la vérité morale; et si tous les poètes, depuis Eschyle et Euripide, se divisent en deux classes, ceux qui font grand surtout sans cesser d'être vrais et ceux qui font vrai d'abord en sachant rester grands, il est juste de dire que Victor Hugo s'est tellement complu à faire grand qu'il oublie ou dédaigne de faire vrai et qu'il foule sous ses pieds de Cyclope avec une joie visible les règles et les proportions de la nature. Tous ses héros sont dignes de figurer dans le cercle colossal de ces vieux convives des *Burgraves*, assis

> Autour d'un bœuf entier posé sur un plat d'or,

et dignes de dévorer ce rôti gigantesque dans la salle à manger d'Eviradnus, salle à manger de Titans, si haute

> Qu'en égarant de poutre en poutre son regard   .
> Aux étages confus de ce plafond hagard,
> On est presque étonné de n'y pas voir d'étoiles.

Mais, comme la simplification des idées et des choses, leur grossissement, loin de nuire à la poésie satirique, lui est très favorable. L'outrance ne messied point à qui est armé de la foudre; le ton-

nerre n'eut jamais de ménagements délicats, et il
faut ici frapper fort pour frapper juste. Ce qui
serait souvent dans l'art dramatique un défaut est
donc toujours, dans la satire, pourvu que sa fureur
soit sincère, une condition de beauté. Elle ne saurait rugir trop haut. Victor Hugo, aisément sur-
passé par d'autres poètes dans le drame, simplement égal à plusieurs dans les vers lyriques d'adoration et d'amour, était prédestiné à la première
place dans le concours poétique de la *Corde d'airain* par les violences mêmes d'imagination et de
passion, par les excès de fougue indisciplinée qui
l'empêchent d'être souverain partout et de régner
sur la littérature tout entière.

Il simplifie les objets, il les grossit; enfin il les
oppose.

L'*antithèse* achève l'énumération des grandes lois
de son génie poétique, et cette dernière loi est la
suite naturelle des autres. Une imagination qu'un
mot allume s'embrase et flamboie au choc des
mots qui se font la guerre; un poète qui voit simplement et grandement les choses doit aimer le
contraste qui rehausse leur relief; car rien ne les
fait ressortir avec plus d'éclat que l'opposition.

D'autres grands écrivains ont fait, comme lui, de
l'antithèse, plus qu'un ornement accidentel de leur
style, ils en ont fait une loi de toute leur manière
de penser et d'écrire; mais, chez Victor Hugo, elle
a ceci de singulier, que les images qu'elle suscite
dans son esprit se changent en réalités sérieuses,

4.

prennent une force probante et deviennent la vérité même, si bien qu'à ses yeux *comparaison est raison*. Ce logicien extraordinaire renouvelle presque les bizarres raisonnements de ces théologiens du moyen âge, pour lesquels il devait y avoir nécessairement quatre évangiles parce qu'il y a quatre points cardinaux, ou qui fondaient la subordination des princes au pape sur cet argument, que la lune emprunte sa lumière du soleil.

Il croyait certainement avoir trouvé la preuve sans réplique contre le pouvoir temporel du saint-siège dans cette antithèse brillante : « Le christianisme est moins auguste, couronné au Vatican qu'agenouillé au Golgotha. Une triple couronne de jouissances et d'orgueil terrestre représente étrangement la couronne d'épines [1] ». L'analogie, qui correspond à l'antithèse comme son pendant, fournit à ce penseur facile à contenter le fondement de sa foi inébranlable au progrès : « J'ai profondément foi au progrès. Les éclipses sont des intermittences, et comment douterais-je du retour de la liberté puisqu'à tous mes réveils j'assiste au retour de la lumière [2]? » La question controversée de la généalogie de Victor Hugo a été résolue par M. Edmond Biré, son biographe, dans le sens de la descendance roturière du poète, contrairement aux prétentions mensongères de sa vanité. S'il est vrai qu'il ait tenu à gloire d'appartenir à la noblesse

1. Lettre aux membres du cercle démocratique de Pise, 3 avril 1863.
2. Lettre à Paul de Saint-Victor, 10 décembre 1865.

toute faite, où l'on n'a « que la peine de naître »,
c'est une faiblesse humaine de plus, qui lui était
commune avec plusieurs grands hommes, notamment avec Michel Montaigne; mais il m'a toujours
paru bien peu probable qu'un homme aussi
orgueilleux que Victor Hugo, enfant de la Révolution française et surtout fils glorieux de ses œuvres,
ait eu une vanité si puérile, et je trouve, dans une
lettre qu'il écrivait le 20 mars 1867, une profession
de foi qui doit être sincère, parce que son amour
de l'antithèse avait de quoi y goûter la plus vive et
la plus complète satisfaction :

> Personnellement, je n'attache aucune importance aux
> questions généalogiques. L'homme est ce qu'il est, il vaut
> ce qu'il a fait. Hors de là, tout ce qu'on lui ajoute et tout
> ce qu'on lui ôte est zéro. D'où mon absolu dédain pour les
> généalogies. Les Hugo dont je descends sont, je crois, une
> branche cadette, et peut-être bâtarde, déchue par indi-
> gence et misère. Un Hugo était déchireur de bateaux sur
> la Moselle... Il y a dans ma famille un cordonnier et un
> évêque, des gueux et des Monseigneurs... Si j'avais le
> choix des aïeux, j'aimerais mieux avoir pour ancêtre un
> savetier laborieux qu'un roi fainéant.

Quelquefois la rencontre des sons lui fait soudain apercevoir un sens qui n'a aucun rapport
logique ni raisonnable avec l'idée exprimée par le
mot, et cette surprenante absurdité, dont l'effet
ordinaire est d'exciter le rire, est ce qu'on appelle
vulgairement un *calembour*. Mais les calembre-
daines de Victor Hugo sont graves, parce qu'elles
lui suggèrent des philosophies de l'histoire, des
cosmogonies, des métaphysiques. « *Vis* et *Vir*

lui apparaît comme l'antithèse fondamentale sur laquelle reposent les philosophies et les religions [1]. » *Nomen*, *Numen*, *Lumen* : il entrechoque ces consonances, et voilà l'existence de Dieu démontrée et le Verbe éternel créant le firmament [2].

Dans la satire lyrique, la seule qui soit de la poésie, les grandes antithèses fondamentales sont d'abord la haine et l'amour ; puis vient celle des hommes et des bêtes, de l'humanité et de la nature. Je n'ai pas à revenir sur la première, qui remplit mon premier chapitre ; le septième chapitre aura pour sujet la seconde antithèse, à savoir le désaccord ou l'harmonie des bêtes et de la nature avec l'homme dans la poésie satirique de Victor Hugo.

Une troisième antithèse, très belle et très féconde aux mains du poète satirique, c'est le contraste du présent avec le passé, c'est la comparaison

> Des hommes d'autrefois aux hommes d'aujourd'hui.

Il n'y a point d'idée qui revienne plus fréquemment sous la plume de notre poète ; il varie le thème de toutes les façons, par le rythme, par l'image, par les exemples qu'il multiplie de notre petitesse et de la grandeur de nos pères :

> C'est bien, buvez, mangez, rampez, courbez la tête !...
>   Nos aïeux
> Étaient les habitants hagards de la tempête
>   Dans les cieux.

1. Mabilleau.
2. Voyez *les Contemplations*, VI, 25.

Ils dispersaient les vents sous leurs vastes coups d'ailes,
    Rayonnaient,
Donnaient des rendez-vous à la mort, et fidèles,
    Y venaient. .

Leurs sabres ont chassé, secouant leur dragonne,
    De Valmy,
De Fleurus et des bois sinistres de l'Argonne
    L'ennemi.

Devant ces preux, semant les progrès, les désastres
    Et le bruit,
Les rois disparaissaient comme des fuites d'astres
    Dans la nuit.

Moi je suis un proscrit. J'assiste aux mers farouches,
    Aux combats
De l'ombre et de l'écume, où d'effroyables bouches
    Parlent bas,

Et, tout en écoutant passer ce cri : Justice!
    Dans les vents,
Je songe à la grandeur des morts qui rapetisse
    Les vivants [1].

Un survivant de la grandeur antique dit aux hommes de son temps dans *les Quatre jours d'Elciis* :

Oui, vous êtes les nains d'un temps chétif et laid;
Que le plus grand de vous mette mon gantelet,
Je gage que son poing entrera dans le pouce.

Éclipse, dans le livre satirique des *Quatre vents de l'Esprit*, est une assez belle pièce, d'une vérité toujours actuelle, où un vers particulièrement saisissant résume bien l'impression de vieillesse précoce que fait souvent sur nous la vue des petits

1. Pièce vingt et unième de la seconde *Corde d'airain* de *Toute la Lyre*, dans l'édition in-8 (cinquantième des *Années funestes*).

enfants déjà graves, ridés et pensifs, à notre époque usée et fatiguée :

> La terre par moments doute; on ne comprend plus.
> L'homme a devant les yeux de la brume, un reflux,
> On ne sait quoi de pâle et de crépusculaire;
> On n'a .plus d'allégresse, on n'a plus de colère...
> Le sage stupéfait balbutie et s'en va;
> Le mal semble identique au bien dans la pénombre...
> Des aveugles entre eux se montrent le chemin...
> La conscience écoute, essaie, et, déroutée,
> Prend le faux pour le vrai dans ces tâtonnements...
> Les choses qu'on nommait vertus perdent leurs formes...
> La route est noire; on crie, on s'appelle, on se nomme...
> Tout est confus et blême, et les ténèbres rient.
> Le fond du ciel est trouble, horrible et pluvieux,
> Et *le petit enfant qui passe paraît vieux...*

L'habitude d'admirer les grandes choses, les grands hommes, à la ressemblance desquels on aspire noblement, et de mépriser tout ce qui est petit, engendre certains vices moraux et littéraires, l'orgueil, et ce que les Latins appelaient *altiloquence* et *magniloquence*. Mais, en somme, cette tendance vers la sublimité fait à l'âme et au style beaucoup moins de mal que de bien. Il faut avoir en soi-même quelque chose de grand pour aimer la grandeur, de même que la beauté, la vérité, la bonté, la justice seraient indifférentes et incompréhensibles à une nature foncièrement vilaine, fausse, méchante ou inique; et, plus le goût de ces choses est vif, plus il est probable et même certain qu'on est digne de les adorer. Gardons-nous de répéter : déclamation, emphase, toutes les fois que le vulgaire jette à l'éloquence cette critique. Ceux qui ne peuvent pardonner à un grand écrivain l'excès de sa superbe sont toujours des gens de taille chétive et basse qui seraient radicalement incapables de s'élever eux-mêmes à la juste mesure du sentiment trop fier dont la hauteur les choque. Reprochez donc à Olympio son manque d'humilité quand il ne contemple que sa propre personne et qu'il feint de se confesser à Dieu; mais lorsque, sortant de ses méditations solitaires, saisissant l'épée et le clairon de la satire lyrique, il remplit dans le monde une mission de justice et de vengeance divines, il n'est point obligé de se faire humble, il peut lever la tête et se dresser dans toute la majesté de sa stature, car il est parmi les hommes l'envoyé du Très-Haut.

L'orgueil de Victor Hugo est immense, à tel point qu'on s'étonne et qu'on doute qu'il ait pu rester dans son esprit la moindre place pour un sentiment aussi contraire à l'orgueil que la vanité.

> ... Au géant de marbre, auguste et mutilé,
> Au sphinx de granit, rose et sinistre, qu'importe
> Ce que de lui, sous lui, peut penser le cloporte!
> Dans la nuit où frémit le palmier convulsif,
> Le colosse, les mains sur ses genoux, pensif,
> Calme, attend le moment de parler à l'aurore...
> Et le fourmillement des millepieds sans nombre
> N'ôte pas à Memnon, subitement vermeil,
> La formidable voix qui répond au soleil [1].

> Les vieux bannis pensifs sont une race inculte.
> Avant de nous fâcher parce qu'on nous insulte,
> C'est notre usage, à nous qui sommes exigeants,
> De regarder un peu la stature des gens [2].

[1]. *L'Année terrible*. Juillet, VI.
[2]. *Ibid*. Juin, VII.

L'instinct de dénigrement et d'envie, qui, provenant d'un esprit sec et d'un cœur bas, est le contraire de l'âme de la grande satire, inspire au généreux poète un dégoût altier. Les petits hommes que la démolition d'une gloire remplit de joie sont figurés dans une de ses pièces par le voyageur dont les yeux cherchent en vain le Pic du Midi caché par de moindres montagnes :

> Mais ce Pic du Midi dont on m'avait parlé,
> Où donc est-il ? Ce pic, le plus haut des Espagnes,
> N'existe point. S'il m'est caché par ces montagnes,
> Il n'est pas grand. Un peu d'ombre l'anéantit.
> — Cela dit, il s'en va, point fâché, lui petit,
> Que ce mont qu'on disait si haut ne soit qu'un rêve [1].

Le dédain de tout ce qui est petit est l'antithèse naturelle du culte passionnément voué à tout ce qui est grand :

> O Dieu, partout visible,
> Sauve-moi du petit, fût-ce dans le terrible [2] !

Mais, non moins que la petitesse ou davantage encore, Victor Hugo méprise le juste milieu, la *médiocrité*, qu'il a définie et satirisée dans une pièce, déjà citée, de *l'Année terrible, les Deux voix*. Ailleurs, il la personnifie et lui fait dire :

> ... Je crie à quiconque commence :
> Assez! finis! Je suis le médiocre immense.
> Toutes les fois qu'on parle et qu'on dit : mitoyen,
> Mode, médiateur, méridien, moyen,

---

1. *Le Cid exilé*, dans *la Légende des Siècles*.
2. *Toute la Lyre*. Deuxième *Corde d'airain* (N° XXIV de l'édition in-8).

Par chacun de ces mots on m'évoque, on m'adjure,
Et tantôt c'est louange et tantôt c'est injure...
Je suis l'esprit milieu, l'être neutre...
... Je m'oppose à l'excès de connaître,
De chercher, de trouver, d'errer, d'aller au bout [1].

Ce mépris absolu du grand poète pour la médiocrité, même pour celle qui réclame et mérite l'estime sous les noms de mesure, d'équilibre, de proportion, de sagesse, se rattache directement à une des lois de son imagination : l'*outrance*. Toute son esthétique en dérive; on le verra quand nous étudierons, dans son œuvre satirique, ses idées littéraires, dont la plupart sont plus curieuses que solides et plus logiques que justes, car la vérité en littérature est chose de finesse où la roideur des principes et de leurs conséquences perd ses droits. Mais, dans l'ordre moral, où la casuistique, science de mauvaise réputation, s'occupe seule des nuances subtiles, nous devons approuver sans réserve la fierté de son intransigeance, parce que le mépris des sentiments médiocres s'y confond avec le culte exalté de l'idéal.

La médiocrité est incarnée dans le bourgeois. Une satire des *Châtiments* (III, 7) qui nous montre « Un bon bourgeois dans sa maison », est précédée de cette épigraphe chinoise : « Mais que je suis donc heureux d'être né en Chine! Je possède une maison pour m'abriter, j'ai de quoi manger et boire, j'ai toutes les commodités de l'existence, j'ai des habits, des bonnets et une multitude d'agré-

1. *Dieu.*

ments; en vérité, la félicité la plus grande est mon partage! » On est, comme le poète l'a dit ailleurs,

> On est des loups contents et des ânes heureux [1].

Une autre satire excellente des *Quatre Vents de l'Esprit* (I, 7) a pour titre : *Le soutien des empires*. Le soutien des empires, c'est toujours le bourgeois, le même ami de l'ordre et de la paix qui disait dans les *Châtiments* :

> ... Puisque j'ai voté pour lui, l'on doit se taire.
> Écrire contre lui, c'est me blâmer au fond;
> C'est me dire : voilà comment les braves font;
> Et c'est une façon, à nous qui restons neutres,
> De nous faire sentir que nous sommes des pleutres.

Le bourgeois des *Quatre Vents de l'Esprit*

> ... Est sévère. Il est vertueux. Il est membre,
> Ayant de bons tapis sous les pieds en décembre,
> Du grand parti de l'ordre et des honnêtes gens...
> Il fait un peu l'aumône, il fait un peu l'usure...
> Il crie, après avoir chiffonné Jeanneton,
> A l'immoralité du roman feuilleton.
> A la messe, sans faute, il va chaque dimanche,
> Car un bon Dieu quelconque est nécessaire enfin...

Voilà toute sa morale, voilà toute sa religion. Pour lui, au fond, comme chante Gavroche,

> Pour lui, le peuple et la France,
> La liberté, l'espérance,
> L'homme et Dieu sont au-dessous
> D'une pièce de cent sous [2].

---

1. *La Légende des Siècles*, nouvelle série, t. II (in-8).
2. *Chanson de Gavroche*, dans *Toute la Lyre*, VII, 19.

A telles enseignes que, dans une pièce des *Châtiments, le Parti du crime* (VI, 11), le bourgeois a
l'impudeur de dire :

Hier encor j'empochais une prime d'un franc ;
Et moi, je sens fort peu, j'en conviens, je suis franc,
Les déclamations m'étant indifférentes,
La baisse de l'honneur dans la hausse des rentes.

Victor Hugo a-t-il de l'esprit ? Ce don, indispensable à la satire tempérée et fine, telle qu'on la
concevait autrefois, paraît beaucoup moins nécessaire à la grande satire poétique, c'est-à-dire lyrique, où le génie de notre poète remplit toute sa
mesure et brille d'un éclat absolument souverain ;
il semble donc qu'il pourrait très bien se contenter
d'avoir eu incomparablement plus d'imagination
passionnée et d'ardente colère qu'aucun homme de
France. Mais je crois que Victor Hugo a de l'esprit, beaucoup d'esprit, trop d'esprit ; du bon et du
mauvais, du commun et du rare ; il a l'esprit de
tout le monde et le sien, qui est unique ; l'esprit de
Voltaire et celui de Victor Hugo.

C'est naturellement ce dernier qui, offrant à la
critique l'intérêt le plus neuf, devait la rendre inat-
tentive aux autres aspects, et incomplète, sinon
inexacte, dans son analyse. « L'esprit de Victor
Hugo, écrit M. Faguet, ne consiste point en bon
sens vif aiguisé de malice, mais en tour inattendu
d'imagination bouffonne. Il est la gaieté de l'imagination, comme l'autre est la gaieté de la raison [1]. » M. Brunetière souligne ce que les plaisan-

1. *Études sur le XIXᵉ siècle.*

teries de Victor Hugo ont « de barbare, d'énorme,
de mérovingien... C'est ainsi, dit-il, qu'on devait
rire à la cour du roi Chilpéric [1] ». Et c'est vrai,
hélas, puisque Majorien, prétendant à l'empire, ayant
fait cette objection aux soldats qui lui offrent leur
aide, dans *la Légende des Siècles* : « Cimber vous
a battus », ces braves répondent :

> Nous n'avons de *battu* que le *fer* de nos casques;

puisque, dans les *Chansons des rues et des bois*,

> On entendait Dieu dès l'aurore
> Dire : As-tu déjeuné, Jacob?

puisque le mouton disait :

> ... Notre Père,
> Que votre sainfoin soit béni!

et tant d'autres bêtises de l'ordre cyclopéen!

Les calembours des *Châtiments* ne valent pas
mieux :

> Un tas d'évêques...
> Entonnent leur *Salvum fac imperatorem*
> (Au fait, *faquin* devait se trouver dans la phrase. [2])

Un peu moins lourd est le jeu de mots :

> Le prêtre dont le nom commence comme *dupe*
> Et finit comme *loup* [3].

Mais la plaisanterie suivante pèse cent kilos :

> Veuillot serait sans tâche et Carrier sans emploi.
> (*Tâche* : n'oubliez pas cet accent circonflexe,
> Imprimeurs [4].)

1. *L'évolution de la poésie lyrique.*
2. VI, *Applaudissement.*
3. *O Rus,* dans *Toute la Lyre.*
4. La première *Corde d'airain,* VI, de *Toute la Lyre* (édition in-8).

Souvent, c'est la rime riche qui suggère à Victor Hugo des effets qu'on peut appeler *comiques*, depuis que Théodore de Banville a fait de ces surprises amusantes l'essence même d'une espèce très nouvelle de comédie, mais qu'il serait d'une langue plus exacte d'appeler *risibles* tout simplement. Deux cas alors sont à distinguer : celui où le poète ne prend point part à la gaieté qu'il excite, et celui où il se divertit avec nous. Le dénombrement de l'armée de Xerxès, dans *la Légende des Siècles*, est sans doute une belle page de littérature épique ; cependant je défie le lecteur le plus grave de lire à haute voix cette nomenclature devant un cercle d'auditeurs, sans qu'un fou rire éclate dans la société et finisse par le gagner lui-même, au choc de toutes ces rimes sonores et bizarres ; or, je ne crois pas que l'auteur ait voulu ni prévu ce résultat[1] ; involontaire et ignoré, l'effet est d'autant plus sûr, l'inconscience de l'objet comique multipliant toujours dans des proportions infinies l'hilarité qu'il cause. Mais, ailleurs, Victor Hugo s'amuse lui-même visiblement de ce qui nous met en joie :

> Les vieux ours qui, dit-on, poussent l'humeur maligne
> Jusqu'à manger parfois des soldats de la ligne[2].

Une pièce de *Toute la Lyre*[3] nous montre un curé de campagne foudroyant, du haut de sa chaire, « Satan, Voltaire et le bon sens ». Le père du

---

1. Voyez mon ouvrage sur *Racine et Victor Hugo*, p. 299.
2. *L'Art d'être grand-père*, IV, 7.
3. III, 24 (édition in-18).

poète, le général Hugo, assistait au sermon, et c'est lui qui conta l'histoire à Victor :

> Tout à coup un Gros-Jean quelconque interrompit,
> Raillant le prêtre...
>   — Si Dieu n'existait pas?... répondez à cela!
> — Il faudrait l'inventer, dit mon père.
>   — Voilà,
> S'écria le curé, j'en prends à témoin Rome
> Et le saint-père, un cri de l'âme!
>   Et le bonhomme
> Sut gré du cri de l'âme à mon père, lequel
> L'avait pris dans le diable, édition de Kehl.

Voilà de l'esprit et du meilleur; la rime riche achève d'aiguiser la pointe très fine de l'épigramme.

Les épigrammes proprement dites sont des satires en miniature. Victor Hugo en a qui sont bonnes; ainsi, dans *Toute la Lyre* (VII, 17) [1], celle intitulée *Chaque siècle a le sien* :

> Le seizième eut Turlupin.
> Le dix-septième eut Scapin.
> Le dix-huitième eut Crispin.
> Le dix-neuvième a Dupin.

Il en a de plaisantes :

> ... Les mandarins à l'air vénérable et sournois,
> Les dragons, les magots et ces démons chinois
> Forts laids, mais pétillants de malice et de flamme,
> Qui doivent ressembler aux rêves d'une femme
> Amoureuse de vous, ô mon ami Crémieux [2]!

1. Edition in-18.
2. *Toute la Lyre*, V, i (in-8).

Il en a de charmantes, telles que *le Doigt de la femme*, dans les *Chansons des rues et des bois* :

> ... Ayant fait ce doigt sublime,
> Dieu dit aux anges : Voilà!
> Puis s'endormit dans l'abîme.
> Le diable alors s'éveilla.
>
> Dans l'ombre où Dieu se repose,
> Il vint, noir sur l'Orient,
> Et tout au bout du doigt rose
> Mit un ongle en souriant.

Il en a enfin de belles comme l'antique ; tel est le ravissant médaillon :

> A force de rêver et de voir dans la plaine...

au livre VIᵉ de *Toute la Lyre*, et les vers délicieux qui précèdent :

> Horace, et toi, vieux La Fontaine,
> Vous avez dit : Il est un jour
> Où le cœur qui palpite à peine
> Sent comme une chanson lointaine
> Mourir la joie et fuir l'amour...
>
> Le temps d'aimer jamais ne passe :
> Non, jamais le cœur n'est fermé!
> Hélas! vieux Jean, ce qui s'efface,
> Ce qui s'en va, mon doux Horace,
> C'est le temps où l'on est aimé.

Il y a un autre genre d'esprit bien français, mais à la mode de Corneille plutôt que de Voltaire, parce qu'il est fier, superbe, empanaché, et tout plein de l'antique vertu de son étymologie, *spiritus* : cet esprit-là, Victor Hugo en est rempli. Je ne connais rien de plus crâne, je veux dire de plus spirituel, au sens élevé du mot, que les remontrances adressées au Cid exilé, dans *la Légende des Siècles*, par un envoyé du roi, sur la hauteur offensante que ce grand homme de guerre conserve dans sa disgrâce.

> ... Voici pourquoi le roi n'est pas content de vous :
>
> Votre allure est chez lui si fière et si guerrière,
> Que, tout roi qu'est le roi, son altesse a souvent
> L'air de vous annoncer quand vous marchez derrière,
> Et de vous suivre, ô Cid, quand vous marchez devant...
>
> Quand vous lui rapportez, vainqueur, quelque province,
> Le roi trouve, et ceci de nous tous est compris,
> Que jamais un vassal n'a salué son prince,
> Cid, avec un respect plus semblable au mépris.
>
> Votre bouche en parlant sourit avec tristesse;
> On sent que le roi peut avoir Burgos, Madrid,
> Tuy, Badajoz, Léon, soit; mais que son altesse
> N'aura jamais le coin de la lèvre du Cid...

Je termine cette anthologie des vers les plus spirituels de Victor Hugo par le choix d'une fleur tout à fait exquise. C'est la sixième pièce du livre VII de *Toute la Lyre* : *A un rat*. La légèreté de la touche, la fraîcheur et l'originalité des images en font une petite merveille de grâce et d'esprit :

> O rat, de là-haut, tu grignotes
> Dans le grenier, ton oasis,
> Les Pontmartins et les Nonottes
>   Moisis.
>
> Tu vas, flairant de tes moustaches
> Ces vieux volumes qu'ont ornés
> De tant d'inexprimables taches
>   Les nez...
>
> Rat, c'est pour toi qui les dissèques
> Que les sonnets et les sermons
> Disent dans les bibliothèques :
>   Dormons!...
>
> La postérité, peu sensible,
> Traite ainsi l'œuvre des pédants :
> La nuit dessus; toi, rat paisible,
>   Dedans...

C'est égal, je te plains ; contemple
Là-bas, sous les cieux empourprés,
Le lapin dans l'immense temple
          Des prés.

Il va, vient, boit l'encens, s'enivre,
De rayons, de vie et d'azur,
Pendant que tu mords dans un livre
          Trop mûr.

L'aurore est encore en chemise
Que lui, debout, il se nourrit ;
Sa nappe verte est toujours mise ;
          Il rit.

Il est le roi de la clairière ;
Il contemple, point soucieux,
Tranquille, assis sur son derrière,
          Les cieux...

Télégraphe de l'herbe fraîche,
Ses deux pattes à chaque instant
Jettent au ciel cette dépêche :
          « Content ! »

En plein serpolet il patauge.
Vois, il est vorace et railleur.
Compare : il broute, lui, la sauge
          En fleur,

L'anis, le parfum, la rosée,
Le trèfle, la menthe et le thym ;
Toi, *l'Ermite de la Chaussée*
          D'Antin.

Victor Hugo a donc de l'esprit, de l'esprit vraiment français, et non pas seulement celui d'un
Titan, d'un Cyclope ou d'un Hercule chinois. Quelqu'un qui s'amuserait à extraire de ses œuvres en
vers ou en prose tous les passages où l'esprit est
« un bon sens vif aiguisé de malice », où il est
aussi « la gaieté de la raison », et non celle de
l'imagination seule, aurait de quoi en composer un
volume. Il a même du goût, toutes les fois qu'il consent à oublier sa fureur contre certains pédants qui

s'en sont constitués les oracles, et les absurdes paradoxes que cette antipathie lui a inspirés. Il a enfin
(et cet éloge l'aurait peut-être surpris et fâché) de la
mesure malgré son outrance, oui, de la mesure, et
de la justesse, et de la discrétion, et de la *sobriété*,
le grand poète qu'il est toujours ayant su être, Dieu
merci, un artiste habile en beaucoup d'ouvrages.

Mais il y a une chose dont il est radicalement
dépourvu : l'*humour*. J'appelle ainsi la faculté de
se dédoubler, de donner la moitié de sa personne
en spectacle à l'autre moitié, de rire de soi-même
et de comprendre le peu que l'on vaut, le peu que
l'on fait, le peu que l'on est, bref, le néant définitif
de tout le travail dont on se donne la peine dans
un monde où tout est vanité. Humoristes, la plupart de ceux qui pensent le sont plus ou moins,
parce que bien peu de personnes sages sont tellement absorbées par l'intérêt de la comédie extérieure qu'elles ne rentrent quelquefois en elles-
mêmes, et ne se jugent, et ne se raillent.

Il est extrêmement rare d'être intelligent et aussi
mauvais humoriste que Victor Hugo. Seul peut-être
parmi les grands hommes d'esprit et d'action de
notre siècle, Napoléon se présente avec la même
tenue solennelle et majestueuse et demeure, comme
lui, constamment imperturbable dans sa hauteur
sereine. Non, Victor Hugo ne se connaît pas, il ne
se condamne pas, il ne se moque jamais de sa personne sacrée. Ses prétendues descentes dans l'abîme
intérieur de sa conscience ne furent que de magnifiques exercices de poésie et de style, dont un mot

encore, ébranlant son imagination, avait fourni le
thème à sa rhétorique. Toujours il pontifie. Toujours il reste « l'âme de cristal » vibrant à tous les
souffles et à tous les rayons, « l'âme aux mille voix »
que Dieu

> Mit au centre de tout comme un écho sonore [1].

Mais, si cette sensibilité unique aux choses du
dehors, cette espèce de naïveté de l'homme qui
s'ignore lui-même et se prend profondément au
sérieux, sont à bien des égards une infirmité intellectuelle, je ne crois pas que la poésie satirique
en souffre comme d'une condition moins heureuse.
Il me semble, au contraire, qu'elle ne peut que sortir
de là plus ardente et plus roide. La réflexion, le
doute, l'examen, l'analyse, l'étude intime de soi,
risquent fort d'aboutir au scepticisme ; comment
l'élan de la satire n'en serait-il pas arrêté, sa vigueur
affaiblie, sa flamme éteinte, sa confiance en sa mission ruinée ?

L'homme qui va à la guerre pour combattre et
pour vaincre, peut-être pour mourir, ne se demande
pas s'il n'y a point aussi une part de justice et de
raison dans le camp de l'ennemi, ni s'il a suffisamment éprouvé sa conscience et ses armes ; il croit
et il aime ; il suit le drapeau, sur lequel est inscrit
quelque mot flamboyant : Patrie, France, Révolution, Liberté, Roi, Empereur ou République ; la force
puissante qui l'entraîne réside en sa passion bornée,
exclusive, et sa grande vertu est la foi.

1. *Les Feuilles d'Automne*, I.

III

Satire générale de l'homme.

On ne doit pas attendre d'un génie poétique régi
par les lois que nous avons exposées une vraie
doctrine morale, un ensemble d'idées sur l'homme
sérieusement médité et fortement lié ; mais on ne
devra pas s'étonner non plus de rencontrer sous
sa plume une quantité de belles pensées, qui pourront même sembler profondes.

Maître de tous les termes du vocabulaire et de
toutes les ressources de la langue, dont il use avec
une aisance et une souveraineté qu'aucun écrivain
n'a surpassées, et que, seuls, ont égalées peut-être
Bossuet et Rabelais ; doué d'une imagination dont
on a vu le pouvoir, d'un esprit créateur toujours
en travail, enfin d'une mémoire extraordinairement
tenace où s'étaient emmagasinées pour la vie les
vastes lectures de sa jeunesse, Victor Hugo devait
abondamment verser les pensées, avec les mots et
les images, et leur donner par le style autant de
relief qu'à toutes les autres choses qu'il rêve ou

qu'il voit. Mais il prodigue et gaspille les richesses de la philosophie morale sans jamais faire sa gerbe ; ses pensées n'ont de valeur que prises en détail et séparément ; si les vérités partielles qu'il exprime se rattachent à des doctrines opposées et contraires, il ne s'inquiète point du désaccord, et, sans doute, dans l'ardeur et le feu de sa verve d'écrire, il ne s'en est pas même aperçu.

Par exemple, aucune idée n'a été soutenue par lui avec plus de fervente conviction que celle du progrès. Eh bien, cela ne l'empêche nullement de répéter ce lieu commun, que l'homme n'a pas avancé d'un pas depuis Adam :

> L'homme est, après la marche, un peu moins avancé.
> Hélas, X, Y, Z en sait moins qu'A, B, C [1].

> Toujours la nuit ! jamais l'azur ! jamais l'aurore !
> Nous marchons ; nous n'avons point fait un pas encore.
>   Nous rêvons ce qu'Adam rêva [2].

> ... C'est en vain qu'on débat, c'est en vain qu'on arguë,
> Et vingt siècles après le verre de ciguë,
> Dix-huit cents ans après le cri du Golgotha,
> L'homme est encore au point où Platon s'arrêta [3].

Je ne prétends pas qu'il soit impossible de concilier ces deux choses : la foi au progrès et la constatation d'une certaine immobilité. Mais encore faut-il voir leur contradiction apparente, pour montrer qu'elle n'est point réelle ; et si la dose de critique et de réflexion suffisante ici est minime, cette dose même a manqué à l'impatient poète.

1. *L'Ane.*
2. *Les Contemplations* VI, 16.
   L'Ane.

Victor Hugo affirme, à la fois : 1° la bonté naturelle de l'homme, selon la doctrine de Rousseau :

> Tout homme naît bon, pur, généreux, juste, probe,
> Tendre [1] ;

2° sa corruption radicale et l'état de péché où tous vivent, même les meilleurs, selon la doctrine chrétienne :

> Le meilleur parmi vous est si proche du pire,
> Qu'entre eux, l'un étant saint et l'autre étant damné,
> Il n'est pas l'épaisseur d'un cheveu de Phryné...
> La conscience, bas, à Salomon pensif
> Disait plus de dix fois par jour : Vieille canaille [2] !

l'impossibilité, par conséquent, de trouver sur la terre un seul juste :

> Quel est celui
> Qui s'écrira : Je suis l'astre et j'ai toujours lui ;
> Je n'ai jamais failli, jamais péché ; j'ignore
> Les coups du Tentateur à ma vitre sonore ;
> Je suis sans faute. — Est-il un juste audacieux
> Qui s'ose affirmer pur devant l'azur des cieux ?...
> Tout homme est le sujet de la chair misérable...
> Pas un sage n'a pu se dire, en vérité,
> Guéri de la nature et de l'humanité [3] ;

3° la sécurité de conscience permise aux saints, puisque, dans une église, une pieuse femme prie Dieu en ces termes :

> Toutes mes actions passent, le front serein,
> Devant votre œil suprême [4] ;

1. *La Pitié suprême.*
2. *L'Ane.*
3. *L'Année terrible.* Février, V.
4. *Les Chants du Crépuscule*, XXXIII.

4° et enfin, l'excellence de sa propre vertu qui
n'a jamais failli et de son innocence qui est sans
tache :

Je n'ai point fait le mal, et j'ai le châtiment [1].

Après avoir été *juste toute ma vie,*
Après avoir au front porté comme un cimier
La probité, j'aurai l'honneur d'être fumier [2].

J'ai des pleurs à mon œil qui pense,
Des trous à ma robe en lambeau ;
Je n'ai rien à la conscience ;
        Ouvre, tombeau [3].

La pièce la plus chrétienne que Victor Hugo ait
écrite, c'est assurément la cinquième du livre VI
des *Contemplations* intitulée : *Croire, mais pas en
nous.* Elle est d'une sévérité de doctrine irréprochable. L'insuffisance de nos propres mérites, le
néant de toutes nos bonnes œuvres, le salut par la
foi en Dieu seul, y sont affirmés en termes d'une
beauté grave et simple, que ne désavouerait ni
Pascal, ni Bossuet, ni Calvin :

Parce qu'on a porté du pain, du linge blanc,
A quelque humble logis sous les combles tremblant...
Parce qu'on a jeté ses restes et ses miettes
Au petit enfant maigre, au vieillard pâlissant...
Parce qu'on a laissé Dieu manger sous sa table,
On se croit vertueux, on se croit charitable !...
Ce riche-là qui brille et donne une parcelle
De ce qu'il a de trop à qui n'a pas assez,
Et qui, pour quelques sous du pauvre ramassés,
S'admire et ferme l'œil sur sa propre misère,
S'il a le superflu, n'a pas le nécessaire...
Dès que nous avons fait par hasard quelque chose,
Nous nous vantons, hélas !...

1. *Toute la Lyre,* VI, 4.
2. *La Légende des Siècles,* tome V de l'édition in-8.
3. *Les Contemplations,* VI, 24.

Nous sommes le néant; nos vertus tiendraient toutes
Dans le creux de la pierre où vient boire l'oiseau.
L'homme est l'orgueil du cèdre emplissant le roseau.
Le meilleur n'est pas bon, vraiment, tant l'homme est frêle,
Et tant notre fumée à nos vertus se mêle!
Le bienfait par nos mains pompeusement jeté
S'évapore aussitôt dans notre vanité...
Ah! rapides passants! ne comptons pas sur nous,
Comptons sur Lui. Pensons et vivons à genoux;
Tâchons d'être sagesse, humilité, lumière;
Ne faisons point un pas qui n'aille à la prière;
Car nos perfections rayonneront bien peu
Après la mort, devant l'étoile et le ciel bleu.
Dieu seul peut nous sauver...

Mais l'auteur de ces vers profonds et sérieux a
dit aussi avec une certaine légèreté :

Les bonnes actions sont les gonds invisibles
De la porte du ciel [1]...

... Il suffit, pour qu'on sorte,
Qu'une bonne action pousse l'énorme porte
Du bout du petit doigt [2]!

Très superficiellement, il accorde à la prière de
sa fille la vertu d'effacer les péchés qu'il a commis
lui-même[3], et il a écrit le Sultan Mourad, fantaisie
énorme, où l'on voit un tyran chargé des crimes
les plus horribles devenir digne de la grâce de
Dieu, parce qu'un jour, rencontrant dans la rue un
pourceau blessé et agonisant au soleil, il l'a poussé
du pied dans l'ombre du chemin.

Si donc penser, c'est seulement imaginer, Victor

1. *Ce que dit la Bouche d'Ombre.*
2. *Dieu.*
3.   Efface mes péchés sous ton souffle candide,
    Afin que mon cœur soit innocent et splendide
    Comme un pavé d'autel qu'on lave tous les soirs.
        (*La prière pour tous*, dans les *Feuilles d'Automne*.)

Hugo a des droits éclatants au titre de penseur, où il se complaît avec tant d'insistance ; mais il a usurpé ce titre, si penser, c'est conduire, ranger et gouverner ses idées, si c'est, d'après la définition de Kant, les « unir » et les « lier ». Son œuvre nous présente bien moins le développement suivi d'une pensée, disposée en bel ordre comme dans un tableau harmonieux, que l'éblouissement de mille et mille idées, brillant, changeant, prenant toutes les formes, comme dans un kaléidoscope.

En somme, et pour clore une bonne fois la discussion de la critique sur ce sujet, Victor Hugo est le poète le plus riche d'idées, le plus riche même en pensées grandes et belles, qu'il y ait peut-être dans toute la littérature, sans qu'on soit obligé de reconnaître en lui un *penseur*, au sens vrai du mot. Des admirateurs de bonne volonté ont pris au sérieux *Ce que dit la Bouche d'Ombre* : ce fantastique aperçu du système du monde est visiblement le cauchemar d'une imagination d'ailleurs saine et robuste, en proie à une nuit de fièvre, mais capable encore, dans son délire, d'heureuses inventions. Les pensées de Victor Hugo ne sont que des intuitions magnifiques ; on les goûtera comme il convient et on y trouvera les plus vives jouissances, si on veut bien les prendre pour ce qu'elles valent, en elles-mêmes, à mesure qu'elles passent, sans s'inquiéter de la relation qu'elles ont ou qu'elles n'ont pas, soit entre elles, soit avec la conduite de sa vie. Son tort est d'avoir voulu les donner comme la méditation profonde

d'un sage; elles sont moins, elles sont plus : elles
sont les inspirations d'un grand poète, écrivant
sous la dictée de l'Esprit, et l'Esprit lui a dicté,
avec trop de sottises, plus de choses sublimes qu'à
personne.

Des pensées vraiment fortes, des vérités utiles?
Mais il y en a dans sa poésie de quoi faire un *pain
quotidien*, j'entends un de ces petits volumes de
poche ou d'étagère offrant, pour chaque jour de
l'année, à nos réflexions une sentence d'or, verset
de l'Évangile ou maxime de la philosophie :

> Sers celui qui te sert, car il te vaut peut-être;
> Pense qu'il a son droit comme toi ton devoir;
> Ménage les petits, les faibles. Sois le maître
>   Que tu voudrais avoir[1].

> Homme, la conscience est une minutie...
> Un tas de petits faits peu scrupuleux finit
> Par faire le total d'une action mauvaise...
>   Sois juste en détail[2]...

> Nul n'est seul ici-bas. Tout a besoin de tous.
> Riche, épargne le pauvre; et toi, pauvre, pardonne
> Au riche, car le sort prête et jamais ne donne,
> Et l'équilibre obscur se refait tôt ou tard[3].

Banalités! dira-t-on peut-être. Oui, mais la
sagesse antique et la vérité chrétienne se composent de banalités de ce genre. C'est le pain quotidien : reprochez-vous au blé d'être banal?

Si l'on est curieux de conseils un peu plus parti-
culiers, qu'on lise les vers de *Toute la Lyre* :

> Braves gens, prenez garde aux choses que vous dites[4],

1. *Toute la Lyre*, III, 5 (édition in-8).
2. *Ibid.*, 7.
3. *Le Pape.*
4. III, 15, de l'édition in-18; 9, de l'édition in-8.

et la jolie pièce *Liberté*, dans *la Légende des Siècles* [1] :

> De quel droit mettez-vous des oiseaux dans des cages?
> ... Oh! de nos actions qui sait les contre-coups,
> Et quels noirs croisements ont au fond du mystère
> Tant de choses qu'on fait en riant sur la terre?...
> Toute la liberté qu'on prend à des oiseaux,
> Le destin juste et dur la reprend à des hommes.
> Nous avons des tyrans parce que nous en sommes...
> Je t'admire, oppresseur, criant : oppression!...

Beaucoup de vers, qu'on ne cite pas, qu'on connaît peu, et qui sont comme perdus dans l'immensité de l'œuvre, ont le genre d'excellence qui distingue les proverbes : un sens net, solide et plein, en aussi peu de mots que possible, autrement dit, la plus brillante concision :

> Le malheur est le ciel obscurément offert [2].
> N'avoir rien secouru, c'est là la pauvreté [3].
> A qui voit plus de ciel la terre semble moindre [4].
> Quand on fait ce qu'on peut, on rend Dieu responsable [5].
> Personne n'est méchant, et que de mal on fait [6]!

Voulez-vous maintenant des paradoxes, c'est-à-dire, au fond, des vérités, mais qui, pour frapper davantage, sont rendues à dessein un peu offensantes par le piquant ou le tranchant de la forme?

> Nous appelons science un tâtonnement sombre [7].

1. Tome III de l'édition in-18 ; tome V et dernier de l'édition in-8.
2. *Le Pape.*
3. *Ibid.*
4. *Toute la Lyre*, V, 20 de l'édition in-8 (11 de l'édition in-18).
5. *L'Année terrible.* Juillet, XII.
6. *Ibid.* Juin, XIII.
7. *Les Contemplations*, VI, 19.

> Heureux celui qui vit stupide en sa demeure,
>   Et qui, chaque soir, voit
> Le même oiseau de nuit sortir à la même heure
>   Du même angle du toit [1]!

L'évêque Afranus, un des conseillers de Ratbert, dans *la Légende des Siècles*, énonce un aphorisme qui n'a pas l'air bien profond et qui ne l'est pas, mais où l'on peut voir, si l'on veut, une des meilleures expressions littéraires du criticisme de Kant, c'est-à-dire de la méthode qui met à la base de toute recherche de la vérité la critique sévère de l'esprit humain, seul instrument de cette recherche :

> ... Beau sire, on ne peut voir que son horizon,
> Et raisonner qu'avec ce qu'on a de raison.

Il a fallu vingt-trois siècles à la philosophie pour formuler dans toute sa docte rigueur cette loi fondamentale, aperçue d'abord par Protagoras lorsqu'il a dit : « L'homme est la mesure des choses », puis brillamment illustrée par Montaigne, dans son *Apologie de Raimond Sebonde* : « L'homme ne peut être que ce qu'il est, ni imaginer que selon sa portée... L'homme ne peut voir que de ses yeux et saisir que de ses prises ». Va, dit ailleurs le poète à l'homme,

> Va, tu ne saisiras l'extrémité de rien...
> Tout être, quel qu'il soit, du gouffre est le milieu;
> Pas de sortie et pas d'entrée; aucune porte;
> On est là. C'est pourquoi le chercheur triste avorte [2].

---

1. *Toute la Lyre*, V, 30 (in-18).
2. *A l'homme*, dans *la Légende des Siècles* (tome III de l'édition in-18).

Mais, dans ce désespoir de la raison, il y a
pourtant une issue et une délivrance; et c'est encore
tout un système de philosophie, la reconstruction
morale de la vérité après sa déconstruction logique,
dont le grand poète nous donne l'ébauche dans les
admirables vers que voici :

> Le remède est ceci : Fais le bien...
> Homme, veux-tu trouver le vrai? Cherche le juste [1].
>
> ... Tu cherches, philosophe? O penseur, tu médites?
> Veux-tu trouver le vrai sous nos brumes maudites?
> Crois, pleure, abîme-toi dans l'insondable amour!
> Quiconque est bon voit clair dans l'obscur carrefour.
> Quiconque est bon habite un coin du ciel [2].

La conscience demeurant la boussole ou l'étoile
polaire du chercheur dont la raison tâtonne dans
l'incertitude : si la philosophie a inventé des choses
plus merveilleuses, à coup sûr elle n'a pu donner
aux hommes aucun conseil plus salutaire et plus
bienfaisant. Faites suivre à vos pieds le sentier du
devoir, a dit fort bien je ne sais qui, et vous aurez
toujours le front dans la lumière.

> Soyez d'humbles songeurs, soyez des âmes hautes [3].

Victor Hugo avait écrit dans *Pensar*, *Dudar* :

> Le peu que nous *croyons* tient au peu que nous sommes;

il a refait ainsi ce vers dans *Religions et Religion* :

> Le peu que nous *savons* tient au peu que nous sommes.

---

1. *Religions et Religion.*
2. *Le Crapaud*, dans *la Légende des Siècles.*
3. *Le Pape.*

Le premier vers est plus chrétien, le second est plus philosophique ; et tous deux proclament la nécessité d'être moralement quelque chose pour avoir ou la foi ou un peu de vraie science. Mais il ne serait bon ni pour la piété ni pour la vaillance modeste qui convient au sage, que l'homme eût la certitude ; car elle lui ôterait le mérite d'un choix libre et volontaire :

> Où serait le mérite à retrouver sa route,
> Si l'homme, voyant clair, roi de sa volonté,
> Avait la certitude, ayant la liberté?
> Non. Il faut qu'il hésite en la vaste nature,
> Qu'il traverse du choix l'effrayante aventure...
> Le doute le fait libre, et la liberté, grand [1].

> ... Plus de clarté peut-être aveuglerait nos yeux...
> Que deviendrions-nous si, sans mesurer l'onde,
> Le Dieu vivant, du haut de son éternité,
> Sur l'humaine raison versait la vérité?
> Le vase est trop petit pour la contenir toute [2].

> Nous ne voyons jamais qu'un seul côté des choses;
> L'autre plonge en la nuit d'un mystère effrayant [3].

L'homme aveugle ou myope, prétendant sonder l'insondable mystère, connaître l'inconnaissable, atteindre l'inaccessible, critiquant, dans son orgueil, l'œuvre divine, et, dans sa folie, niant Dieu, a toujours été, pour la poésie comme pour l'éloquence, un thème courant, qu'aucun orateur ni aucun poète n'a développé avec plus d'abondance, d'ampleur et d'éclat que Victor Hugo :

> ... Le ciel s'étonne, ô foule en vices consumée,
> Qu'il sorte de la paille en feu tant de fumée,
>   De l'homme tant de vanité!...

1. *Ce que dit la Bouche d'Ombre.*
2. *Pensar, Dudar.*
3. *A Villequier,* dans *les Contemplations.*

Tu t'irrites d'être homme, oubli, poussière, atome;
D'ignorer quel épi tu portes, ô vil chaume!
     D'être une algue dans le reflux;
De trembler comme un cerf que suit une lionne,
Et d'être sous le ciel qui reste et qui rayonne,
     Celui qui passe et qui n'est plus...

Ces myopes, jugeant le monde à leur optique,
Disent : « Tout est manqué...

« Qu'est-ce qu'un Dieu masqué dans l'incompréhensible?
Pourquoi le bien voilé? Pourquoi le mal visible?...
Pourquoi la bête fauve et pourquoi la vermine? »
     — Pourquoi vous? répond l'Éternel...

Parle. Dieu formidable attend, ô ver de terre,
     Tes commandes dans l'infini...

Donc tu fais de toi l'axe et le sommet des êtres!...
Tu dis aux mers : Je veux! tu dis aux vents : Je règne!
     Tu dis aux étoiles : Je suis!...

     ... Ah! l'homme en qui rien n'éteindra
La folle volonté de sonder l'insondable,
Mériterait qu'on mît son orgueil formidable
     Sous ta douche, ô Niagara!...

Dieu n'est pas!...
Vous n'avez donc jamais regardé la nature?...

Vous n'avez donc jamais erré dans les ravines?
Vous n'avez donc jamais, parmi les fleurs divines,
     Respiré la brise en marchant,
Et jamais écouté, dans les fermes lointaines,
Mugir les bœufs rêveurs quand rampent dans les plaines
     Les longues ombres du couchant?

Vous n'avez donc jamais contemplé l'invisible?
Jamais vu l'idéal, et gravi du possible
     Le sommet désert, triste et grand?
Hélas! vous n'avez donc jamais, sous le ciel calme,
Vu luire l'auréole et frissonner la palme
     Et sourire un martyr mourant?...

Dis, tu n'as donc jamais attaché ta prunelle
Sur la profondeur morne, obscure et solennelle,
     A l'heure où le croissant reluit,
Où l'on voit s'arrondir sur les mers remuées
Ce fer d'or qu'a laissé tomber dans les nuées
     Le sombre cheval de la nuit [1]?

1. *Tout le passé et tout l'avenir.* (*Légende des Siècles.*)

Je sais que ces magnifiques invectives ne prouvent rien. Je n'ignore pas non plus que, si c'est là de la grande satire, la satire ne mord pas, et qu'elle nous laisse d'autant plus insensibles à ses coups, sensibles seulement à sa beauté, qu'elle est plus grande et plus haute. La satire générale de l'homme n'a jamais fait à personne la moindre piqûre. Il ne peut y avoir d'offensant que ce qui s'adresse à l'individu. Hugo a donc simplement ajouté ici les trouvailles particulières de son style, tantôt sublime et tantôt bizarre, toujours splendidement pittoresque, aux pages les plus classiques et les plus admirées des grands prédicateurs. Il a, d'une touche large et hardie, repris et traité à son tour ces antiques lieux communs, trente fois séculaires, que peuvent seuls se permettre les poètes et les orateurs souverains, et qui, loin d'être dans leurs écrits ce qui passe et ce que l'on passe, en sont au contraire la partie éternellement jeune et vivante. Ici, il n'y a plus d'idées, je l'accorde aux délicats, tant elles sont grandes, simples et communes, si l'on entend par *idées* des inventions subtiles et particulières de l'esprit sujettes à quelque contestation; il n'y a de contestable, çà et là, que les audaces de la forme; et le travail du critique, devenu simple *cicerone*, se réduit à promener le lecteur de beautés en beautés comme dans une galerie de tableaux.

D'abord, la condition misérable de l'homme :

> La vie, ouvrant de force un ventre déchiré,
> A pour commencement une auguste souffrance [1].

---

[1]. *L'Année terrible*. Juin, XVI.

Voilà l'expression noble. Voici l'expression rude
jusqu'à la brutalité :

> Va, tu sors de la fange, et ta mère malsaine,
> C'est la matière infecte et la matière obscène [1].

On trouverait dans le *Traité de la Concupiscence*,
de Bossuet, des choses d'une franchise aussi crue.

> La naissance et la mort sont deux coups de sonnette,
> L'un à l'entrée, et l'autre au départ du pantin [2].

Qu'est-ce que l'homme?

> L'ombre qui jette un souffle et qui dure un instant [3].

> Le passant inquiet de la terre tremblante,
> Une agitation qui frissonne et qui fuit,
> Un peu d'ombre essayant de faire un peu de bruit [4].

> De la haine et du bruit, voilà l'humanité [5].

> Le vent après le vent, le nombre après le nombre,
> Passe, et le genre humain n'est qu'une fuite d'ombre [6].

« Terre, je suis ton roi, » dit l'Homme à la Terre,
dans *Abîme* de *la Légende des Siècles*. La Terre lui
répond :

> Tu n'es que ma vermine...
> Le sommeil, lourd besoin, la fièvre, feu subtil,
> Le ventre abject, la faim, la soif, l'estomac vil,
> T'accablent, noir passant, d'infirmités sans nombre;
> [ombre...
> Et, vieux, tu n'es qu'un spectre; et, mort, tu n'es qu'une
> D'où viens-tu? — Je ne sais. — Où vas-tu? — Je l'ignore.
> L'homme ainsi parle à l'homme, et l'onde au flot sonore [7].

---

1. *Dieu.*
2. *La Légende des Siècles*, tome V et dernier de l'édition in-8.
3. *La Ville disparue*, dans *la Légende des Siècles.*
4. *Le Pape.*
5. *Religions et Religion.*
6. *Les Mangeurs*, dans *la Légende des Siècles.*
7. *Les Contemplations*, VI, 16.

Une chose pourtant est sûre, c'est qu'on mourra.
Victor Hugo tire des effets étonnamment puissants
de la simplicité même avec laquelle il répète cette
certitude, dont nous serions bien fous de dire qu'il
est inutile de la rappeler, puisqu'il n'y a rien qu'on
oublie davantage :

> On est Antiochus, Chosroès, Artaxerce,
> Sésostris, Annibal, Astyage, Sylla,
> Achille, Omar, César, on meurt : sachez cela.

Dans l'épopée funèbre de *Zim-Zizimi*, d'où ces
vers sont tirés, un sphinx dit au sultan, qui l'écoute,
morne et pâle :

> Que fait Sennachérib, roi plus grand que le sort?
> Le roi Sennachérib fait ceci, qu'il est mort.
> Que fait Gad? Il est mort. Que fait Sardanapale?
> Il est mort...

Le développement ultra-classique sur cet abîme
commun de la mort, « où l'on ne reconnaît plus,
dit Bossuet, ni princes, ni rois, ni toutes ces autres
qualités superbes qui distinguent les hommes, de
même que ces fleuves tant vantés demeurent, sans
nom et sans gloire, mêlés dans l'Océan avec les
rivières les plus inconnues [1] », jamais Victor Hugo
ne l'a dédaigné, comme une matière vulgaire « à
mettre en vers latins », et jamais il n'en a eu peur.
Si c'est un signe de médiocrité chez les poètes
et les orateurs faibles de s'appesantir lourdement
sur des idées aussi triviales, rien ne prouve mieux
la santé et la force chez les grands écrivains que
la confiance tranquille avec laquelle ils ramassent

---

1. *Oraison funèbre de Madame.*

des banalités usées jusqu'à la corde, certains qu'ils
sont de leur refaire un costume splendide.

Tous y viendront...

La foule vous admire et l'azur vous éclaire;
Vous êtes riche, grand, glorieux, populaire,
    Puissant, fier, encensé;
Vos licteurs devant vous, graves, portent la hache,
Et vous vous en irez sans que personne sache
    Où vous avez passé.

Jeunes filles, hélas! qui donc croit à l'aurore?
Votre lèvre pâlit pendant qu'on danse encore
    Dans le bal enchanté;
Dans les lustres blêmis on voit grandir le cierge;
La mort met sur vos fronts ce grand voile de vierge
    Qu'on nomme éternité...

Tous tombent; l'un au bout d'une course insensée,
L'autre à son premier pas; l'homme sur sa pensée,
    La mère sur son nid;
Et le porteur de sceptre et le joueur de flûte
S'en vont; et rien ne dure; et le père qui lutte
    Suit l'aïeul qui bénit...

Dans l'éternité, gouffre où se vide la tombe,
L'homme coule sans fin, sombre fleuve qui tombe
    Dans une sombre mer [1].

Évitons de transcrire ce que chacun sait par
cœur; mais n'omettons pas de rappeler et de men-
tionner à cette place *Noces et Festins*, dans les
Chants du Crépuscule. Dès les *Odes et Ballades*
(IV, 14), le jeune poète avait, sans beaucoup d'originalité encore, illustré le grand lieu commun :

Éphémère histrion qui sait son rôle à peine,
Chaque homme, ivre d'audace ou palpitant d'effroi,
Sous le sayon du pâtre ou la robe du roi,
Vient passer à son tour son heure sur la scène.

1. *Les Contemplations*, VI, 6.

Comment Victor Hugo renouvelle-t-il la classique image de Malherbe :

> ... Et la garde qui veille aux barrières du Louvre
> N'en défend point nos rois?

Quelquefois par la familiarité cynique de l'expression :

> La migraine se plait sous les couronnes d'or ;
> Malgré l'huissier de garde au fond du corridor,
> Elle entre...
> ... On est le grand passant d'Arcole et d'Iéna ;
> On est le cavalier de la victoire ; on a
> Pour soleil Austerlitz et pour ombre Brumaire...
> Qui frappe? C'est la mort qui vient vous débotter,
> Sire...
> Au moment où l'on est le plus impérial,
> A l'heure où l'on remplit de son nom les deux pôles,
> Voilà qu'on est poussé dehors par les épaules...
> Dieu vient...
> Il suffit d'un cheval emporté, d'un gravier
> Dans le flanc, d'une porte entr'ouverte en janvier,
> D'un rétrécissement du canal de l'urètre,
> Pour qu'au lieu d'une fille on voie entrer un prêtre [1].

Mais ce ton familier n'est pas le style habituel du poète devant le « roi des épouvantements ». La marque particulière de Victor Hugo dans ses poèmes, j'allais dire dans ses prédications sur la mort, c'est que l'horreur des détails offerts à nos imaginations effrayées et ravies ne produit point sur nous l'impression de dégoût où les réalistes se complaisent. Une suprême élégance fait rarement défaut à ce grand idéaliste, même dans ses descriptions macabres. Rien de plus magnifique que les

---

1. *Les Quatre Vents de l'Esprit*, I, 41.

Pleurs dans la nuit, que l'*Épopée du Ver* et que *Zim-Zizimi*; mais quelle horrible magnificence!

Le voilà hors du temps, de l'espace et du nombre.
On le descend avec une corde dans l'ombre
  Comme un seau dans un puits...
Tu ne changeras plus de lit ni d'attitude...
L'immobile suaire a sur ta forme horrible
  Mis ses plis éternels...
Le cadavre, lié de bandelettes blanches,
Grelotte, et dans sa bière entend les quatre planches
  Qui lui parlent tout bas.
L'une dit : « Je fermais ton coffre-fort ». Et l'autre
Dit : « J'ai servi de porte au toit qui fut le nôtre ».
  L'autre dit : « Aux beaux jours,
La table où rit l'ivresse et que le vin encombre,
C'était moi ». L'autre dit : « J'étais le chevet sombre
  Du lit de tes amours [1] ».

Suivons sous la terre le roi Ninus :

Par moments, la Mort vient dans sa tombe, apportant.
Une cruche et du pain qu'elle dépose à terre;
Elle pousse du pied le dormeur solitaire,
Et lui dit : « Me voici, Ninus, réveille-toi.
Je t'apporte à manger. Tu dois avoir faim, roi.
Prends. — Je n'ai plus de mains, » répond le roi farouche.
— « Allons, mange. » Et Ninus dit : « Je n'ai plus de bouche ».
Et la Mort, lui montrant le pain, dit : « Fils des dieux,
Vois ce pain ». Et Ninus répond : « Je n'ai plus d'yeux [2]! »

Le dialogue du ver et de l'amant, dans l'*Épopée du Ver*, atteint le dernier degré de l'horreur, alliée à la plus éblouissante poésie. Mais je ne veux citer, de cette sublime et incomparable satire, que ce qui en exprime le mieux l'idée essentielle, résumée dans ces vers de la fin :

La création triste, aux entrailles profondes,
Porte deux Tout-puissants : le Dieu qui fait les mondes,
  Le ver qui les détruit.

1. *Les Contemplations*, VI, 6.
2. *Zim-Zizimi*.

« Je suis, » dit le ver,

Je suis, vous n'êtes pas...
On m'extermine en vain, je renais sous ma voûte;
Le pied qui m'écrasa peut poursuivre sa route,
    Je le dévorerai...

Fétide, abject, je rends les majestés pensives.
Je mords la bouche, et quand j'ai rongé les gencives,
    Je dévore les dents.
Oh! ce serait vraiment dans la nature entière
Trop de faste, de bruit, d'emphase et de lumière,
    Si je n'étais dedans!

... La guerre crie, enrôle, ameute, hurle, vole,
Et je suis dans sa bouche alors que cette folle
    Souffle dans son clairon...

... Tout périt. C'est pour moi, dernière créature,
Que travaille l'effort de toute la nature...
    A moi tout!

Rois, je me roule en cercle et je suis la couronne;
Buveurs, je suis la soif: murs, je suis la colonne;
    Docteurs, je suis la loi;
Multipliez les jeux et les épithalames,
Les soldats sur vos tours, dans vos sérails les femmes,
    Faites, j'en ai l'emploi...

Toute chose qu'on donne est à moi seul donnée.
Il n'est pas de fortune et pas de destinée
    Qui ne m'ait dans ses plis...

... Je suis l'être final. Je suis dans tout. Je ronge
Le dessous de la joie, et quel que soit le songe
    Que les poètes font,
J'en suis, et l'hippogriffe ailé me porte en croupe;
Quand Horace en riant te fait boire à sa coupe,
    Chloé, je suis au fond.

La dénudation absolue et complète,
C'est moi. J'ôte la force aux muscles de l'athlète,
    Je creuse la beauté...

En ébranlant les cieux, les Jupiters me sentent
    Ramper dans leur sourcil...

    ... Tout n'est qu'une surface
Qui sert à me couvrir. Mon nom est Fin. J'efface
    La possibilité.

J'abolis aujourd'hui, demain, hier. Je dépouille
Les âmes de leur corps ainsi que d'une rouille;
        Et je fais à jamais
De tout ce que je tiens disparaître le nombre
Et l'espace et le temps, par la quantité d'ombre
        Et d'horreur que j'y mets.

... Le monde est un festin. Je mange les convives.
L'océan a des bords; ma faim n'a pas de rives;
        Et le gouffre, c'est moi.

Vautour, qu'apportes-tu? — Les morts de la mêlée,
Les morts des camps, les morts de la ville brûlée,
        Et le chef rayonnant. —
C'est bien, donne le sang, vautour; donne la cendre,
Donne les légions, c'est bien; donne Alexandre,
        C'est bien. Toi maintenant!...

... O vivants, c'est peut-être
Parce que je suis fait des croyances du prêtre,
        Des splendeurs du tyran,

C'est parce qu'en ma nuit j'ai mangé vos victoires,
C'est parce que je suis composé de vos gloires
        Dont l'éclat retentit,
De toutes vos fiertés, de toutes vos durées,
De toutes vos grandeurs, tour à tour dévorées,
        Que je reste petit...

Parce que l'astre luit, l'homme aurait tort de croire
Que le ver du tombeau n'atteint pas cette gloire;
        Hors moi, rien n'est réel;
Le ver est sous l'azur comme il est sous le marbre;
Je mords, en même temps que la pomme sur l'arbre,
        L'étoile dans le ciel.

L'astre à ronger là-haut n'est pas plus difficile
Que la grappe pendante aux pampres de Sicile;
        J'abrège les rayons.
L'éternité n'est point aux splendeurs complaisante;
La mouche, la fourmi, tout meurt, et rien n'exempte
        Les constellations.

Je ne pense pas qu'il soit possible à la poésie
humaine de monter plus haut. Comme la prose
française, avec Pascal, le vers français atteint,

avec Victor Hugo, son maximum de beauté dans l'expression du néant de l'homme et du monde.

> L'homme n'a rien qu'il prenne, et qu'il tienne, et qu'il garde.
> Il tombe, heure par heure, et, ruine, il regarde
> Le monde, écroulement [1].

Une célèbre petite pièce des *Contemplations*, qui porte un point d'interrogation pour titre [2], contient, en vingt et un vers, un tableau de la terre et du genre humain où l'on peut voir la satire la plus générale de l'homme que la poésie ait sans doute jamais faite·dans les dimensions d'une miniature.

> Des hommes durs éclos sur des sillons ingrats...
> ... La haine au cœur de tous...
> L'orgueil chez les puissants et chez les misérables...
> Toutes les passions engendrant tous les maux...

la guerre, les peuples furieux se ruant les uns contre les autres, les villes en flammes; la pièce se termine par cette exclamation :

> Et que tout cela fasse un astre dans les cieux!

Une des lois qui régissent l'imagination de Victor Hugo, la loi de *simplification*, en raccourcissant sa psychologie, l'empêche de pénétrer profondément dans les plus obscurs replis du cœur humain, et de faire de l'homme ou des hommes une étude que nous puissions appeler vraiment instructive. On ne conçoit guère, d'ailleurs, un grand poète lyrique se livrant dans ses vers inspirés à de curieuses analyses morales. Boileau lui-même, bien que mora-

1. *Les Contemplations*, VI, 9.
2. III, 11.

liste avoué, a décliné toute prétention au titre de
docteur en philosophie de l'humaine nature ; je ne
saurais, dit-il,

> Traiter, comme Senaut, toutes les passions,
> Et, les distribuant par classes et par titres,
> Dogmatiser en vers et rimer par chapitres [1].

Et l'on peut douter que les anciennes satires *sur
l'homme*, malgré leur ton et leur allure didactique,
nous instruisent beaucoup mieux que celles de notre
poète sur le plus sot et le plus méchant de tous les
animaux. Partout on rencontre les mêmes invaria-
bles lieux communs. Je viens de relire la huitième
satire de Boileau. C'est, pour la substance philosophique, exactement Hugo même, jusqu'à l'âne
qui fait la leçon au sage. On pourrait, entre ces
deux grands classiques, faire de continuels rapprochements, et ce serait la même chose si, au lieu de
Boileau, on prenait Regnier, Horace ou Juvénal.

« Voilà l'homme, » dit, par exemple, l'auteur de
la satire VIII :

> Il va du blanc au noir ;
> Il condamne au matin ses sentiments du soir ;
> Importun à tout autre, à soi-même incommode,
> Il change à tout moment d'esprit comme de mode ;
> Il tourne au moindre vent, il tombe au moindre choc.

Et Hugo :

> O triste genre humain ! Veut-on pas que j'admire
> Ton faux goût, ton faux jour, tes faux pas, ton progrès
> Pourvu d'un appareil à reculer, tes songes...
> Et tes opinions, tombant, se relevant,
> Murmurant, parodie imbécile du vent [2] !

1. Satire VIII.
2. *L'Ane.*

Boileau raille les hommes d'avoir l'air de croire que « le dixième ciel ne tourne que pour eux », et Victor Hugo les tance de se faire « les centres du monde, eux, les passants rapides[1] ». L'un et l'autre conseillent ironiquement à qui veut parvenir, de s'endurcir le cœur, d'être « arabe, corsaire », comme s'exprime le grand honnête homme du xviie siècle,

> Injuste, violent, sans foi, double, faussaire,
> De ne point sottement faire le généreux;

mais on peut préférer à cette conduite habile qui réussit la maladresse de la bonne foi, de la justice, de la générosité, et c'est le sens de la pièce des *Quatre Vents de l'Esprit* (I, 38) :

> Oui, vous avez raison, je suis un imbécile...

Les deux poètes déclarent que les bêtes sont plus raisonnables que les hommes, et Boileau remarque qu'une de leurs supériorités sur nous consiste en ce qu'elles ne se font point la guerre (ce qui est, nous y reviendrons, une erreur, que Victor Hugo n'a pas commise) :

> Voit-on les loups brigands, comme nous inhumains,
> Pour détrousser les loups, courir les grands chemins?...
> L'ours a-t-il dans les bois la guerre avec les ours?
> Le vautour dans les airs fond-il sur les vautours?...
> L'homme seul, l'homme seul, en sa fureur extrême,
> Met un brutal honneur à s'égorger soi-même.

Flaubert a dit quelque part que lorsqu'un vers est bon, il n'a point d'école, qu'un bon vers de

---

1. *Tout le passé et tout l'avenir*, dans *la Légende des Siècles*.

Boileau est un bon vers d'Hugo ; et, en effet, ces derniers vers de Boileau, Victor Hugo eût pu les écrire ; mais les vers suivants de Victor Hugo seraient un peu plus difficilement de Boileau :

> Hommes ! Humanité ! se représente-t-on
> Les arbres des forêts qui se feraient la guerre,
> Qui, soudain, furieux, eux si calmes naguère,
> Deviendraient des dragons mêlant leurs bras hideux,
> Faisant tourbillonner la tempête autour d'eux,
> Et jetant et broyant les fleurs, les plumes blanches,
> Les nids, dans la bataille effroyable des branches [1] !

Ne cherchons donc rien de bien nouveau dans la satire générale que Victor Hugo a faite de l'humanité ; apprenons tout simplement, une fois encore, avec notre plus grand poète satirique, que l'homme est fou, méchant, vain, égoïste, etc., et quelle rare découverte vouliez-vous qu'il fît dans ce domaine ?

> Jusque dans le cercueil vous êtes vains et bêtes.
> Oui, gisants, vous laissez debout la vanité...
> Car le riche et le pauvre ont des enterrements
> Différents...
> Et l'un n'est pas l'égal de l'autre dans la tombe !...
> Être mort, et vouloir encore être quelqu'un !
> Prendre dans le tombeau des places de première [2] !

Victor Hugo ne pouvait guère, après une pareille déclaration, commander pour son propre corps un autre corbillard que celui de la dernière classe, et l'on s'est peut-être un peu trop pressé de voir, dans le contraste prétentieux de cet humble équipage avec la grandeur du mort, la dernière et la plus

---

1. *Le Pape.*
2. *Dénoncé à celui qui chassa les vendeurs du temple*, dans *la Légende des Siècles* et *les Quatre Vents de l'Esprit*, I, 25.

insolente de ses anthithèses. Il n'a fait, après tout,
que rester conséquent avec une déclaration de
principes trop connue du monde entier pour qu'il
pût en faire bon marché. Mais à « ces hommes fous
et vainement sonores [1] », allez-vous donc demander
jamais un jugement équitable ?

> L'homme est plus prompt à choir du haut de la justice
> Que l'éclair à tomber du haut du firmament [2] !

La cause intime et profonde de toutes ses paroles
injustes, de tous ses sentiments mauvais, de toutes
ses actions lâches, c'est sa jalouse aversion d'autrui
et son amour exclusif pour lui-même :

> ... Il n'a rien compris, rien sondé, rien traduit,
> Rien aimé que lui-même et lui seul [3].

> L'homme est guidé du faux au vrai, du blanc au noir,
> Par le mot Intérêt qu'il prononce Devoir.
> Toute action humaine est signée : Égoïste [4].

Je ne sais plus quelle grande dame du xviiie siècle,
Mme Geoffrin, je crois, prétendait que tout homme
est vénal et qu'il s'agit seulement d'y mettre le prix.
On peut très plausiblement soutenir ce paradoxe
d'un amer pessimisme, et faire, par un peu de
réflexion, rougir d'eux-mêmes ceux qui s'empresseraient trop de le nier. Tel, que la plus grosse
somme d'argent, offerte avec une cynique brutalité,
ou tout autre appât grossièrement matériel, laisse-
rait insensible ou révolterait, se laissera indirecte-

1. *Toute la Lyre*, V, 7.
2. *La Fin de Satan.*
3. *Dieu.*
4. *L'Ane.*

ment séduire par des avantages dissimulés sous l'air du devoir ou du sacrifice et colorés par quelque austère apparence. Un brave et honnète garçon, par exemple, épousera une riche héritière qui n'a d'autre mérite que ses millions, si un habile jésuite sait lui représenter l'emploi qu'il pourra faire de cette fortune pour le service de la bonne « cause ». Victor Hugo semble avoir partagé le sentiment de Mme Geoffrin :

> Tu peux acheter, si tu verses
> Rondement un total suffisant de sesterces,
> Piastres, louis, dollars, rixdallers, species,
> La raison de Cuvier et l'âme de Siéyès [1].

Avec le tour d'esprit qu'il avait hérité de son éducation classique, je veux dire toute française et toute latine, Victor Hugo devait prendre pour objet de sa satire, dans ce qu'elle a de plus philosophique et de plus général, l'homme abstraitement conçu plutôt qu'étudié dans la diversité de ses espèces,

> L'homme égal à lui-même en tous ses exemplaires [2].

Comme Montaigne, qui disait : « Chaque homme porte la forme entière de l'humaine condition », notre poète estime formellement que

> Tout homme est le même homme et fait la même chose [3].
> Tout homme est composé de tout le genre humain [4].

Et c'est pourquoi l'histoire se répète et s'aggrave, puisque l'exemple des pères est perdu pour les enfants

---

1. L'Ane.
2. Les Quatre Vents de l'Esprit, I, 13.
3. Un voleur à un roi, dans la Légende des Siècles.
4. L'Ane.

et que les leçons ne servent à rien. La mesure est comble; le châtiment de l'Éternel approche :

> ... Continuez, grands, petits, jeunes, vieux!
> Que l'avare soit tout à l'or, que l'envieux
> Rampe et morde en rampant, que le glouton dévore.
> Que celui qui faisait le mal le fasse encore.
> Que celui qui fut lâche et vil, le soit toujours!
> Voyant vos passions, vos fureurs, vos amours,
> J'ai dit à Dieu : Seigneur, jugez où nous en sommes.
> Considérez la terre et regardez les hommes.
> Ils brisent tous les nœuds qui devraient les unir.
> Et Dieu m'a répondu : Certes, je vais venir [1]!

Pour la raison qu'on a vue précédemment [2], Victor Hugo n'a point fait de satire générale ni de la femme ni de l'enfance.

Son indulgence systématique pour les enfants est sans bornes. Car « leurs petites mains, joyeuses et bénies, n'ont point fait mal encore », et « leurs ailes sont d'azur [3] ».

> N'avoir pas fait de mal, ô mystère profond!...
> Il suffit, pour qu'on ait besoin d'être à genoux,
> Et pour que nous sentions de la noirceur en nous,
> Que ce doux petit être inexprimable vive;
> Et la création entière est attentive
> Aux reproches que fait, même à ce qui reluit...
> Cette blancheur sans ombre et sans fond, l'innocence...
> Vous êtes de la joie errante parmi nous,
> Enfants! riez, jouez, croissez. Vos fronts sont doux,
> Et la faiblesse y met sa tremblante couronne [4]...

Il est vrai qu'il a pensé une fois, une seule fois, comme le bon La Fontaine : « Cet âge est sans

1. *Les Contemplations*, VI, 4.
2. Voyez page 62.
3. *Feuilles d'Automne*, XIX.
4. *Le Pape*.

pitié », puisqu'il a écrit *le Crapaud* et fait cet aveu :

> J'étais enfant, j'étais petit, j'étais cruel...

mais c'est tout [1].

Il y a bien, au livre III de *Toute la Lyre*, une pièce intitulée *La Femme*. Mais elle est d'une très faible valeur satirique. La femme y est appelée un « monstre charmant », à la fois « spectre et masque ».

> La femme est une gloire et peut-être une honte
> Pour l'ouvrier divin et suspect qui la fit.
> A tout le bien, à tout le mal elle suffit.
> Haine, amour, fange, esprit, fièvre, elle participe
> Du gouffre...
> Non, rien ne nous dira ce que peut être au fond
> Cet être en qui Satan avec Dieu se confond.
> Elle résume l'ombre énorme en son essence.

C'est imprécis et vague. La seule idée un peu originale de la pièce est une image du genre symbolique :

> N'est-ce pas le serpent qui vaguement ondule
> Dans la souple beauté des vierges aux seins nus ?

Cette image en rappelle une autre, qui est analogue, dans les pages du *William Shakespeare* consacrées à Rabelais : « Le serpent est dans l'homme, c'est l'intestin ; il tente, trahit et punit ».

Le trait le plus fort de Victor Hugo contre le beau sexe se trouve dans un excellent sonnet pour album, composé par le vieillard en 1876, et le seul,

---

1. « Comment », demande M. Renouvier dans son récent ouvrage sur *Victor Hugo, le philosophe*, « l'illusion du poète n'était-elle pas dissipée par la facile observation des instincts du bas âge, observation en cela d'accord avec la doctrine de l'évolution, dont l'hérédité psychologique est un des grands principes ? »

je crois, qu'il ait écrit dans toute sa vie [1], comme s'il avait voulu envelopper et glisser son audace dans une forme peu usitée pour la satire et généralement réservée à la galanterie :

> On leur fait des sonnets passables quelquefois ;
> On baise cette main qu'elles daignent vous tendre ;
> On les suit à l'église, on les admire au bois ;
> On redevient Damis, on redevient Clitandre ;
>
> Le bal est leur triomphe, et l'on brigue leur choix.
> On danse, on rit, on cause, et vous pouvez entendre,
> Tout en valsant, parmi les luths et les hautbois,
> Ces belles gazouiller de leur voix la plus tendre :
>
> « La force est tout ; la guerre est sainte ; l'échafaud
> Est bon ; il ne faut pas trop de lumière ; il faut
> Bâtir plus de prisons et bâtir moins d'écoles ;
>
> Si Paris bouge, il faut des canons plein les forts. »
> Et ces colombes-là vous disent des paroles
> A faire remuer d'horreur les os des morts [2].

Bien spirituellement aussi, et vertement, Victor Hugo a raillé les femmes de leur amour pour les militaires, dans le chœur des racoleurs du *Quai de la Ferraille* [3] :

> Que c'est beau, l'épaulette et le colbach tigré !...
> Les grenadiers — battez, tambours ! — ça prend les villes
> Et les mentons...
> Les belles ont le goût des héros, et le mufle
> Hagard d'un scélérat superbe sous le buffle
> Fait bâiller tendrement l'hiatus des fichus ;
> Quand passe un tourbillon de drôles moustachus,

---

1. J'oubliais un autre sonnet, que mon éditeur me rappelle obligeamment, dédiée à Mme Judith Gautier (alors Mme Judith Mendès) et publié dans le « Livre des Sonnets ».

> L'amour et la beauté sont deux terribles choses, etc.

2. *Les Quatre Vents de l'Esprit*, I, 18.

3. *Toute la Lyre*, VII, 21, dans l'édition in-18 (VII, 9, de l'édition in-8).

Hurlant, criant, affreux, éclatants, orgiaques,
Un doux soupir émeut les seins élégiaques...
« Quels beaux hommes ! »... Telle est la femme. Elle décerne
Avec emportement son âme à la caserne.
Elle garde aux bourgeois son petit air bougon.
Toujours la sensitive adora le dragon...
Et c'est la volupté de toutes ces colombes
D'ouvrir leurs lits à ceux qui font ouvrir les tombes.

Rupture avec ce qui amoindrit, dans *la Légende
des Siècles*, contient, à l'adresse des jeunes gens,
quelques avis sérieux :

> Enfuyez-vous de ces drôlesses !
> Derrière ces bonheurs changeants
> Se dressent de pâles vieillesses
> Qui menacent les jeunes gens...
>
> Vous avez autre chose à faire
> Que d'engloutir votre raison
> Dans la chanson qu'Anna préfère
> Et dans le vin que boit Suzon...
>
> Laissez là Fanchon et Fanchette !
> Fermons les jours faux et charmants.
> L'honneur d'être un homme s'achète
> Par ces graves renoncements.
>
> Les amourettes énervantes
> Fatiguent, sans les émouvoir,
> Les âmes, ces grandes servantes
> De la justice et du devoir...

Rappelons enfin la charmante épigramme, déjà
citée[1], du *Doigt de la femme*.

1. Page 79.

IV

Idées religieuses, sociales, politiques.

Sous ce titre je rassemble ce qu'on peut extraire, dans l'œuvre poétique et satirique de Victor Hugo, d'idées sur Dieu, sur la religion, sur l'âme, sur l'homme en société, sur les gouvernements, sur les peuples, qui soient assez discutables, assez particulières pour offrir à la critique quelque intérêt et pour se distinguer des grandes vérités communes où il n'y a guère d'intéressant que l'expression, matière du précédent chapitre.

La foi du poète en un Dieu, maître souverain du monde, créateur de tout ce qui existe, distinct de son ouvrage, personnel quoique infini, objet d'adoration, de prière, de crainte et d'amour, bien que notre pensée ne puisse le concevoir, est absolument ferme et entière. Ce qu'on a cru trouver, çà et là, de panthéisme dans ses vers est insignifiant, et se réduit à des entraînements de l'image ou à des accidents de la rime. Tel, par exemple, ce vers du discours de l'Ange dans le poème de *Dieu* :

Tous les flots sont la mer, tous les êtres sont Dieu.

Quand Victor Hugo reproche *A un riche*, dans les *Voix intérieures*,

> De ne pas sentir Dieu frémir dans le roseau,
> Regarder dans l'aurore et chanter dans l'oiseau,

cela n'est panthéiste que par une apparence très superficielle, et un poète chrétien, qui comprend ce qu'il dit, pourrait avancer la même chose.

Victor Hugo croit au Dieu personnel et vivant, par la même raison *littéraire*, qui est l'explication de toute sa foi, tant politique que religieuse, et des évolutions de sa foi. « La nature de son talent et les *intérêts de son style* lui interdisaient l'athéisme, » comme Vinet l'a dit de Buffon avec une spirituelle profondeur. Il avait indispensablement besoin de ce grand mot, de cette grande chose, de cette grande et toute-puissante personne pour sa poésie en général, et, particulièrement, pour ses satires.

Qu'on se représente ce que deviendraient les *Châtiments*, si l'idée de Dieu ne les remplissait pas d'un bout à l'autre, si la vengeance divine n'était pas constamment montrée planant sur la tête des coupables, si le poète ne pouvait plus s'écrier :

> ... Tu l'entends, toi, là-haut!
> Oui, voilà ce qu'on dit, mon Dieu, devant ta face!
> Témoin toujours présent, qu'aucune ombre n'efface,
> Voilà ce qu'on étale à tes yeux éternels [1]!

Il fallait qu'il pût, dès le premier livre, prédire la fuite inutile des tyrans épouvantés quand sonnera « le clairon aux quatre coins du ciel » [2], et clore

---

1. *Le Parti du crime.*
2. *Carte d'Europe.*

le poème tout entier par une nouvelle vision de la
catastrophe désormais imminente :

> L'ange au glaive de feu, debout derrière toi,
> Te met l'épée aux reins et te pousse aux abîmes [1] !

J'ai des raisons de croire que Victor Hugo aurait
été peu flatté du compliment : mais, en vérité,
l'écrivain français auquel il ressemble le plus,
quand il est sublime, c'est Bossuet. Depuis notre
plus grand orateur sacré, on n'avait pas entendu de
pareils accents :

> Celui qu'en bégayant nous appelons Esprit,
> Bonté, Force, Équité, Perfection, Sagesse,
> Regarde devant lui, toujours, sans fin, sans cesse,
> Fuir les siècles ainsi que des mouches d'été ;
> Car il est éternel avec tranquillité [2].
>
> Il est! mais nul cri d'homme ou d'ange, nul effroi,
> Nul amour, nulle bouche, humble, tendre ou superbe,
> Ne peut balbutier distinctement ce verbe :
> Il est! il est! il est! il est éperdûment [3]...
>
> Quand la bouche d'en bas touche à ce nom suprême,
> L'essai de la louange est presque le blasphème [4].
>
> Oh! que l'homme n'est rien et que vous êtes tout,
> Seigneur [5] !...

Le fameux mouvement oratoire de *Napoléon II* :
« Non, l'avenir n'est à personne », appartient à
l'éloquence religieuse et à ce qu'elle peut citer de
plus sublime parmi ses pages sublimes. « Je frémis
de voir comme mon Dieu te suit, » dit le poète au

---

1. *La Fin.*
2. *Le Sultan Mourad*, dans *la Légende des Siècles.*
3. *Religions et Religion.*
4. *Dieu.*
5. *Toute la Lyre*, III, 20, de l'édition in-18.

triomphant d'un jour [1], et ce frémissement, cette certitude, cette prise de possession du coupable par le Dieu vivant et par sa justice vengeresse, c'est encore du Bossuet ; à moins que l'antique majesté de certaines images classiques ne rappelle plutôt le père de toute poésie, le vieil Homère :

> Oui, vous l'emportez ; mais nul ne trompe et n'évite
> L'œil invisible ; et, bien qu'un larron marche vite,
> Le châtiment boiteux le suit et le rejoint [2].

Dans une lettre à George Sand, datée du 18 mai 1862, Victor Hugo écrit : « Je crois en Dieu plus qu'à moi-même. Je suis plus sûr de l'existence de Dieu que de la mienne propre ». Non seulement ce grand poète est le contraire d'un athée, mais l'athéisme, à ses yeux, est une chose impossible et absurde, un non-sens ; l'athée croit en Dieu sans se l'avouer :

> Dieu vit. Quiconque mange est assis à sa table.
> Il est l'inaccessible, il est l'inévitable.
>   L'athée au sombre vœu,
> En se précipitant, avec son hideux schisme,
> La tête la première, au fond de l'athéisme,
>   Brise son âme à Dieu !
>
> Il est le fond de l'Être ; oui, terrible ou propice,
> Tout vertige le trouve au bas du précipice.
>   Satan, l'ange échappé,
> Se cramponne lui-même au Père, et l'on devine
> Dans les plis d'un des pans de la robe divine
>   Ce noir poignet crispé [3]...

1. *La mort de Saint-Arnaud.*
2. *Alsace et Lorraine*, dans la première *Corde d'airain* de *Toute la Lyre.*
3. *Dieu.*

Cependant, à force d'être un axiome, une espèce de tautologie, une nécessité de l'acte même de penser et de vivre, la foi en Dieu risque de perdre sa vertu morale et de se confondre avec une fonction naturelle, comme la respiration ou la digestion. Elle devient la santé de l'homme bien portant, et c'est le caractère qu'elle a trop souvent dans la poésie optimiste de Victor Hugo. Le chapitre intitulé *un Grenier*, dans le poème du *Pape*, est typique à cet égard. Un pauvre dit qu'il ne croit pas en Dieu. Le pape lui donne, pour lui, sa femme et ses enfants, de l'argent et du pain. « Et maintenant parlons de Dieu, » dit le pape. « J'y crois, » dit le pauvre.

Dieu est toujours là, dans les *Voix intérieures*, est l'hymne de reconnaissance du pauvre, d'abord à l'été, durant lequel sa vie est facile, ensuite, à la charité du bon riche qui le nourrit pendant l'hiver.

> Quand la plaine est en joie et quand l'aube est en feu,
> Je crois tout bonnement, tout bêtement, en Dieu [1].

Cet optimisme est le contraire de l'humeur ascétique d'un Pascal, qui considérait la maladie, l'épreuve, la douleur, comme l'état naturel du chrétien. Victor Hugo a su résister à la faiblesse vulgaire de nier Dieu quand on est malheureux, terrible tentation que l'épreuve apporte avec elle, puisque la mort de sa fille lui a inspiré les admirables stances religieuses que l'on sait [2]; mais, à côté de cette pièce sublime, les *Contemplations* pré-

---

1. *Les Quatre Vents de l'Esprit*, I, 29.
2. *A Villequier*, dans *les Contemplations*.

sentent aussi, et les *Chansons des Rues et des Bois* prodiguent à pleins flots, ces joyeusetés énormes de la religion naturelle où devait aboutir et sombrer sa théologie un peu trop simpliste.

Rien de plus grossier, je veux dire, rien de moins distingué, de moins fin, de moins délicat, n'a été élaboré par un cerveau de poète, dans ce siècle qui est celui de Renan, mais qui est aussi celui de Béranger, que la religion de Victor Hugo quand elle a la prétention d'être épurée et affranchie de toutes les religions, comme l'indique le titre d'un de ses ouvrages : *Religions et Religion*. C'est le gros bon sens dans sa rusticité robuste, son nez rouge, son ventre rond et sa graisse, dans sa lourde et épaisse malice qui se gaudit.

> Plus de religion, alors? — Comme vous dites...
> Mais retour au vrai Dieu, distinct du Dieu jaloux,
> Retour à la sublime innocence première,
> Retour à la raison, retour à la lumière [1].

Cette raison, hélas, n'est que celle de M. Homais. Elle va chercher ses images chez les apothicaires ; car elle dit qu'il faut « opérer Dieu », qui a la religion « pour ténia ».

> Monde! tout le mal vient de la forme des dieux,

s'était écrié, non sans profondeur, le *Satyre* de *la Légende des Siècles*. L'auteur de *Religions et Religion* et du poème de *Dieu* se livre à une critique facile de l'anthropomorphisme des livres saints, de

---

1. *L'Art d'être grand-père*, VI, 10.

ce qu'on peut appeler la mythologie biblique. Il raille, d'un rire moins léger que celui de Voltaire,

> ... Ce bonhomme à longue barbe blanche,
> Un et triple, écoutant des harpes...
> Punissant les enfants pour la faute des pères...
> Arrêtant le soleil à l'heure où le soir naît,
> Au risque de casser le grand ressort tout net...
> Il ne veut pas qu'on touche à ses arbres fruitiers...
> .... Qu'est-ce que c'est que cet Orgon céleste,
> Dieu podagre que dupe un démon jeune et leste?
> ... O prêtres! ce Dieu-là, sous son dais à panache,
> Est du monde idiot la suprême ganache.

La protestation contre l'enfer est un peu plus sérieuse, parce qu'ici la conscience, qui nous trompe moins, ajoute sa voix grave à celle de la raison, qui pouvait n'être qu'impertinente. L'enfer heurte d'une façon particulièrement absurde l'idée qu'il convient d'avoir de Dieu, selon Victor Hugo :

> Je suis athée au point de douter que Dieu soit
> Charmé de se chauffer les mains au feu du Diable,
> Qu'il ait mis l'incurable et l'irrémédiable
> Dans l'homme, être ignorant, faible, chétif, charnel,
> Afin d'en faire hommage au supplice éternel,
> Qu'il ait exprès fourré Satan dans la nature,
> Et qu'il ait, lui, l'auteur de toute créature,
> Pouvant vider l'enfer et le fermer à clé,
> Fait un brûleur, afin de créer un brûlé [1]...

> Dieu n'est pas le pêcheur qui jette des appâts
> Au pauvre être fuyant que l'appétit assiège,
> Et son bonheur n'est pas de prendre l'homme au piège.
> Pas d'enfer éternel. Quoi! l'être aux instants courts,
> Quoi! le vivant rapide, enchaîné pour toujours!
> Quoi! des illusions, des erreurs, des risées,
> Quoi! des fautes d'un jour et d'une heure écrasées
> Sous ce mot immobile et monstrueux : Jamais [2]!

---

1. *Les Quatre Vents de l'Esprit*, I, 29.
2. *Dieu.*

Conclusion sur les religions positives :

Qu'est-ce qu'un dogme, un culte, un rite? un objet d'art [1].

Mais tout est objet d'art pour Victor Hugo. Le principal motif de sa foi comme de son doute, de ses affirmations comme de ses négations, est toujours essentiellement *littéraire*, j'ai même dit *verbal*, l'imagination et l'intelligence de ce grand remueur de mots étant régies, nous l'avons vu, par un fondamental verbalisme.

Sous cette influence il a passé, sans secousse et sans crise, du royalisme à la république, de l'antique honneur féodal au culte de la liberté ; sous cette influence aussi il a fait, sans drame intérieur, une tranquille évolution religieuse, contenue dans les limites des intérêts de l'art et s'y déroulant en pleine paix.

La tragique « nuit de Jouffroy », que tout vrai penseur traverse plus ou moins, n'a été, pour Victor Hugo, qu'une studieuse veillée où il a simplement renouvelé les thèmes et le vocabulaire de sa poésie, et sa « tempête sous un crâne » ne fut qu'une « tempête au fond de l'encrier ». Relisez le *Prélude* des *Chants du Crépuscule*. Quel calme! quelle sérénité! Aucun de ces cris de souffrance que la perte de la foi arrache à Musset. Rien du défi amer et sombre qui caractérise l'incrédulité de Vigny. Pas davantage la sauvage allégresse avec laquelle Leconte de Lisle se replonge dans le culte païen de

1. *Les Quatre Vents de l'Esprit*, I, 29.

la nature. C'est une transition très douce; c'est un soupir de voluptueuse mélancolie. Le crépuscule n'est-il pas poétique? N'est-ce pas une espèce d'aurore, et l'aurore n'est-elle pas l'annonce d'un jour nouveau?

> N'y voit-on déjà plus? n'y voit-on pas encore?
> Est-ce la fin, Seigneur, ou le commencement?...
> Cet horizon, qu'emplit un bruit vague et sonore,
> Doit-il pâlir bientôt, doit-il bientôt rougir?...

Et dans la pièce XIII du même recueil :

> ... Devons-nous regretter ces jours anciens et forts
> Où les vivants croyaient ce qu'avaient cru les morts,
> Jours de piété grave et de force féconde,
> Lorsque la Bible ouverte éblouissait le monde?

Oui, nous les regretterons, ces jours de foi naïve; oui, nous leur dirons un adieu triste et définitif; mais nous aurons bien soin d'en conserver tout ce qui sera utile à nos vers. Et voilà pourquoi le dogme central du christianisme, *la vertu de la Croix* (je ne dis pas seulement les leçons de Jésus considéré comme un docteur suave ou encore comme un socialiste et un révolutionnaire, je ne dis même pas l'exemple de Jésus, mais la vertu de la croix du Christ qui a souffert et qui est mort pour le salut du genre humain), conserve dans la poésie de Victor Hugo une place éminente. Le poète aime à nous montrer, parce que ce mystère est beau, parce qu'il est sublime, parce que son imagination en est ébranlée et ravie, « le grand

Crucifié sur les hommes penché[1] », « le Christ immense ouvrant ses bras au genre humain[2] ».

> Sublime embrassement des grandes mains sanglantes!...
> Le sang du Sauveur coule et toute âme y peut boire[3].

Peu de lecteurs connaissent, dans *la Fin de Satan*, une page admirable et vraiment chrétienne, qui une fois encore et plus que jamais évoque, par le sublime élan de la pensée et du style, le souvenir de Bossuet, et de Bossuet seul, dans toute la littérature française :

> La flagellation du Christ n'est pas finie.
> Tout ce qu'il a souffert dans sa lente agonie,
> Au mont des Oliviers et dans les carrefours,
> Sur la croix, sous la croix, il le souffre toujours.
> Après le Golgotha, Jésus, ouvrant son aile,
> A beau s'être envolé dans l'aurore éternelle;
> Il a beau resplendir, superbe et gracieux,
> Dans la tranquillité sidérale des cieux,
> Dans la gloire, parmi les archanges solaires,
> Au-dessus des douleurs, au-dessus des colères,
> Au-dessus du nuage âpre et confus des jours;
> Chaque fois que sur terre, et dans nos temples sourds,
> Et dans nos vils palais, des docteurs et des scribes
> Versent sur l'innocent leurs lâches diatribes,
> Chaque fois que celui qui doit enseigner, ment,
> Chaque fois que d'un traître il jaillit un serment,
> Chaque fois que le juge, après une prière,
> Jette au peuple ce mot : Justice! et, par derrière,
> Tend une main hideuse à l'or mystérieux,
> Chaque fois que le prêtre, époussetant ses dieux,
> Chante au crime : Hosanna! bat des mains aux désastres,
> Et dit : Gloire à César! — là-haut, parmi les astres,
> Dans l'azur qu'aucun souffle orageux ne corrompt,
> Christ frémissant essuie un crachat sur son front.

---

1. *Châtiments*, I, 8.
2. *L'Aigle du Casque*, dans *la Légende des Siècles*.
3. *Dieu*.

Les idées du poète sur l'âme sont soumises à la même loi esthétique que ses idées sur Dieu et sur Jésus : elles sont *belles d'abord* et vraies en conséquence, si la beauté est toujours la forme splendide de la vérité.

Comme à l'existence d'une divine et toute-puissante personne, Victor Hugo croit donc à la spiritualité et à l'immortalité de l'âme, et c'est un besoin évident de toute sa poésie, tant de celle qui exhale la haine et la colère que de celle que l'amour seul inspire ; car « l'homme est un désir vaste en une étreinte étroite [1] », et, à des sentiments infinis, quels qu'ils soient, il faut une satisfaction infinie. « Tout commence en ce monde et tout finit ailleurs [2]. »

Le néant fait tellement horreur à ce vivant esprit, d'une si inlassable activité, qu'il préférerait à la mort définitive l'enfer lui-même. Si c'est à un sommeil sans réveil que tout doit aboutir, « oh ! reprends ce rien, gouffre, et rends-nous Satan ! [3] »

La sombre et magnifique *Épopée du Ver*, dans *la Légende des Siècles*, est suivie d'une protestation de l'âme, beaucoup plus faible, comme il arrive toujours dans les contre-parties qu'un souci d'équilibre impose. J'aime mieux, dans *Religions et Religion*, ce cri de l'âme, parce que ce n'est qu'un cri, sans essai de raisonnement :

> Quoi ! lorsqu'on s'est aimé, pleurs et cris superflus !
> Ne jamais se revoir, jamais, jamais ! ne plus
> Se donner rendez-vous au delà de la vie !

1. *Dieu.*
2. *Tristesse d'Olympio.*
3. *Religions et Religion.*

Quoi! la petite tête éblouie et ravie,
L'enfant qui souriait et qui s'en est allé,
Mères, c'est de la nuit! cela s'est envolé!...

Voilà l'expression la plus touchante et la plus
simple de la foi qui *ne veut pas* désespérer devant
la mort et le tombeau. Mais il y a, sur l'âme, d'autres doctrines élevées, généreuses, fécondes et d'un
aussi beau *rendement* pour la poésie, si j'ose m'exprimer ainsi, que celle du spiritualisme chrétien et
classique.

C'est pourquoi le poète fait une place dans ses
vers à l'immortalité qu'on a appelée *facultative* ou
conditionnelle, c'est-à-dire réservée à l'élite des
esprits qui ont triomphé de la matière [1].

C'est pourquoi encore il a écrit, dans les *Contemplations*, *Cadaver*, où le sourire des cadavres
est expliqué par leur joie de rentrer dans l'immense
nature :

Je vais être oiseau, vent, cri des eaux, bruit des cieux,
Et palpitation du tout prodigieux!...
Le sang va retourner à la veine infinie,
Et couler, ruisseau clair, aux champs où le bœuf roux
Mugit le soir avec l'herbe jusqu'aux genoux...

Et c'est pourquoi il a écrit *Ce que dit la Bouche
d'Ombre*, poème plein de beaux vers et même de
grandes pensées, mais dont l'idée la plus saillante,

1. Voyez, dans *Religions et Religion*, l'apologue de Dante et des
deux vers, dont l'un est immortel et l'autre périssable, puisque
Dante garde le premier et biffe le second. Et voyez aussi une
conversation de Victor Hugo à Guernesey, rapportée dans mes
Causeries parisiennes, pages 75 et 76, qui est ce même apologue
présenté par le poète dans la prose d'un entretien familier, avant
qu'il l'eût mis en beaux vers.

la métempsycose des hommes méchants ou vils métamorphosés en bêtes et en choses correspondant à leurs vices ou à leurs crimes, est peu originale.

> Tout être, quel qu'il soit,
> De l'astre à l'excrément, de la taupe au prophète,
> Est un esprit traînant la forme qu'il s'est faite [1].

« Dieu n'a créé que l'être impondérable, » dit la mystérieuse *Bouche d'Ombre*; « la première faute fut le premier poids ». En langage moins sibyllin, la création divine a dégénéré sous l'influence de la matière, cause du mal moral et du mal physique, qui pèse lourdement sur l'esprit asservi aux sens, esclave du péché, sujet, avec le corps, à mille maladies. Voilà la chute.

Le progrès consistera donc à renverser les termes de la situation introduite par là chute, à faire de la matière domptée un instrument de l'esprit, à rendre à cet « être impondérable » sa liberté et ses ailes. Qui sait, dit le *Satyre*, dans *la Légende des Siècles*,

> Qui sait si, quelque jour, brisant l'antique affront,
> L'homme ne dira pas : Envole-toi, matière!
> S'il ne franchira point la tonnante frontière;
> S'il n'arrachera pas de son corps brusquement
> La pesanteur, peau vile, immonde vêtement
> Que la fange hideuse à la pensée inflige?
> De sorte qu'on verra tout à coup, ô prodige!
> Ce ver de terre ouvrir ses ailes dans les cieux.

Considérons le progrès dans une de ses manifestations les plus sensibles : les moyens de locomotion.

Le perfectionnement des véhicules est un affran-

---

1. *Dieu.*

chissement continu de l'esprit s'élevant au-dessus
de la matière d'un vol de plus en plus léger, à
mesure qu'il étend sur elle son empire. Victor Hugo
passe en revue les bêtes de somme, les lourds cha-
riots, les embarcations mues d'abord à force de
rames, la vapeur, l'électricité, les ballons... S'il
avait connu les bicyclettes et les automobiles, il
aurait pu leur faire une place intéressante.

On a prétendu que les locomotives et, en général,
les machines n'étaient pas des objets de poésie :
c'est vrai, tant qu'on s'en tient au point de vue exté-
rieur et superficiel, que la contemplation des masses
matérielles absorbe tout entier ; car il n'y a de poétique, à première vue, que les libres actions de
l'homme, et un cavalier sur sa monture, des mate-
lots n'ayant que leurs bras ou leurs voiles pour
lutter contre les éléments, parleront toujours plus
à l'imagination que des machines sans volonté et
sans âme. Mais qu'un esprit profond pénètre sous
l'apparence, qu'il nous montre dans les machines
brutales la puissance du génie humain qui les a
créées : c'est une poésie absolument neuve, inouïe
encore aux oreilles humaines, que le plus grand
poète de notre siècle de science et d'industrie va
faire sortir du fer, du charbon, du bitume, des
découvertes du physicien, des inventions du chi-
miste et des calculs de l'ingénieur :

L'homme est d'abord monté sur la bête de somme ;
Puis sur le chariot que portent des essieux,
Puis sur la frêle barque au mât ambitieux ;
Puis, quand il a fallu vaincre l'écueil, la lame,
L'onde et l'ouragan, l'homme est monté sur la flamme...

Jadis des quatre vents la fureur triomphait;
De ces quatre chevaux échappés l'homme a fait
　　L'attelage de son quadrige;
Génie, il les tient tous dans sa main, fier cocher
Du char aérien que l'éther voit marcher;
　　Miracle, il gouverne un prodige...

Char merveilleux! Son nom est Délivrance. Il court...
Il passe, il n'est plus là; qu'est-il donc devenu?
Il est dans l'invisible, il est dans l'inconnu...
... A présent l'immortel aspire à l'éternel;
Il montait sur la terre, il monte dans le ciel...
Et peut-être voici qu'enfin la traversée
Effrayante, d'un astre à l'autre, est commencée!

Stupeur! se pourrait-il que l'homme s'élançât?
O nuit! se pourrait-il que l'homme, ancien forçat,
　　Que l'esprit humain, vil reptile,
Devînt ange et, brisant le carcan qui le mord,
Fût soudain de plain-pied avec les cieux? La mort
　　Va donc devenir inutile?

Oh! franchir l'éther! songe épouvantable et beau!
Doubler le promontoire énorme du tombeau!
　　Qui sait? — toute aile est magnanime,
L'homme est ailé, — peut-être, ô merveilleux retour!
Un Christophe Colomb de l'ombre, quelque jour,
　　Un Gama du cap de l'abîme,

Un Jason de l'azur, depuis longtemps parti,
De la terre oublié, par le ciel englouti,
　　Tout à coup sur l'humaine rive
Reparaîtra, monté sur cet alérion,
Et montrant Sirius, Allioth, Orion,
　　Tout pâle, dira : J'en arrive [1]!...

PROGRÈS est un de ces mots flamboyants dont
nous avons étudié plus haut le pouvoir magique
sur l'imagination du poète; celui-ci fascine sa vue
à tel point que tout mouvement de la réflexion qui
a des doutes, fait des réserves, ajourne, distingue,

1. *Plein ciel*, dans *la Légende des Siècles*.

choisit, critique, discerne et juge, devient impossible
à sa pensée emportée et comme ivre.

L'instruction pour tous; la lumière chassant,
avec l'ignorance, le vice, le crime et la misère; les
peuples rendus seuls maîtres d'eux-mêmes, maîtres
de leurs passions comme de leurs gouvernements;
la fin des prêtres et des dogmes; les trônes rem-
placés par la république universelle; la guerre
éteinte; la peine de mort abolie; les frontières de
toutes les patries abaissées, et, par dessus les
anciennes barrières, tous les hommes se tendant
les bras comme des frères retrouvés de la même
grande famille : telles sont les visions attendries et
glorieuses que le mot *progrès* évoque en tumulte
aux yeux éblouis de Victor Hugo.

On peut sourire et faire des objections. On peut
renvoyer l'enthousiaste aux statistiques, qui établissent que ni l'abolition de la peine de mort ne
diminue la violence et la sauvagerie des mœurs, ni
la diffusion de l'instruction ne fait décroître la cri-
minalité. On peut plaisanter sur le désarmement
des nations, sur l'embarras où chacune se trouve
de faire le premier pas : « Ma voisine, je suis prête,
mais après vous ». On peut regarder la haine et le
mépris de l'étranger comme l'envers naturel et obligatoire du culte de la patrie. Et l'on peut encore, à
cette évidence, que la guerre est un crime et qu'elle
est un fléau, opposer les lieux communs et les
paradoxes connus sur son utilité, qui est surtout
de rendre du nerf au peuple amolli par une paix
trop longue. Mais, à un point de vue supérieur,

j'estime que Victor Hugo a raison, profondément raison. Il anticipe simplement l'avenir. Il a foi en grand poète, c'est-à-dire, en voyant, dans la vérité que nie notre politique myope par ce pauvre et misérable motif que cette vérité idéale se dérobe pour l'instant à nos faibles yeux derrière les complications et les difficultés de l'heure présente.

Si l'instruction est en elle-même un bien ; si la peine de mort est une usurpation du juge éphémère sur l'Éternel ; si la république est plus rationnelle que la royauté ; si la notion d'humanité est plus haute que celle de patrie ; si enfin la guerre cause des maux mille fois plus grands que l'unique avantage, fort douteux, qu'on lui attribue, il est nécessaire, logique, fatal, que toutes ces idées justes et vraies de la raison passent tôt ou tard dans le domaine des faits. Je ne sais pas si ce sera demain, ni dans un siècle, ni dans dix siècles ; mais il faut qu'un jour cela soit. L'optimisme de Victor Hugo est celui de l'histoire, qui nous montre, en dernière analyse, malgré tous les reculs et toutes les chutes, la marche en avant de la civilisation : les superstitions diminuées, les mœurs adoucies, les guerres plus rares, la personne humaine mieux respectée, la culture donnée à tous les esprits, les corps exemptés de tourments cruels par la loi, les droits de l'homme reconnus et toutes les justices d'exception, qui ne sont qu'injustice, disparaissant les unes après les autres.

Le poète sait d'ailleurs que l'enfantement du bien est rude, pénible, douloureux, que « c'est à travers le mal qu'il faut sortir du mal[1] », et c'est ce qu'il appelle, dans *l'Année terrible*, la *Loi de formation du progrès*. « Le progrès, ténébreuse abeille, fait du bonheur avec nos maux[2]. »

Ces coups d'épieux, ces coups d'estocs, ces coups de piques,
Le retentissement des cuirasses épiques,
Ces victoires broyant les hommes, cet enfer,
Et les sabres sonnant sur les casques de fer,
L'épouvante, les cris des mourants qu'on égorge,
C'est le bruit des marteaux du progrès dans la forge,
Hélas !...
La raison n'a raison qu'après avoir eu tort...
Les découvertes sont des filles formidables
Qui dans leur lit tragique étouffent leurs amants[3].

Cette dernière idée est développée dans une pièce de *la Légende des Siècles* (nouvelle série), trop longue et trop verbeuse, vice coutumier des derniers ouvrages, mais très belle en partie, *la Comète*. Elle a été résumée admirablement par Béranger dans la chanson des *Fous*, qui est peut-être son chef-d'œuvre, et Victor Hugo, dans son *Ane* aussi, poème peu lu, et pour cause, en a renouvelé en assez bons termes l'expression fréquente sous sa plume[4] :

Toujours vous proscrivez le grand homme fatal,
Sauf à lui dédier plus tard un piédestal...
Oui, le crachat jaillit de cent bouches ouvertes
Sur tous les pâles Christs des saintes découvertes !

1. *Toute la Lyre*, I, 1, dans l'édition in-8, où cette pièce a pour titre *l'Échafaud*; 1, 21 dans l'édition in-18, où elle est intitulée *la Guillotine*.
2. *Lux*, dans les *Châtiments*.
3. *L'Année terrible*. Février, V.
4. Voir encore, dans *Melancholia* des *Contemplations*, le passage qui commence ainsi : « Un homme de génie apparaît... », beau développement de l'*Exstinctus amabitur idem*, d'Horace.

Les révolutions, qui « font un bien éternel dans leur mal passager », étant « la lueur de sang qui se mêle à l'aurore [1] », fournissent à la pensée de Victor Hugo le plus topique exemple du progrès accompli par le sang et les larmes, et à sa rhétorique une assez désagréable antithèse :

> La Révolution française,
> C'est le salut d'horreur mêlé.
> De la tête de Louis seize,
> Hélas! la lumière a coulé [2].

Une définition sage et vraiment philosophique du progrès se rencontre dans les vers *A l'homme*, de *la Légende des Siècles* :

> Les hommes en travail sont grands des pas qu'ils font.
> Leur destination, c'est d'aller, portant l'arche;
> Ce n'est pas de toucher le but, c'est d'être en marche;
> Et cette marche, avec l'infini pour flambeau,
> Sera continuée au delà du tombeau.
> C'est le progrès. Jamais l'homme ne se repose.

Mais, ailleurs, l'imagination ardente du poète embrasse le but trop vite ou l'enguirlande de fleurs et de couronnes bizarres, lorsqu'il dit, entre autres choses extrêmement risquées, que les nègres deviendront blancs [3], qu' « une Athène au front pur naîtra de Tombouctou », et que Dieu, « père ébloui de joie, » ne pourra plus distinguer de Jésus Bélial, devenu son frère [4].

---

1. *Les Contemplations*, V, 3.
2. *Rupture avec ce qui amoindrit*, dans *la Légende des Siècles*.
3.   L'aube, cette blancheur juste, sacrée, intègre,
       Qui se fait dans la nuit, se fera dans le nègre.
                                          (*Dieu.*)
4. *Ce que dit la Bouche d'Ombre*.

Les vers sur la guerre sont de la satire, et de la meilleure qu'ait écrite Victor Hugo, parce qu'ici son jugement de blâme étant profondément raisonnable, la grandeur simple d'un sentiment noble et généreux lui inspire les accents lyriques les plus humains.

Les guerres nationales sont des guerres fratricides. L'auteur de *l'Année terrible* s'élève, en une dizaine de vers, au sommet de la poésie, lorsqu'il rappelle aux Allemands et aux Français les liens qui les unirent jadis au berceau de l'histoire :

> Vision sombre! un peuple en assassine un autre.
> Et la même origine, ô Saxons, est la nôtre!
> Et nous sommes sortis du même flanc profond!
> La Germanie avec la Gaule se confond
> Dans cette antique Europe où s'ébauche l'histoire...
> Le même autel de pierre, étrange et plein de voix,
> Faisait agenouiller sur l'herbe au fond des bois
> Les Teutons de Cologne et les Bretons de Nante;
> Et quand la Walkyrie, ailée et frissonnante,
> Traversait l'ombre, Hermann chez vous, chez nous Brennus
> Voyaient la même étoile entre ses deux seins nus [1].

Dans un autre style et dans un autre rythme, les *Chansons des rues et des bois* ont sur le même sujet, la guerre, des choses vraies et charmantes :

> Depuis six mille ans la guerre
> Plaît aux peuples querelleurs,
> Et Dieu perd son temps à faire
> Les étoiles et les fleurs...
>
> C'est un Russe! Égorge, assomme.
> Un Croate! Feu roulant.
> C'est juste. Pourquoi cet homme
> Avait-il un habit blanc?

1. Décembre, II.

Celui-ci, je le supprime
Et m'en vais, le cœur serein,
Puisqu'il a commis le crime
De naître à droite du Rhin...

On pourrait boire aux fontaines,
Prier dans l'ombre à genoux,
Aimer, songer sous les chênes;
Tuer son frère est plus doux.

On se hache, on se harponne,
On court par monts et par vaux;
L'épouvante se cramponne
Du poing aux crins des chevaux.

Et l'aube est là sur la plaine!
Oh! j'admire, en vérité,
Qu'on puisse avoir de la haine
Quand l'alouette a chanté [1].

Jean Sévère, qui trouve « le vrai dans le vin »,
exprime, étant ivre, cette idée fort juste :

Faire, au lieu des deux armées,
Battre les deux généraux,
Diminuerait les fumées
Et grandirait les héros.

Les guerres civiles sont atroces; mais, hélas!
elles se comprennent, tandis que la raison ne peut
rien concevoir de plus absurde que l'empressement
d'un peuple à épouser des querelles de princes ou de
ministres qui ne l'intéressent pas, et à placer l'honneur national dans la victoire non des talents et
des intelligences, mais de la force brutale souvent
la plus folle et la plus criminelle. « L'honneur
national, écrit avec un grand bon sens l'auteur
d'un récent ouvrage sur *les Guerres et la Paix* [2],

1. Livre second, III, 1.
2. Le docteur Ch. Richet, cité dans un numéro du Bulletin
de *l'Arbitrage entre nations*. — Sir Stafford Northcote, délégué

devrait consister dans le culte de la justice; dans
la production scientifique, artistique et littéraire;
dans l'extension du commerce, de la richesse, de
l'industrie; dans le développement du bien-être, de
la liberté et de la moralité chez les divers citoyens. »

Renouvelant encore une fois sa forme, Victor
Hugo nous dit, dans le poème du *Pape*, et ici
avec la simplicité la plus familière :

.   Dieu vous créa pour créer,
Pour aimer, pour avoir des enfants et des femmes...
On vous met dans la main une lame pointue.
Vous ne connaissez pas celui pour qui l'on tue,
Vous ne connaissez pas celui que vous tuerez.
Est-ce vous qui tuerez? est ce vous qui mourrez?
Vous l'ignorez...
Et vous avez quitté vos femmes pour cela!

C'est une belle allégorie que celle du nid du
rouge-gorge découvert un jour par le poète dans
la gueule du lion de Waterloo[1].

Les frontières sont « le haillon difforme du vieux
monde », que les guerres autrefois s'arrachaient de
leurs griffes, et c'était barbarie pure cet ancien état
du monde et de la pensée où « l'homme au delà
d'un pont ne connaissait plus l'homme[2] ». Que l'on
rende donc définitivement au passé ce qui est déjà

du gouvernement britannique, avait dit de même, au banquet
d'adieu qui suivit les conférences préparatoires du célèbre arbitrage de l'Alabama entre l'Angleterre et les États-Unis : « L'honneur national ne consiste point à ne jamais avouer qu'on a eu
tort, mais plutôt à rechercher en tout la justice, à reconnaître
le bien d'autrui en regard du sien et même à aller au delà de
la stricte justice, jusqu'à se prononcer contre soi-même plutôt
que pour soi-même en cas de doute ».
1. *L'Année terrible.* Juillet, III.
2. *Pleine mer, Plein ciel,* dans *la Légende des Siècles.*

le scandale du présent, ce que l'avenir ne pourra plus même comprendre. « Tous les hommes sont l'Homme! un seul peuple! un seul Dieu![1] » « J'aime tous les soleils et toutes les patries[2]. »

> O rois, des deux côtés vous voyez des royaumes,
> Des fleuves, des cités, la terre à partager,
> Des droits pareils aux loups cherchant à se manger,
> Des trônes se gênant, les clairons, les chimères,
> La gloire; et moi je vois des deux côtés des mères[3].

La guerre franco-allemande offrait à un poète satirique français un gibier de belle taille, facile à foudroyer : l'Allemagne. Mais une chose digne de remarque, c'est que la satire des Allemands par Victor Hugo n'a pas, en somme, beaucoup de violence ni d'âpreté. Il les raille plutôt qu'il ne les fouaille.

> On a pour idéal d'offrir une pendule
> A quelque nymphe blonde au pied du mont Adule[4].

Pourtant c'est avec éloquence, çà et là, qu'il flétrit ces « Prouesses borusses »,

> Exploits louches et singuliers,
> Dont se fût indignée au temps des chevaliers
> La magnanimité farouche de l'épée[5],

et c'est avec une fierté superbe qu'il refuse d'entendre parler de concorde avant la revanche :

> L'œil âprement baissé convient à la défaite...
> La déclaration de paix n'est jamais franche
> De ceux qui, terrassés, n'ont pas pris leur revanche...

1. *L'Année terrible.* Juillet, IX.
2. *A un roi de troisième ordre,* dans la première *Corde d'airain* de *Toute la Lyre.*
3. *Le Pape.*
4. *L'Année terrible.* Décembre, V.
5. *Ibid.* Novembre, III.

Mettons-les sous nos pieds, puis tendons-leur la main...
Une fraternité bégayée à demi
Et trop tôt, fait hausser l'épaule à l'ennemi ;
Et l'offre de donner aux rancunes relâche,
Qui demain sera digne, aujourd'hui serait lâche [1].

J'attribue l'indulgence relative de Victor Hugo pour l'ennemi national, d'abord au service que l'Allemagne avait rendu à la France, sans bonne intention, mais par le fait, en la débarrassant enfin de Napoléon III ; ensuite, aux idées générales du poète sur la guerre, crime en partie double par lequel l'humanité est blessée, tellement qu'il devient impossible à l'homme dont le cœur sent profondément cette blessure d'en rester à l'ancienne simplicité barbare qui n'a d'âme que pour la patrie, déteste l'étranger sans réserve et se réjouit de son extermination comme de celle d'une bête malfaisante.

Mais l'erreur serait grave de croire que la poésie de Victor Hugo ait pu rencontrer une idée aussi grande que celle de la patrie sans lui faire rendre tout ce qu'elle contient de beau et de sublime. « Je ne puis que saigner tant que la France pleure, » dit-il dans le morceau dont je viens de citer huit vers. Dans un autre poème de *l'Année terrible*, adressé *A la France* [2], le patriotisme de Victor Hugo se traduit dans cette forme singulièrement passionnée :

Ah ! je voudrais,
Je voudrais n'être pas Français pour pouvoir dire
Que je te choisis, France, et que, dans ton martyre,
Je te proclame, toi que ronge le vautour,
Ma patrie et ma gloire et mon unique amour !

1. *L'Année terrible.* Février, IV.
2. Décembre, VII.

La pièce intitulée *Choix entre les deux nations* se compose d'un discours à l'Allemagne et d'un discours à la France. Le discours à l'Allemagne est un long éloge de son vaste et profond génie, de ses forêts, de sa musique, des gloires diverses de ses annales : Witikind, Hermann, Barberousse, Luther, Schiller (car Victor Hugo ne nomme jamais Gœthe [1]), Beethoven enfin, l'Homère allemand. Le discours à la France n'a que trois petits mots : « O ma mère ! » Mais ailleurs Victor Hugo a développé les raisons intellectuelles et morales de son amour pour la France ; elles sont intéressantes, parce qu'on y voit les sentiments du patriote se confondre avec ceux de l'homme, et la patrie française être chère au poète par-dessus toutes les autres patries, justement pour ce motif, qu'elle est, par excellence, l'organe de la pensée humaine et du cœur humain :

> ... La France est un besoin des hommes.
> Après sa chute, comme avant qu'elle tombât,
> L'immense cœur du monde en sa poitrine bat [2].

Le but français est le but humain [3]. Guidé par Voltaire, Diderot, Rousseau, puis par les géants de la Révolution, le peuple français commence au xviiie siècle à nous apparaître comme le missionnaire de l'humanité : « A force d'être France, il devenait Europe. A force d'être Europe, il était

---

1. A moins que ce ne soit pour en dire du mal : « Ces choses diminuantes pour celui qui les a écrites sont signées Gœthe ». (*William Shakespeare.*)

2. *L'Élégie des Fléaux*, dans *la Légende des Siècles*.

3. *L'Année terrible.* Décembre, IX.

l'univers... Et ce peuple était plus qu'un peuple, il était l'homme[1] ».

Graecia capta ferum victorem cepit : « Le conquérant se sent conquis ». C'est à la France, vaincue par les armes, que demeure la vraie victoire, celle des idées :

> Ah! délivrez-vous donc, nous vous en défions,
> Allemands, de Pascal, de Danton, de Voltaire!...
> Délivrez-vous du vent que nous soufflons sur vous[2].

Si la France pouvait mourir, quel désastre pour le genre humain!

> Le passé monstrueux se dresserait debout...
> Alors, ô cieux profonds! l'ombre ouvrirait sa porte,
> On verrait revenir toute l'antique horreur,
> Les larves, l'ancien pape et l'ancien empereur...
> Les sanglants constructeurs des religions noires[3].

Paris, capitale non seulement de la France, mais du monde, centralise et élève à sa plus haute puissance le rayonnement français de l'idée universelle :

> Paris donne un manteau de lumière aux idées...
> Et ce que Paris trouve est trouvé pour le monde...
> O ville! tu feras agenouiller l'histoire[4]...

Déjà, dans la pièce des *Voix intérieures*, *A l'Arc de Triomphe*, ce culte presque superstitieux pour

---

1. Seconde *Corde d'airain* de *Toute la lyre*, pièce II de l'édition in-8.
2. *L'Année terrible.* Décembre, IX.
3. *L'Élégie des Fléaux*, dans *la Légende des Siècles.*
4. *L'Année terrible* Mai, III ; septembre, IV.

Paris s'était exprimé avec l'exaltation d'un dithyrambe :

> Oh! Paris est la cité mère...
> Fontaine d'urnes obsédée!
> Mamelle sans cesse inondée
> Où pour se nourrir de l'idée
> Viennent les générations!...
> Toujours Paris s'écrie et gronde.
> Nul ne sait, question profonde,
> Ce que perdrait le bruit du monde,
> Le jour où Paris se tairait!

D'une manière générale, Victor Hugo est républicain, démocrate, révolutionnaire, socialiste; et il
l'est assez pour mériter, comme homme politique,
l'aversion de tous ceux qui sont dans l'autre camp.
Mais avant tout il est poète, et cette constatation,
qui ne paraît pas vouloir dire grand'chose, a une
signification particulière avec lui.

Car nous avons vu que l'évolution de ses idées,
tant politiques et sociales que religieuses, s'explique
littérairement. Une idée l'intéresse, un sentiment
l'attire, par ce qu'ils ont de valeur *pour la poésie*.
Il cessa d'être royaliste quand il aperçut dans la
doctrine opposée des sources d'inspiration plus
fécondes; mais jamais il ne deviendra partisan du
pouvoir de la multitude au point où les grandes idées
de liberté, d'humanité, de justice, qui sont l'âme de
toute sa poésie, pourraient souffrir d'un abandon
trop absolu de sa pensée et de son art au souverain
populaire. Et de là vient que ce fier poète est, en
somme, assez singulier dans son parti, plus indé-
pendant que ses adversaires ne le disent, et dépen-
dant surtout d'une autre puissance qu'on ne croit :

je veux dire des *mots*, qui restent ses grands meneurs.

C'est ainsi qu'il est à la fois radical et libéral. « Mon illustre ami, écrivait-il à Lamartine, le 14 juin 1862, si le radical, c'est l'idéal, oui, je suis radical... Oui, une société qui admet la misère; oui, une religion qui admet l'enfer; oui, une humanité qui admet la guerre, me semblent une société, une religion et une humanité inférieures, et c'est vers la société d'en haut, vers l'humanité d'en haut et vers la religion d'en haut que je tends : société sans roi, humanité sans frontières, religion sans livre. Oui, je combats le prêtre qui vend le mensonge et le juge qui rend l'injustice. » Mais cette déclaration de guerre au mal n'implique point de sa part la volonté farouche de faire triompher la vérité par la force. Victor Hugo respecte la liberté de l'erreur, la liberté même de ceux (et c'est en cela que consiste proprement le libéralisme) de ceux dont tout le monde sait bien que, le jour où ils seraient les plus forts, le premier usage qu'ils feraient de leur victoire serait de confisquer la liberté.

> Sois juste; c'est ainsi qu'on sert la République...
> Jamais je ne dirai : « Ce traître a mérité,
> Parce qu'il fut pervers, que, moi, je sois inique...
> Et je fais, devenant le même homme que lui,
> 'De son forfait d'hier ma vertu d'aujourd'hui.
> Il était mon tyran, il sera ma victime. »
> Le talion n'est pas un reflux légitime.
> Ce que j'étais hier, je veux l'être demain.
> Je ne pourrais pas prendre un crime dans ma main

En me disant : Ce crime était leur projectile ;
Je le trouvais infâme et je le trouve utile ;
Je m'en sers, et je frappe, ayant été frappé [1].

... Sans compter que toutes ces vengeances,
C'est l'avenir qu'on rend d'avance furieux !
Travailler pour le pire en faisant pour le mieux,
Finir tout de façon qu'un jour tout recommence,
Nous appelons sagesse, hélas ! cette démence.
Flux, reflux. La souffrance et la haine sont sœurs.
Les opprimés refont plus tard des oppresseurs [2].

Le préjugé vulgaire sur Victor Hugo est qu'il a
été courtisan du peuple après avoir été courtisan des
rois, tour à tour légitimiste, orléaniste, bonapartiste
et républicain, suivant l'heure et le flot, toujours
du côté du succès et toujours avide de popularité.
Cependant des apologistes très considérables du
poète se sont inscrits en faux contre ce jugement et
ont prétendu, avec tout l'avantage d'une critique
mieux informée, moins prompte aux apparences,
qu'il n'a suivi, en dernière analyse, que sa propre
inspiration.

M. Ernest Dupuy établit, par des faits, que Victor
Hugo n'a flatté l'opinion ni en 1825, ni en 1852,
ni en 1871[3]. Le philosophe Renouvier soutient
que « Victor Hugo a toujours témoigné du mépris
pour la qualité principale de *l'ouvrier*, qui est de
travailler dans le goût du public qui commande
l'ouvrage »[4], et il justifie ce paradoxe en faisant
voir que notre auteur a développé et accentué son

1. *L'Année terrible.* Avril, V.
2. *Ibid.* Juin, XIII.
3. Page 122 de *Victor Hugo, l'homme et le poète.*
4. Page 315 de *Victor Hugo, le poète.*

romantisme après 1850, alors que la littérature, devenue naturaliste, n'en voulait plus. Enfin M. Mabilleau défend le poète contre les personnes qui s'empresseraient trop de dédaigner comme vaines et frivoles ses théories politiques et sociales par ce motif spécieux qu'elles sont une conséquence de son imagination. « Pour combien de nous, » répond-il en faisant de l'argument une arme à la confusion de ceux qui s'en servent, « pour combien de nous peut-on affirmer que nos opinions découlent de la pure raison, ou du libre choix de la volonté éclairée ? Le plus souvent, c'est notre éducation qui nous les suggère par influence directe ou par réaction ; parfois nous les devons au hasard d'une lecture ou d'un entretien, à la faveur spéciale d'une bienveillance ou d'une amitié. Je ne veux point parler des cas où la nécessité les impose, où l'intérêt les conseille... N'en doutons pas, ceux-là méritent la louange et l'admiration qui, comme Victor Hugo, ont trouvé en eux-mêmes la source de leurs convictions, ceux pour qui les idées directrices de la conduite sont encore une expression de leur personnalité, chez qui, enfin, une faculté maîtresse réalise l'unité de la vie[1]. »

Victor Hugo, dans ses dernières œuvres, a beau parer des plus nobles images la puissance populaire : *marée, océan, lion*, — l'auteur de *la Fin de Satan* rejoint celui des *Odes et Ballades*, en donnant du peuple cette définition peu flatteuse : « Un troupeau

1. Page 79 de *Victor Hugo* (collection des Grands Écrivains français).

de moutons d'où sort un tas de tigres[1] ». Il ne
veut « pas plus du tyran tous que du despote un
seul », et il estime que « l'esclave serait tyran
s'il le pouvait[2] ». Le prologue de *l'Année terrible*
essaie (mais l'entreprise était malaisée) de distinguer
le peuple de la foule : le peuple est le soldat glorieux du droit et du progrès; la foule, c'est l'instrument aveugle de la violence et de la tyrannie.
Welf, castellan d'Osbor, dans *la Légende des Siècles*,
nous montre la multitude superficielle et mobile,
aussi lâche au fond que généreuse en apparence,
pleine d'abord d'un puéril enthousiasme pour le
fier baron révolté, se retournant soudain contre
lui quand la force a vaincu le droit dans sa personne, et « le penseur » conclut tristement : « La
foule ingrate et vaine existe ».

· Les crimes des rois excitent sa fureur et sa verve;
les crimes des peuples le rendent stupide. « Et
c'est une république qui a fait cela! » écrivait-il à
George Sand, le 20 décembre 1859, à propos de
l'exécution de John Brown. « Hélas! j'ai vraiment
le cœur serré. Les crimes de rois, passe : crime de
roi est fait normal; mais ce qui est insupportable
au penseur, ce sont les crimes de peuple. »

Non! jamais d'échafauds! C'est par d'autres répliques
Que doivent s'affirmer les saintes républiques[3].

---

1. Page 226 de l'édition in-8.
2. Prologue de *l'Année terrible*, et *la Ville disparue* (*Légende
des Siècles*).
3. *Toute la Lyre* I, 1 (in-8), ou I, 21 (in-18).

Les Terroristes de 93 ne laissent pas que d'embarrasser un peu cette âme juste :

Carrier, Le Bas, Hébert, sont des Philippes Deux;
Fouquier-Tinville touche au duc d'Albe; Barrère
Vaut de Maistre, et Chaumette a Bàville pour frère [1].

Mais ces monstres sont les serviteurs horribles et sanglants du progrès. Marat rédige une feuille « de fange et d'aurore inondée ». Sans que la fin justifie les moyens, la grandeur de l'idée donne une poésie sombre aux crimes des scélérats qui en furent les ouvriers inconscients. Victor Hugo accorde même des circonstances très atténuantes à ces travailleurs « hagards », que remplissait une vague pitié pour leurs propres victimes, qui d'abord furent celles de l'ancien ordre de choses :

C'est par excès d'amour qu'ils abhorrent; bonté
Devient haine; ils n'ont plus de cœur que d'un côté
A force de songer au sort des misérables,
Et par miséricorde ils sont inexorables.

La révolution française est un Golgotha qui, comme celui du Christ, constitue une date climatérique dans l'histoire de l'humanité :

L'éternel sablier des siècles s'arrêta,
Laissant l'heure incomplète et discontinuée;
L'œil profond des penseurs plongea dans la nuée,
Et l'on vit une main qui retournait le temps [2].

A distance, il devient aisé d'apercevoir les grands aspects de la justice et de la vérité; mais il faut une force bien rare pour résister à la fureur aveugle des

1. *Toute la Lyre*, I, 1 (in-18), ou I, 21 (in-18).
2. *Ibid.*

partis quand on est un spectateur ému de la lutte. Cette force, Victor Hugo l'a eue à une époque où tout le monde en manquait. Je me souviens de la colère que sa conduite souleva, en 1871, dans le monde de la bourgeoisie parisienne, quand il refusa de se déclarer nettement contre la Commune. Il y eut une explosion d'articles indignés ou attristés de la part même de ceux qui étaient de fervents admirateurs du poète, tels qu'Edmond About et Paul de Saint-Victor, et j'ai moi-même alors exprimé ce sentiment dans des pages dont je fais aujourd'hui amende honorable[1].

Je ne crois plus qu'en cette circonstance le poète ait voulu flatter la populace, comme pour la disposer à son apothéose et préparer la triomphante journée de ses funérailles. Il a simplement tâché d'être juste. Mais, comme la justice n'est sûre de n'être pas injuste, comme elle ne s'achève et ne se couronne qu'en devenant la charité, il s'est montré plein d'indulgence et de compassion pour des crimes dont nous voyons clairement aujourd'hui, d'un œil et d'un cœur enfin calmes, toutes les causes par lesquelles ils sont expliqués.

> Qui n'est que juste est peu.
> La justice, c'est vous, humanité; mais Dieu
> Est la bonté[2].

Toutes les idées philanthropiques et humanitaires de Victor Hugo, objets de railleries faciles ou de mes-

---

1. Article sur *l'Année terrible*, recueilli dans mes *Études sur la littérature française moderne et contemporaine*.
2. *Dieu*.

quines indignations, deviennent sérieuses, belles,
dignes d'admiration et d'estime, lorsque, pour les
juger, on s'élève au-dessus des contingences con-
temporaines, où notre courte vue borne naturellement son horizon. Le poète voit plus haut et plus
loin que nous. Si, par la faute des hommes, la
définition suivante de la république n'est pas vraie
en fait, cela l'empêche-t-il d'être vraie *en idée,* de
pouvoir et de devoir un jour devenir une réalité?

> La république doit s'affirmer par l'amour,
> Par l'entrelacement des mains et des pensées,
> Par tous les lys s'ouvrant à toutes les rosées,
> Par le beau, par le bon, par le vrai, par le grand,
> Par le progrès debout, vivant, marchant, flagrant,
> Par la matière à l'homme enfin libre asservie,
> Par le sourire auguste et calme de la vie,
> Par la fraternité sur tous les seuils riant,
> Et par une blancheur immense à l'orient [1].

A la différence du véritable socialisme, tel qu'il est
exposé et débattu aujourd'hui par tous les théori-
ciens grands et petits de la secte, celui de Victor
Hugo n'est point une doctrine plus ou moins auda-
cieuse et plus ou moins savante dont les articles
soient discutables; c'est un évangile très simple,
d'une incontestable excellence, et qui n'a qu'un
seul et unique précepte répété sous mille formes :
Aimez-vous les uns les autres.

Il faut soulager les souffrances, élever à la
dignité d'hommes tous les forçats de la misère
dans une société qui peut avoir aboli l'esclavage,
mais qui n'a pas supprimé la servitude. Si l'homme

1. Pièce ci-dessus citée de *Toute la Lyre.*

doit rester forçat, qu'il le soit du travail librement consenti.

Le travail est devoir et droit, et sa fierté
C'est d'être l'esclavage étant la liberté.
Le forçat du devoir et du travail est libre [1].

Il faut extirper tous les abus, relever la condition de la femme, qui est « aux fers dans des lois inégales [2] », protéger l'enfance contre ceux qui l'exploitent, et guérir enfin les maux divers dont *Melancholia*, des *Contemplations*, nous fait une énumération poignante, d'un détail plus exact et plus minutieux qu'il n'est dans les habitudes du poète.

Tout cela est d'une candeur évangélique. Victor Hugo a dénoncé la grande iniquité sociale : l'inégalité des conditions et des fortunes, si souvent distribuées entre les hommes par le seul hasard de la naissance. Mais, en vérité, sa hardiesse ne dépasse pas celle de Bossuet, dans son fameux *sermon sur l'Éminente dignité des Pauvres*; car, si on lui demandait ce qu'il faut faire, il répondrait comme l'évêque de Meaux et comme Jésus : « Vends tout ce que tu as et donne-le aux pauvres ».

Le remède n'est ni général ni sûr. C'est un accident de la bienfaisance, dû à l'initiative des riches, et il ne faudrait pas trop compter sur le poète pour en donner l'exemple. Comme nous tous, il n'a fait l'abandon à ses frères malheureux que d'une parcelle de son superflu. Au temps de

1. *Toute la Lyre*, V, 20, de l'édition in-8.
2. *Ibid.*, dernière série, III, 6, de l'édition in-8.

son exil à Guernesey, il avait institué pour les enfants pauvres de l'île un déjeûner mensuel, et il leur distribuait tous les ans, le jour de Noël, des vêtements et des joujoux. Je le vois et je l'entends encore, dans une espèce de sermon laïque prêché, le 25 décembre 1868, devant les familiers de sa maison et quelques invités, balancer l'antithèse avec un beau geste, de sa voix bien timbrée, dans cette période vibrante et sonore : « Il y a deux manières de bâtir des églises : on peut bâtir des églises en pierre et en marbre, et l'on peut bâtir aussi des églises en chair et en os; un pauvre que vous avez soulagé, c'est une église que vous avez bâtie, et d'où la prière et la reconnaissance montent vers Dieu! »

Quoi de moins révolutionnaire? Victor Hugo n'allume pas, par des excitations dangereuses, la convoitise de ceux qui n'ont rien; il ne fait pas danser devant leurs yeux l'illusion du grand partage; il ne propose pas de loi agraire; il n'est pas collectiviste.

Avec la gravité d'un prédicateur, il excuse les malheureux, les petits, les ignorants, les faibles, charge ceux qui ont les biens, l'instruction, la puissance, et rétablit les vraies responsabilités.

> Hélas! combien de temps faudra-t-il vous redire
> A vous tous, que c'était à vous de les conduire,
> Qu'il fallait leur donner leur part de la cité,
> Que votre aveuglement produit leur cécité;
> D'une tutelle avare on recueille les suites,
> Et le mal qu'ils vous font, c'est vous qui le leur fîtes [1].

1. *L'Année terrible.* Juin, XIII.

Après la visite d'un bagne, le poète écrivait :

> ... Je dis que ces voleurs possédaient un trésor,
> Leur pensée immortelle, auguste et nécessaire ;
> Je dis qu'ils ont le droit, du fond de leur misère,
> De se tourner vers vous, à qui le jour sourit,
> Et de vous demander compte de leur esprit ;
> Je dis qu'ils étaient l'homme et qu'on en fit la brute...
> On a de la pensée éteint en eux la flamme,
> Et la société leur a volé leur âme [1].

La fureur cruelle des révolutions s'explique par leur origine : elles sont « filles des monarchies [2] ». La pièce du mois de mai de *l'Année terrible* sur *Paris incendié* refuse de condamner sans appel, sans recours contre les vrais et grands coupables, les auteurs irresponsables de cette atrocité.

> Non, ce n'est pas toi, peuple, et tu ne l'as pas fait...
> J'accuse la Misère, et je traîne à la barre
> Cet aveugle, ce sourd, ce bandit, ce barbare,
> Le Passé ; je dénonce, ô royauté, chaos,
> Tes vieilles lois d'où sont sortis les vieux fléaux...
> Elles seules ont fait le mal ; elles ont mis
> La torche inepte aux mains des souffrants implacables...
> Je dénonce les faux pontifes, les faux dieux...
> ... Le cri que je pousse et le glas que je sonne,
> C'est contre le passé, fantôme encor debout
> Dans les lois, dans les mœurs, dans les haines, dans tout.
> J'accuse, ô mes aïeux, car l'heure est solennelle,
> Votre société, la vieille criminelle !
> La scélérate a fait tout ce que nous voyons...
> Elle vient d'enfanter cette effroyable année...
> Le bœuf meurtri se dresse et frappe à coups de corne...

La conclusion de *la Pitié suprême* est : « Tout le crime ici-bas est fait par l'ombre lâche... Et je dis à la Nuit : Répondez, accusée ».

---

1. *Les Quatre Vents de l'Esprit*, I, 24.
2. *Toute la Lyre*, I, 1, de l'édition in-8 ; I, 21, de l'édition in-18.

Victor Hugo, poète satirique, est, lui aussi, un taureau meurtri et furieux qui « frappe à coups de corne », qu'un taon « poursuit de son âcre piqûre », qu'une lueur rouge excite, et il y a deux grands cavaliers noirs contre lesquels il fonce sans trêve ni relâche :

La Force tyrannique et despotique, personnifiée dans les princes;

La Nuit, incarnée dans les prêtres, les juges injustes et les cuistres.

Il nous faut maintenant passer en revue ces objets divers de sa satire.

V

Les crimes de la force.

PRINCES

Un critique contemporain, autrefois homme d'esprit, déplore en jolis termes, dans un passage fréquemment cité, que Victor Hugo ayant vécu dans le siècle qui a le mieux connu et compris l'histoire, l'ait transformée en une espèce de théâtre de Guignol où les papes et les rois nous apparaissent sous la figure de porcs ou de tigres.

C'est en effet comme un spectacle de foire, dressé sur des tréteaux fort simples, avec accompagnement de grosse caisse et de trombone, pour l'épouvante et pour la joie d'un public enfantin et inculte, qu'il convient trop souvent de nous représenter la satire des têtes couronnées dans l'œuvre poétique de Victor Hugo ; et tel qu'il est, le spectacle peut plaire, même aux personnes raffinées, qui vont chercher parfois chez Polichinelle une diversion au solide aliment de la science et aux ragoûts délicats de la psychologie.

Mais le Guignol historique de Victor Hugo a ceci
de particulier que, si l'auteur des scènes et des boni-
ments nous amuse, lui-même ne rit pas. Il prend
les choses et il se prend fort au sérieux : ce qui
rend sa comédie à la fois plus comique et moins
spirituelle.

Le sultan Mourad

... Fut saint; il fit étrangler ses huit frères...
Il fit scier son oncle Achmet entre deux planches
De cèdre, afin de faire honneur à ce vieillard.

Manfredi,

A l'heure où midi change en brasier le ciel,
Fait lécher par un bouc son père enduit de miel [1].

Cibo embarque

Trois enfants dont il doit hériter, ses neveux,
Sur un bateau doré qu'il suit de tous ses vœux,
Et qui les noie, étant fait de planches trop minces [2].

Cette façon de conter des choses atroces est proprement *réjouissante*; je doute qu'un homme de
goût puisse lire de si plaisantes horreurs sans que
sa physionomie, bien loin de s'assombrir, prenne
cet air épanoui qui s'achève en hilarité. Mais il est
douteux que le moindre sourire ait même effleuré
les lèvres du narrateur, et la preuve de sa gravité
naïve se trouve dans des exclamations telles que
celles-ci, qui succèdent sans intervalle à ses his-
toires de Croquemitaine et de Barbe-bleue :

Mais expliquons-nous donc! vous nommez ça des princes!
Un tas de scélérats et de coupe-jarrets!..
Mais où sont donc les loups? Oh! les antres! les antres!

1. *L'Échafaud*, dans *Toute la Lyre*.
2. *Les quatre jours d'Elciis*.

Il a des enfantillages énormes qui seraient les plus amusantes fantaisies du monde, si ce n'était pas plutôt les farces solennelles d'un géant qui ne badine jamais qu'en fronçant le sourcil. Un chevalier, rencontrant une hydre, tire contre elle son épée. L'hydre, parlant par une de ses bouches, lui dit :

> — Pour qui viens-tu, fils de doña Sancha?
> Est-ce pour moi, réponds, ou pour le roi Ramire?
> — C'est pour le monstre. — Alors c'est pour le roi, beau sire. »
> Et l'hydre, reployant ses nœuds, se recoucha [1].

Le plus souvent d'ailleurs, l'outrance de Victor Hugo, quand il parle des rois, appartenant à ce qu'il y a de plus sincère et de plus passionné dans son inspiration satirique, a sa solide beauté; et, comme elle n'est que le grossissement du vrai, l'imagination peut toujours s'y plaire sans que la raison en reçoive, après tout, plus d'offense que de toute autre hyperbole permise en poésie.

Il a rendu avec une admirable force d'expression certaines misères de la grandeur royale, notamment l'immense ennui qui s'attache à l'accomplissement facile et paresseux de caprices continuels que rien ne contrarie; pour peindre la profondeur morne de cet abîme moral, le vocabulaire de notre langue a deux mots pittoresques dont son art a tiré les plus puissants effets : le lourd verbe *bâiller*, et son substantif à large bouche : *bâillement*.

> Les vastes bâillements du cérémonial [2].

---

1. *L'Hydre*, dans *la Légende des Siècles*.
2. *Margarita*, scène i.

L'Aigle du Casque nous montre

> Tiphaine dans sa tour que protège un fossé,
> Debout, les bras croisés, sur la haute muraille.
> Voilà longtemps qu'il n'a tué quelqu'un, il bâille.

Zim-Zizimi, continuant la tradition de « l'homme heureux » des *Odes et Ballades* (IV,8) qui, pour se désennuyer, « faisait jeter par jour un esclave aux murènes », s'est fait amener des prisons de la ville

> Deux voleurs qui se sont traînés à ses genoux,
> Criant grâce !...
> Et, curieux de voir s'échapper leurs entrailles,
> Il leur a lentement lui-même ouvert le flanc ;
> Puis il a renvoyé ses esclaves, bâillant.

Quelle peinture de l'indifférence ennuyée d'une bête sanguinaire au milieu des cris et des pleurs de ses victimes !

Le style relève constamment chez Victor Hugo ce que la pensée a de fruste et de rudimentaire ; si l'éclat de la forme peut sauver la pauvreté du fond, c'est surtout dans son enfantine satire des tyrans que le grand écrivain a fait ce miracle.

L'idée n'était-elle pas ingénieuse et vraie d'associer ces deux choses, le supplice d'un homme et la joie publique, et de faire dire au gouverneur de la Judée :

> C'est une fête ; il faut mettre quelqu'un en croix [1] ?

Pour enseigner à ses sujets tous les métiers, un tyran n'a qu'une seule méthode : la mort. « En est-il

---

1. *La Fin de Satan*, p. 227 de l'édition in-8.

un de vous qui sache faire un temple? » demande un roi d'Orient à des captifs dans *la Légende des Siècles* [1]. — « Non, dirent-ils. — J'en vais tuer cent pour l'exemple. »

L'inscription pour la tombe du roi Mesa, fils de Chémos, dans le même recueil, a des parties d'une éloquence vraiment lapidaire :

> ... Les peuples me louaient parce que j'étais bon...
> Sachez que vous devez adorer cette pierre
> Et brûler du bétel devant ce grand tombeau ;
> Car j'ai tué tous ceux qui vivaient dans Nébo,
> J'ai nourri les corbeaux qui volent dans les nues,
> J'ai fait vendre au marché les femmes toutes nues,
> J'ai chargé de butin quatre cents éléphants,
> J'ai cloué sur des croix tous les petits enfants,
> Ma droite a balayé toutes ces races viles
> Dans l'ombre, et j'ai rendu leurs anciens noms aux villes.

Entre les monstres divers qui furent empereurs ou rois, Victor Hugo ne fait aucune différence, conformément à la loi de simplification et d'abstraction par laquelle est dominée l'imagination de ce grand classique, et cette généralisation trop sommaire retranche de sa satire l'intérêt qui s'attache aux nuances de la vérité. Il l'a déclaré en termes formels :

> Tous les tyrans ne sont qu'un seul despote au fond [2].
> ... Toute la différence entre ce sombre roi
> Et ce sombre empereur, sans foi, sans Dieu, sans loi,
> C'est que l'un est la griffe et que l'autre est la serre...
> L'un est fourbe et l'autre est déloyal [3]...

---

1. *Le Travail des Captifs.*
2. *La Rose de l'Infante,* dans *la Légende des Siècles*
3. *Eviradnus, ibid.*

Dans le duel gigantesque où Victor Hugo, imitant et surpassant Rabelais [1], renouvelle l'exploit de Pantagruel, qui, du corps de Loupgarou saisi par les deux pieds et levé en l'air comme une massue, assomma Riflandouille, Eviradnus prend par les talons le cadavre de Ladislas, roi de Pologne, que sa main colossale vient d'étrangler, et armé de cette « horrible fronde, dont le corps est la corde et la tête la pierre », il marche sur Sigismond, empereur d'Allemagne, qui recule d'effroi. Il crie au mort et au vivant :

... Arrangez-vous, princes, entre vous deux.
Si l'enfer s'éteignait, dans l'ombre universelle
On le rallumerait, certe, avec l'étincelle
Qu'on peut tirer d'un roi heurtant un empereur.

Dans l'échelle des vocables outrageants, la qualité d'*empereur* est, pour Victor Hugo, le dernier terme de l'injure : « un fourbe, un escroc, un gueux, un drôle, un lâche, un empereur [2] ». Les rois sont « les vastes charpentiers de l'abatage en grand » ; « ils ont sous eux les fronts comme un faucheur les herbes [3] ». Ils sont méchants, parce qu'ils sont rois ; c'est une fatalité et de leur fonction et de leur naissance. « Étaient-ils méchants? — Non ; mais ils étaient rois [4]. »

---

1. Dans son récent ouvrage, *Victor Hugo, poète épique*, page 8, M. Rigal cite, comme la vraie source de Victor Hugo, un passage de *la Chute d'un ange*, de Lamartine.
2. *L'empereur à Compiègne*, dans *les Années funestes* ou dans la seconde *Corde d'airain*, de *Toute la Lyre*.
3. *Masferrer et la Ville disparue*, dans *la Légende des Siècles*.
4. *Ibid.*

Et ce n'est point là une boutade lancée en passant; c'est une doctrine très arrêtée du poète, à laquelle il donne toute sa paradoxale précision par l'application expresse qu'il en fait au monarque dont la bonté est légendaire, au *bon* roi par excellence, à Henri IV :

> Henri Quatre, l'histoire un jour dira de toi :
> Il n'était pas méchant, non, mais il était roi [1].
>
>   Un roi,
> C'est un homme trop grand que trouble un vague effroi,
> Qui, faisant plus de mal pour avoir plus de joie,
> Chez les bêtes de somme est la bête de proie;
> Mais ce n'est pas sa faute, et le sage est clément;
> Un roi serait meilleur s'il naissait autrement [2].

Oui, mais *il est mal né*. Vraiment les rois sont les hommes que la nature ennemie a traités le plus mal dans le partage des conditions. Cette pensée, que j'oserai appeler sérieuse, belle et profonde, si l'on veut bien m'accorder que l'abus fait par la rhétorique de certains lieux communs ne leur enlève pas le caractère de grandes et fortes vérités, est parmi celles qui ont inspiré à notre auteur ses vers les plus sublimes.

Elle est une des idées simples et fondamentales de son beau poème des *Malheureux*; elle lui a dicté tout son livre de *la Pitié suprême*, et déjà dans *Sunt lacrymæ rerum*, des *Voix intérieures*, à propos des trois frères qui régnèrent sur la France, Louis XVI, Louis XVIII et Charles X, le poète s'était écrié avec une admirable éloquence :

1. *La Pitié suprême.*
2. *La Ville disparue.*

Dans ces temps radieux, dans cette aube enchantée,
Dieu! comme avec terreur leur mère épouvantée
Les eût contre son cœur pressés, pâle et sans voix,
Si quelque vision, troublant ces jours de fêtes,
Eût jeté tout à coup sur ces fragiles têtes
Ce cri terrible : — « Enfants! vous serez rois tous trois! »
... Et qu'avez-vous donc fait, ô pauvres innocents?

La Pitié suprême est l'amplification trop copieuse de ce thème de 1836, que Victor Hugo reprend et développe avec l'excessive verbosité où il versa de plus en plus dans ses derniers ouvrages; mais ce flux de paroles roule encore de bien belles choses. Telle est surtout l'expression de « droit à la sainte misère », dont les princes sont injustement frustrés par le malheur de leur naissance.

... N'avait-il donc pas droit, ce triste nouveau-né...
Au chaume, au galetas, aux souliers sans semelle,
Au liard du ruisseau qu'on fouille avec un clou?...
N'avait-il donc pas *droit à la sainte misère?*...
... Louvres payés trop cher! ô Kremlins, Alhambras...
Comme il eût dit : Jamais! jamais! s'il avait su
Tout ce que vous cachez d'ombre et de précipice!...
Oh! plutôt qu'être infant, césarevitch, dauphin,
Mendier, grelotter, avoir froid, avoir faim,
Être le chien humain d'un vil troupeau qui broute,
Garder les porcs, casser des pierres sur la route!

Une sagesse supérieure, une « pitié suprême » seront donc indulgentes aux rois, parce que leur naissance les expose aux tentations les plus terribles, parce qu'il n'est point d' « accouplement plus digne de pardon que la toute ignorance et la toute puissance », parce que la corruption qui les entoure et les assiège est si pernicieuse qu'aucune vertu n'y résiste, et que « Jocrisse flatteur perdrait Socrate roi » [1].

Mais, excusables ou responsables, les rois sont des bêtes malfaisantes. Les crimes sanguinaires sont une nécessité de leur nature, comme, pour l'oiseau, de faire et de couver son nid ; pour l'abeille, de composer son miel. Tour éminemment classique et même un peu banal, cher à la rhétorique de Victor Hugo :

> Rois hideux ! on verra, certe, avant que leur âme
> Renonce à la tuerie, au glaive, au meurtre infâme,
> Au clairon, au cheval de guerre qui hennit,
> L'oiseau ne plus savoir le chemin de son nid,
> Le tigre épris du cygne, et l'abeille oublieuse
> De sa ruche sauvage au creux noir de l'yeuse [2].

Royaliste exalté dans sa première jeunesse, républicain farouche dans le dernier tiers de sa vie, Victor Hugo daigna, jusqu'à l'âge de cinquante ans environ, faire entre les monarques certaines différences, ne pas les regarder tous indistinctement comme des monstres, admettre la possibilité de quelques créatures relativement vertueuses et bonnes parmi tous ces démons de l'enfer.

Dans une épître *Au statuaire David*, datée de 1840 [3], le poète, en bon spiritualiste, nous montre les rois, comme les autres hommes, artisans volontaires de leur destinée infâme ou illustre, libres de

---

1. *L'Ane.*
2. *L'Année terrible.* Octobre, II.
3. *Les Rayons et les Ombres*, XX.

choisir entre le mal et le bien, entre la honte et la
gloire :

> ... C'est vous-mêmes, ô rois, qui de vos propres mains
> Bâtissez sur vos noms ou la gloire ou la honte!
> Ce que nous avons fait tôt ou tard nous raconte.
> On peut vaincre le monde, avoir un peuple, agir
> Sur un siècle, guérir sa plaie ou l'élargir ;
> Lorsque vos missions seront enfin remplies,
> Des choses qu'ici-bas vous aurez accomplies
> Une voix sortira, voix de haine ou d'amour.

Même dans les *Châtiments* (IV, 11), à propos de
Manuel expulsé de la Chambre sous la Restauration, et de l'ébranlement qui résulta pour le trône
de ce violent attentat contre la liberté, Victor Hugo
rend justice à la grandeur de l'ancienne monarchie :

> On vit, sombre lueur, poindre mil-huit-cent-trente;
> L'antique royauté, fière et récalcitrante,
> .Chancela sur son trône, et dans ce noir moment
> On sentit commencer ce vaste écroulement;
> Et ces rois, qu'on punit d'oser toucher un homme,
> Etaient grands, et mêlés à notre histoire, en somme;
> Ils avaient derrière eux des siècles éblouis,
> Henri Quatre et Coutras, Damiette et Saint-Louis.

Mais ces réserves si raisonnables, ces concessions
d'une si élémentaire équité sont presque une infi-
délité du poète à la profession de rigoureuse
intransigeance contenue dans sa doctrine sur la
poésie satirique au chapitre v du livre premier
des *Quatre Vents de l'Esprit*, où il déclare que la
satire moderne, depuis la Révolution française,

>   Ignore
> Cette grandeur des rois qui fit Boileau sonore,
> Et ne se souvient d'eux que pour les souffleter.

Les portraits de Louis XIV, de Louis XIII, de Henri IV lui-même, dans le grand poème de *la Révolution* formant le « livre épique » des *Quatre Vents de l'Esprit*, sont, comme celui de Louis XV, de noires peintures, où il n'y a que des ombres, où pas une touche lumineuse n'adoucit et n'humanise l'horreur de ces fantômes sinistres, de ces trois rigides statues de marbre et de bronze, faites « des cœurs de tous les rois leurs pères », qui descendent la nuit de leurs socles et traversent Paris pour aller contempler l'échafaud de Louis XVI, ouvrage inconscient de leurs mains.

Voici Louis XV :

Un sinistre appétit de faire le contraire
De ce que veut l'honneur, un satyre à l'affût,
Boue et néant, voilà ce que cet homme fut.

Voici Louis XIV :

Fier, il avait sous lui la foule misérable...
La terre avait pour but d'occuper son ennui...
Le peuple, n'ayant pas de pain, mangeait de l'herbe...
Un hiver, on en vint à ceci, que, navrés...
N'ayant plus une ronce à manger, ne sachant
Que faire, ayant brouté tous les chardons du champ.
La misère attaqua les mornes catacombes ;
Le soir, on enjambait le mur triste des tombes ;
Des cimetières noirs l'homme chassait les loups ;
De la bière pourrie on écartait les clous,
Et le peuple fouillait de ses ongles les fosses ;
Les femmes blasphémaient et pleuraient d'être grosses,
Et les petits enfants rongeaient les os des morts...
Il fit plus, il se fit le grand bourreau de Dieu ;
Pieux, il ramena par le fer et le feu
Son peuple à la candeur de la foi catholique...
Rivières rejetant les noyés sur leurs plages,
Cavalerie affreuse écrasant les villages,
Feu, ravage, viol, le carnage, le sang,
La fange, et Bossuet, sinistre, applaudissant !...

Voici Louis XIII :

> Un homme rouge fut son spectre et son génie...
> Son prêtre lui faisait faire ce qu'il voulait ;
> D'une soutane horrible il était le valet.

Et voici Henri IV :

> Il fit tout en riant ;
> Il riait à la guerre et riait en priant...
> Ce roi de belle humeur a ri jusqu'au tombeau ;
> C'est en riant qu'il fit de Dieu son escabeau...
> Il s'épanouissait, il aimait les batailles
> Et les filles, cherchant gaiment tous les hasards...
> Et, non loin de ces jeux et de ces ris...
> Nus, grelottant au vent sous les poutres muettes,
> S'entre-choquant l'un l'autre et heurtés des chouettes,
> Envoyant des bruits sourds jusqu'au royal balcon,
> Les squelettes tordaient leur chaîne à Montfaucon !
> Ce qui n'empêche pas que ce roi Henri Quatre,
> Ce vert-galant qui sut aimer, boire et combattre,
> Soit le meilleur de ceux qu'on appelle les rois [1].

La Pitié suprême plaide pour Louis XIV les circonstances atténuantes dans une page célèbre, qui est la meilleure de ce poème, où l'exécution n'est pas toujours à la hauteur de l'inspiration. Louis n'a encore que cinq ans, lorsque le démon, sous la

---

1. A ce portrait de Henri IV on peut opposer, comme son pendant, celui de Philippe II, roi d'Espagne, dans *la Rose de l'Infante* :

> Philippe Deux était une chose terrible...
> Sa bouche était silence et son âme mystère...
> Toujours vêtu de noir, ce Tout-Puissant terrestre
> Avait l'air d'être en deuil de ce qu'il existait...
> Nul n'avait vu ce roi sourire, le sourire
> N'étant pas plus possible à ces lèvres de fer
> Que l'aurore à la grille obscure de l'enfer...
> Quelquefois immobile une journée entière,
> C'est un être effrayant qui semble ne rien voir ;
> Il rôde d'une chambre à l'autre, pâle et noir...
> Son pas funèbre est lent comme un glas de beffroi ;
> Et c'est la Mort, à moins que ce ne soit le Roi.

figure de Villeroy, lui montre, du haut du balcon de Versailles,

> Le grand fourmillement des hommes travailleurs...
> Les ondulations des vastes multitudes...
> Et dit à cet enfant : — « Tout ce peuple est à vous!
> Vous avez ces enfants, ces hommes et ces femmes,
> Vous possédez les corps, vous possédez les âmes ;
> A vous leur toit, à vous leur or, à vous leur sang ;
> Le champ et la maison sont à vous ; ce passant
> Vous appartient ; soufflez, si vous voulez qu'il meure...
> Votre droit est le droit de Dieu même ; et tous deux
> Vous régnez...
> Il est votre pensée et vous êtes son bras ;
> Il est roi de là-haut et vous Dieu d'ici-bas.
> Tout ce peuple est à vous. »
>   Le pauvre enfant écoute...
> Mères! ayez pitié de ce pauvre petit!...

La satire des princes a été alimentée de tout temps par un grand lieu commun, qui n'a la vie si dure que parce qu'il est une profonde vérité morale : c'est qu'entre la tête serrée au cou par une corde, d'un gibier de potence, et la tête couronnée d'un conquérant, il n'y a point de différence sérieuse aux yeux du juste. *Ille crucem pretium sceleris tulit, hic diadema*, a dit Juvénal ; pour l'un le prix du crime est un gibet ; pour l'autre, un diadème.

Victor Hugo a traduit ce vers latin de bien des façons :

> Qu'un grand forfait triomphe, on lui baise l'orteil [1].

> Tu mettras sur ta tête une couronne d'or,
> Et ce qu'on nomme vol se nommera conquête ;
> Car rien n'est crime et tout est vertu, sur le faîte ;
> Et ceux qui t'appelaient bandit, t'adoreront [2].

1. *L'Ane.*
2. *Masferrer*, dans *la Légende des Siècles.*

Le discours d'*Un voleur à un roi*, dans *la Légende des Siècles*, est trop long ; il faut y choisir les meilleurs traits :

> Roi, que ta majesté fasse pendre la mienne,
> Cela ne prouve pas qu'en notre désaccord
> La tienne ait raison, sire, et que la mienne ait tort...
> Guetter l'homme qui passe ou le volet qui s'ouvre ;
> Attendre qu'un marchand sous les brises du soir
> Rêve, et laisse bâiller le tiroir du comptoir,
> Vite y fourrer avec une agilité d'ange
> Ma patte...
> Je dépense à cela beaucoup de talent...
> Mais toi, quelle est ta peine ? aucune ; et ton mérite ?
> Nul. On croit être grand, quoi ! parce qu'on hérite !...
> Être né, quel effort !...
> Trouvant qu'avoir un peuple à toi seul, c'est trop peu,
> Tu jettes un regard de douce convoitise
> Sur un empire ainsi qu'un bouc sur un cytise.
> Tu dis : Si j'empochais le peuple d'à côté ?...
> Telle est notre nuance, ô le meilleur des princes !
> Je conquiers des liards, tu voles des provinces.

Dans *les Deux Trouvailles de Gallus*, comédie et drame composant le « livre dramatique » des *Quatre Vents de l'Esprit*, on rencontre cette définition du prince : « un voleur qui commence une dynastie », et celle-ci encore, nouvelle et ingénieuse leçon d'un vers connu : « Le premier qui fut roi fut un voleur sans juges ». L'admiration des hommes se mesure « au sabre le plus grand » :

> C'était aux bords du Var, ils étaient cinq cent mille ;
> Marius les tua : que c'est beau [1] !...

Les sages crieront ici tantôt au paradoxe, tantôt au lieu commun, et toujours à la déclamation. Esti-

---

1. *L'Ane.*

mons peu et n'admirons point ces esprits rassis et
pondérés, si soucieux de ramener à une juste
mesure la pensée et le langage des grands orateurs
ou des grands poètes. Tenez pour certain qu'ils
n'ont pas une étincelle du feu sacré qui déborde
ailleurs en incendie, pas une goutte de l'onde généreuse dont ils se détournent dédaigneusement parce
qu'elle roule quelque limon dans son cristal. Où
sont donc les vérités fines et délicates qu'ils pré-
tendent substituer à l'anathème sans merci que la
satire prononce sur les tyrans et sur leurs conquêtes, sur l'iniquité de la fortune qui consacre
leurs attentats, sur l'immoralité de l'histoire qui
les absout et les admire, sur la servilité du monde
qui les encense? Niera-t-on que l'adoration du
succès ne soit une des grandes lâchetés de l'homme?
La Bruyère n'a fait qu'introduire une jolie variante
dans le thème éternel des Juvénal et des Hugo,
quand il a écrit, au paragraphe 7 des *Biens de
fortune* : « Si le financier manque son coup, les
courtisans disent de lui : c'est un bourgeois, un
homme de rien, un malotru. S'il réussit, ils lui
demandent sa fille ».

L'identité profonde des brigands que punissent
les tribunaux et de ceux qui portent la couronne,
de la conquête d'un empire et du cambriolage d'une
boutique, est reconnue par tous les philosophes
qui ont simplement jugé la chose à la lumière du
bon sens et de ce que Pascal appelait « le cœur ».
Pour tous les yeux que l'évidence oblige de croire
à la réalité d'un certain progrès, la guerre est

manifestement un reste de barbarie, destiné à disparaître et qui s'en va lentement, mais dont la
longévité trop durable, qu'on prend à tort pour
une vitalité éternelle, tient à ce qu'il y a encore de
barbare dans l'homme civilisé. Les apologistes de
la guerre ne peuvent la justifier que par la considération d'une nécessité *actuelle* des choses, c'est-
à-dire par des raisons d'ordre relatif; la poésie
condamne la guerre au nom d'une vérité absolue
qui se réalisera sûrement dans l'avenir. On peut
souhaiter que l'armée vive, parce qu'on a besoin
d'elle aujourd'hui; mais ce *vival!* serait un cri
sauvage s'il enfermait un vœu d'immortalité. Les
échecs successifs de toutes nos entreprises pour
régler par un pacifique arbitrage les différends
internationaux montrent que la chose est difficile,
et personne ne le conteste; mais l'espérance invincible qui soutient et qui ressuscite périodiquement
ces grandes assises de la paix prouve que la chose
est raisonnable et que le succès lui est promis à
une date que Dieu seul connaît.

« Je suis en république et *pour roi j'ai moi-
même,* » écrit Victor Hugo dans *l'Année terrible*[1]. Si
la morale a de quoi se récrier et gloser sur ce
vers, il exprime politiquement un fait très simple
et une idée fort juste : la liberté enfin conquise
par les citoyens affranchis des caprices d'un despote. Usons-nous, dans la limite de nos devoirs et
de la loi, de tous les droits que cette liberté nous

1. Février, II.

confère? Sommes-nous nos « rois » et nos maîtres?
Notre paresse ne nous rend-elle pas trop aisément
contents d'avoir raison, d'une manière contempla-
tive, pour ainsi dire, sans que nous fassions assez
d'efforts pour que la vérité triomphe et passe
dans les faits? Si la conscience et la raison una-
nimes du monde civilisé ont de plus en plus horreur
de la guerre, comment donc se fait-il qu'elle soit
encore assez durable et assez vivace pour qu'on
puisse spécieusement soutenir le sophisme abominable de son éternelle nécessité?

La guerre se maintient par la faiblesse et la bêtise
des peuples, par un reste d'asservissement monarchique, par routine et préjugé traditionnel, par une
conception puérile et fausse de l'honneur national,
par basse convoitise et par sotte vanité.

Qu'on lise, sur ce sujet, une page d'un publiciste
contemporain que j'ai déjà cité, l'éminent professeur et docteur Charles Richet, et qu'on dise si
l'on aperçoit la moindre différence *de fond* entre
la prose du savant et les vers du poète, entre la critique réfléchie et la satire enflammée :

Qu'il s'agisse d'une tribu barbare ou d'une nation qui se
prétend policée, la guerre relève toujours du même principe : le pillage. Mais, quand le pillage est colossal, il prend
un autre nom; il s'appelle conquête. Les fauteurs et direc-
teurs de ce pillage organisé sont les conquérants.

Alexandre a conquis la Perse, l'Asie Mineure et l'Inde;
César, les Gaules. Ce n'est qu'un vaste brigandage...
Louis XIV, Frédéric II, Charles XII, Annibal furent, comme
César, Alexandre, Cortez, Pizarre et Napoléon, de grands
conquérants, c'est-à-dire des brigands de taille démesurée...

La conquête est due à l'aveuglement d'un peuple qui donne son or et son sang pour assurer au prince de la gloire militaire et une plus large dose de puissance... Il faut que, pour agir avec cette insigne stupidité, pour descendre à ce degré d'abêtissement, le peuple se soit laissé persuader qu'il y a un honneur national lié à des dépêches diplomatiques rédigées en termes plus ou moins courtois, ou à des incidents de frontières, ou à des polémiques déplaisantes entre journaux...

L'esprit de conquête se couvre de mots sonores : c'est, avec l'honneur national, l'équilibre européen, la libération des opprimés, toutes allégations mensongères, qui, répétées dans les journaux populaires, finissent par égarer l'opinion et par persuader aux naïfs que la guerre a été entreprise pour des motifs avouables, alors qu'elle n'a en réalité que des causes honteuses ou ridicules..., honteuses, quand c'est le brigandage, ridicules, quand c'est la vanité qui la commande.

En tout cas, qu'il s'agisse de brigandage ou de vanité, ce sont les grands chefs qui en vivent, et les pauvres diables de soldats qui en meurent[1].

Ainsi s'exprime le docteur Richet. Si l'on récuse mon auteur comme incompétent ou comme trop partial, je puis corroborer ses paroles par celles d'un personnage politique très grave qui ne sera point trouvé suspect, le président, au Parlement, de la commission de l'armée :

« Rien de plus élastique, a dit M. Mézières, que les questions de dignité et d'honneur. Il suffit quelquefois d'un incident secondaire, de la maladresse d'un agent diplomatique, ou même de la pétulance d'un journaliste pour déchaîner le fléau de la guerre.

1. *La Guerre et la Paix* (cité dans un numéro du Bulletin de *l'Arbitrage entre nations*).

Les expressions : la dignité de notre couronne, l'honneur de notre drapeau, la gloire de nos armes, sont des formules spécieuses et imposantes, mais qui peuvent couvrir des ambitions insatiables[1]. »

Victor Hugo est donc en plein dans le vrai quand il assimile à des voleurs les empereurs et les rois, et il n'y a pas d'autre différence entre son langage et celui des simples raisonneurs en prose que celle des formes hyperboliques qu'autorise la poésie et dont notre poète use à outrance. Il n'a fait qu'illustrer par de brillantes images le mépris que la raison éprouve pour ce que le médecin philosophe appelle, en termes seulement plus abstraits, l' « aveuglement », l' « insigne stupidité », l' « abêtissement » des peuples asservis à d'injustes caprices princiers ou à de vains préjugés nationaux décorés des beaux noms d'honneur de la patrie et de gloire militaire :

> L'homme est servile au point que l'histoire en est lasse.
> Depuis quatre mille ans et plus qu'il est en classe...
> Il ne s'est pas encor délivré des despotes...
> Les hommes (c'est ainsi, Dieu, que vous les créâtes)
> Sont les seules souris devant les chats béates,
> Heureuses de servir au matou de hochet ;
> L'homme est le seul mulot content de l'émouchet,
> Le seul mouton bêlant des hymnes aux colères
> Du tigre, et du lion contemplant les molaires,
> Le seul poisson qui danse et sonne du grelot
> Devant les triples rangs de dents du cachalot,
> Le seul moineau, la seule alouette espiègle
> Qui chante *Te Deum* dans la griffe de l'aigle [2].

Dans ses *Petites Épopées*, où l'inspiration satirique visiblement associée à l'inspiration épique en altère

---

1. Même recueil (numéro de novembre 1899).
2. *L'Ane.*

plus ou moins la sereine beauté objective, mais
ajoute au récit un vif accent de passion personnelle,
Victor Hugo nous montre le sultan Mourad,

> Législateur horrible et pire conquérant,
> N'ayant autour de lui que des troupeaux infâmes,
> De la foule, de l'homme en poussière, des âmes
> D'où des langues sortaient pour lui lécher les pieds.

« Siècle infâme! » s'écrie ailleurs l'auteur de *la
Légende des Siècles*, et l'on sent bien que c'est celui
des *Châtiments* qui parle par la bouche du grand
justicier Eviradnus :

> Siècle infâme! ô grand ciel étoilé, que de honte!
> Tout rampe; pas un front où le rouge ne monte.
> C'est égal, on se tait, et nul ne fait un pas.
> O peuple, million et million de bras,
> Toi, que tous ces rois-là mangent et déshonorent,
> Toi, que Leurs Majestés les vermines dévorent,
> Est-ce que tu n'as pas des ongles, vil troupeau,
> Pour ces démangeaisons d'empereurs sur ta peau!

La comparaison des rois et des empereurs avec
des poux est familière à Victor Hugo. Voyez encore,
dans la première *Légende des Siècles*, le dernier vers
du *Jour des Rois*, et, dans le *Cercle des Tyrans*, le
peuple adulateur de ses princes figuré sous l'image
d'un lion qui deviendrait amoureux de ses poux.

Au xii⁰ siècle, les paysans de Normandie, exas-
pérés par la misère, se soulevèrent en masse contre
leurs oppresseurs au chant d'une formidable Mar-
seillaise rustique composée par le poète Robert
Wace :

> Nous sommes hommes comme ils sont,
> Tels membres avons comme ils ont,

Et tout aussi grands corps avons,
Et tout autant souffrir pouvons.
Ne nous faut que cœur seulement :
Allions-nous donc par serment,
Aidons-nous et nous défendons.
Et tous ensemble nous tenons.

Deux siècles plus tard, le *Roman de la Rose* racontait en ces termes l'origine de la royauté et se faisait du droit divin l'idée que voici :

Un grand vilain entre eux élurent,
Le plus ossu de quan qu'ils furent,
Le plus corsu et le greignor.
Si le firent prince et seignor.

Le droit au refus de l'impôt et à la révolte était nettement proclamé dans les vers suivants :

Quand ils voudront,
Leurs aides au roy osteront,
Et le roi tout seul demeurra,
Si tost com le peuple voudra.

Au xvi⁰ siècle, La Boëtie, dans son fameux pamphlet dont le titre seul est un mot d'ordre insurrectionnel, *le Contr'Un*, écrit ces lignes incendiaires :

Celui qui vous maistrise tant n'a que deux yeux, n'a que deux mains, n'a qu'un corps... Comment a-t-il aucun pouvoir sur vous, que par vous ?... Vous nourrissez vos enfants afin qu'il les mène en ses guerres, qu'il les conduise à la boucherie, qu'il les fasse les ministres de ses convoitises et les exécuteurs de ses vengeances... Vous vous affaiblissez afin de le rendre plus fort et roide à vous tenir plus courte la bride ; et de tant d'indignités, que les bestes mesmes ou ne les sentiroient point, ou ne l'endureroient point, vous pouvez vous en délivrer, si vous l'essayez, non pas de vous en délivrer, mais seulement de le vouloir faire.

Soyez résolus de ne servir plus, et vous voilà libres. Je ne veux pas que vous le poussiez ou l'ébranliez, mais seulement ne le soutenez plus, et vous le verrez, comme un grand colosse à qui on a desrobé la base, de son poids mesme fondre en bas et se rompre.

Au xviiie siècle enfin, pour me borner à ces quatre grandes étapes de la pensée révolutionnaire, Voltaire, dit M. Lenient[1], « faisait trépigner d'aise le parterre et semblait ébranler le trône de Louis XV », avec ce vers d'une insolente audace pour l'époque :

Le premier roi qui fut roi fut un soldat heureux.

Comme Robert Wace, comme Jean de Meung, comme La Boëtie, comme Voltaire, Victor Hugo prend la mesure des rois et ne la trouve point supérieure à celle du commun des hommes :

Est-ce qu'ils ont pour voix la foudre? Ils ont la voix
Que vous avez. Sont-ils malades? Quelquefois.
Sont-ils forts? Comme vous. Beaux? Comme vous. Leur âme?
Vous ressemble. Et de qui sont-ils nés? D'une femme.
Ils ont, pour vous dompter et vous accabler tous,
Des châteaux, des donjons. Bâtis par qui? Par vous.
Et quelle est leur grandeur? A peu près votre taille.

Leurs cerveaux sont étroits, mais leurs volontés sont énormes[2].

Ainsi que les dindons les rois ont un gésier;
Louis le Grand avait un anus; on constate
Quelquefois, chez César lui-même, une prostate;

1. *La Satire en France au moyen âge*, p. 161.
2. *Les Mangeurs*, dans *la Légende des Siècles* (*le Cercle des tyrans*).

> Charles Neuf, faible et mou comme un jonc sous le vent,
> Fut par les vers de terre habité tout vivant.
> Or les sages pensifs font remarquer aux princes
> Qu'il est toujours aisé d'empoigner des provinces,
> Mais qu'un roi ne peut prendre, en eût-il grand besoin,
> Un muscle de son râble au crocheteur du coin [1].

Les rois meurent comme les autres hommes, et voici revenir le grand lieu commun non seulement inévitable, mais obligatoire dans toute poésie qui s'adresse au monde, non à quelques esprits dégoûtés et blasés, et qui veut être largement et simplement humaine :

> Tout homme, quel qu'il soit, meurt tremblant; mais le roi,
> Du haut de plus d'orgueil, tombe dans plus d'effroi [2].

> Revanche! les mangeurs sont mangés, ô mystère!
> Comme c'est bon les rois! disent les vers de terre [3].

Régal exquis, mais pas plus fin que la viande d'un gueux; car, comme s'exprime le vieil auteur du *Roman de la Rose,*

> Car leur corps ne vaut une pomme
> Plus que le corps d'un charretier
> Ou d'un clerc ou d'un écuyer.

Des majestés, il y en a sur notre planète; mais ce ne sont point ces pauvres rois, qui ne valent pas mieux que les autres hommes, qui valent même beaucoup moins que les autres hommes :

> Est-ce du sang qui coule aux veines de ces rois?
> Ont-ils des cœurs aussi? Sont-ils ce que nous sommes [4]?

1. *Les Quatre Vents de l'Esprit,* I, 41.
2. *Zim-Zizimi.*
3. *Les Mangeurs.*
4. *L'Échafaud,* dans *Toute la Lyre.*

Où sont-elles donc, les vraies majestés?

> Pour moi,
> Quand dans la rue un roi, que sa garde enveloppe,
> Doré, superbe, orné de sabres nus, galope,
> Ma foi, je tourne moins la tête que si c'est
> Lise qui passe avec une rose au corset...
> Nos rois très excellents, très puissants et très hauts,
> C'est le roc dans les flots, c'est dans les bois le chêne...
> ... Je suis parfois tenté
> De dire au Mont-Blanc : Sire ! et Votre Majesté
> A la vierge qui passe et porte, agreste et belle,
> Sa cruche sur son front et Dieu dans sa prunelle [1].

La république universelle, la paix universelle, la fraternité des hommes et des peuples, sont pour le poète un avenir certain, et sa ferme conviction philosophique est d'accord sur ce point avec la croyance chrétienne : « Il faut que l'Évangile soit prêché à toutes les nations » ; car l'Évangile, n'est-ce pas la bonne nouvelle de la paix sur la terre et de la bienveillance entre les hommes?

> Plus de soldats l'épée au poing, plus de frontières...
> L'Europe en rougissant dit : Quoi! j'avais des rois !
> Et l'Amérique dit : Quoi! j'avais des esclaves [2] !

Mais le progrès, pour ne point subir de brusque recul, pour marcher sans interruption d'un pas constant et sûr, doit s'interdire tout moyen violent.

> Le Progrès, calme et fort et toujours innocent,
> Ne sait pas ce que c'est que de verser le sang...
> Peuple, jamais de sang [3] !

Sur ce principe, qu'aucun sang ne doit être versé, non pas même celui du plus frénétique destructeur

1. *Les Quatre Vents de l'Esprit*, I, 13, 41.
2. *Lux.* (*Châtiments.*)
3. *Châtiments*, V, 8.

de vies humaines par le fer, par le poison, par la
dynamite, non pas même celui du tyran le plus
sanguinaire, non pas même celui « du voleur qui
tua les lois à coups de crosse, du pirate empereur
Napoléon dernier [1] », Victor Hugo n'a jamais varié
et ne s'est jamais contredit.

Le reproche qu'on lui adresse plus ou moins
justement d'avoir manqué d'unité dans les grandes
idées directrices de sa poésie et de sa vie, ne saurait s'étendre à ce qu'il a pensé sur la peine de
mort. Sa fermeté inébranlable en cette matière
lui fait beaucoup d'honneur; c'est par là que s'explique sa conduite de 1871, qu'on lui a aussi repro-
chée, mais cette fois bien à tort, sans s'apercevoir
que le grave poète ne tombait sous le coup d'un blâme
vulgaire et immérité que parce qu'il restait immua-
blement fidèle à son noble principe. La bourgeoisie
de cette époque troublée, ivre de fureur contre les
crimes de la Commune vaincue, était sans merci
pour les criminels et sans justice pour le penseur
miséricordieux qui ne voulait point qu'on se ven-
geât des incendiaires et des meurtriers par de
sanglantes représailles. Comment n'a-t-on pas vu
que, s'il avait pu y consentir, il aurait, en cette circonstance unique, failli à sa constante profession
de respecter comme sacrée la vie de tous les misérables, qu'ils fussent les pauvres égarés de l'ignorance et de la faim, ou des scélérats couronnés?

L'horreur du grand poète pour la peine capitale

1. *Châtiments*, I, 8.

se fonde sur des raisons très solides : faillibilité de la justice humaine ; remords éternel d'une erreur possible rendue irréparable par l'échafaud ; sacrilège attentat que commet l'homme, qui n'est capable que de tuer, sur la toute-puissance du souverain dispensateur de la vie et de la mort ; enfin absurde et hurlante contradiction de donner à l'expiation judiciaire du crime la figure hideuse du crime.

> OEil pour œil ! Dent pour dent ! Tête pour tête ! A mort !
> Justice ! L'échafaud !... — Silence aux cris sauvages !...
> Pas de sang ! pas de mort ! C'est un reflux stupide
> Que la férocité sur la férocité...
> Décapitez Néron, cette hyène insensée,
> La vie universelle est dans Néron blessée ;
> Faites monter Tibère à l'échafaud demain,
> Tibère saignera le sang du genre humain...
> Ce meurtre est notre meurtre et nous en répondons ;
> C'est avec un morceau de notre insouciance,
> C'est avec un haillon de notre conscience,
> Avec notre âme à tous, que l'exécuteur las
> Essuie en s'en allant son hideux coutelas...
> Notre justice à nous, comme notre destin,
> Est tâtonnement, trouble, erreur, nuage, doute...
> J'aurais là, sous mes pieds, mon ennemi, le pire,
> Caïn juge, Judas pontife, Satan roi,
> Que j'ouvrirais ma porte et dirais : Sauve-toi !...
> O vivant du tombeau, vivant de l'infini,
> Dieu !... l'horreur n'étreint pas ce noir peuple unanime,
> Quand ils font, pour punir ce qu'ils ont nommé crime,
> Au nom de ce qu'ils ont appelé vérité,
> Sur la vie, ô terreur, tomber l'éternité [1] !

Mêmes pensées et même style dans le poème du *Pape*. Ne craignons pas de répéter ces grandes idées et ces beaux vers ; car ce n'est pas ce qu'il y a de plus connu dans l'œuvre de Victor Hugo, et la monotonie des citations sert elle-même à

---

1. *Les Quatre Vents de l'Esprit*, I, 17.

montrer l'invariable attachement de notre auteur
à une doctrine qui est la gloire de sa poésie et qui
justifie presque l'orgueilleuse ambition qu'il a toujours eue de verser sur les hommes « la paix, la
clémence, l'amour, la justice, le droit, la vérité
sacrée », faisant, dans la nuit du genre humain,
son « devoir de flambeau » [1].

> Vous n'avez pas construit et vous osez détruire,
> ... Croyant faire équilibre
> Au meurtrier fatal par le meurtrier libre,
> Donnant pour contrepoids au bandit le bourreau!
> Sombre usurpation dont frémit le penseur...
> ... Mourir, c'est naître
> Ailleurs...
> Comprenez-vous ce mot épouvantable : Ailleurs?
> ... Trouvez-vous bon qu'enfin
> Le crime et la justice aient la même figure?
> Vous dites-vous ceci : S'il était innocent?...
> A qui n'a plus hier ne prenez pas demain.
> Laissez à tous le temps de racheter les fautes.

J'avoue que je n'ai jamais été frappé, dans les
Châtiments, du mérite de la composition générale
de l'œuvre, fort loué par certains critiques et surtout par un admirateur généreusement enthousiaste,
mais apologiste un peu trop absolu de Victor Hugo,
M. Ernest Dupuy. Les seules parties où j'aperçoive
un grand dessein architectural sont le portique et
le couronnement, la première et la dernière pièce,
Nox et *Lux*, magnifique antithèse qui ouvre et
ferme symétriquement le volume; l'édifice intérieur
n'est pas un chef-d'œuvre d'ordonnance; les titres
des sept livres : *La société est sauvée, L'ordre est*

---

1. Prologue de *l'Ane*.

rétabli, La stabilité est assurée, etc., répètent la même
ironie dans des termes à peine différents, et l'on
pourrait transporter la plupart des pièces d'un livre
dans un autre sans aucun dommage pour la suite
logique des idées.

Mais il y a une idée dont la constante répétition
donne au recueil sa vraie unité, et c'est l'éternel
refrain de la poésie satirique de Victor Hugo, si
pleine d'humanité dans ses plus grandes colères :
« Jamais de sang! jamais la mort! »

Dès le début, l'inviolable principe est posé dans
toute sa force :

> ... Quand se réveillera la grande nation,
> Quand viendra le moment de l'expiation,
> Glaive des jours sanglants, oh! ne sors pas de l'ombre...
>   ... L'Idée
> Prouve sa sainteté même dans sa colère.
> Elle laisse toujours les principes debout.
> Être vainqueurs, c'est peu; mais rester grands, c'est tout.
> Quand nous tiendrons ce traître, abject, frissonnant, blême,
> Affirmons le progrès dans le châtiment même;
> La honte, et non la mort.[1]...

Certes, répète-t-il dans le dernier livre, « certes,
il viendra, le rude et fatal châtiment »; mais ce
sera sans qu'une goutte de sang soit versée.

> Non, que pas un cheveu ne tombe d'une tête;
> Que l'on n'entende pas une bouche crier,
> Que pas un scélérat ne trouve un meurtrier...
> Nous le disions hier, nous venons aujourd'hui
> Le redire, et demain nous le dirons encore...
> Ce qu'il faut, ô Justice! à ceux de cette espèce,
> C'est le lourd bonnet vert, c'est la casaque épaisse,

1. I, 1.

C'est le poteau ; c'est Brest, c'est Clairvaux, c'est Toulon ;
C'est le boulet roulant derrière leur talon,
Le fouet et le bâton, la chaîne, âpre compagne,
Et les sabots sonnant sur le pavé du bagne !

« La mort devant ces gueux baisse ses yeux de vierge[1]. » Ce serait vraiment « déshonorer la Grève », que de les faire périr du même supplice que Charlotte Corday, Mme Roland, Malesherbes, André Chénier. « Sachons-le bien, la honte est la meilleure tombe. » Le même homme « sort sanglant du sépulcre et fangeux du mépris »[2].

Le poète tire les plus beaux motifs d'éloquence de l'apparente concession qu'il fait quelquefois à la justice du glaive pour affirmer de nouveau le grand principe avec un redoublement d'énergie.

C'est ainsi qu'au troisième livre, dans l'admirable petite pièce intitulée *Le bord de la mer*, une épée dit à Harmodius : « C'est l'heure » ; une voix dans l'air gémit : « Némésis ! Némésis ! lève-toi, vengeresse ! » La Patrie pleure et crie : « Mon fils ! Je suis aux fers. Mon fils, je suis ta mère ! Je tends les bras vers toi du fond de ma prison », si bien que la Conscience conclut en ces termes : « Tu peux tuer cet homme avec tranquillité ». Mais le titre de la pièce suivante est *Non*, elle termine le livre ; et le quatrième, reprenant le même thème, insiste encore et s'ouvre par le poème magnifique de *Sacer esto :*

Non, Liberté ! non, Peuple, il ne faut pas qu'il meure !...

1. VII, 9.
2. V, 8.

Gardons l'homme vivant. Oh! châtiment superbe!
Oh! s'il pouvait un jour passer par le chemin,
Nu, courbé, frissonnant, comme au vent tremble l'herbe,
Sous l'exécration de tout le genre humain!...

Vieillissant, rejeté par la mort comme indigne,
Tremblant dans la nuit noire, affreux sous le ciel bleu...
Peuples, écartez-vous! Cet homme porte un signe :
Laissez passer Caïn! il appartient à Dieu.

Même abandon apparent du vrai devoir, et même éloquent retour au respect de la vie humaine, dans les pièces VII et VIII du livre lyrique des *Quatre Vents de l'Esprit* :

J'aime à me figurer, de longs voiles couvertes,
Des vierges qui s'en vont chantant dans les chemins
Et qui sortent d'un temple avec des palmes vertes
    Aux mains;

Un rêve qui me plaît dans mes heures moroses,
C'est un groupe d'enfants dansant dans l'ombre en rond,
Joyeux, avec le rire à la bouche et des roses
    Au front;

Un rêve qui m'enchante encore et qui me charme,
C'est une douce fille à l'âge radieux
Qui, sans savoir pourquoi, songe avec une larme
    Aux yeux;

Une autre vision, belle entre les plus belles,
C'est Jeanne et Marguerite, astres, vous les voyez!
Qui, le soir, dans les prés courent avec des ailes
    Aux pieds;

Mais des rêves dont j'ai la pensée occupée,
Celui qui pour mon âme a le plus de douceur,
C'est un tyran qui râle avec un coup d'épée
    Au cœur!

Ici le poète se reprend. Un coup d'épée, oui, mais non pas un coup de poignard; et l'épée elle-même doit s'entendre au sens idéaliste, puisque c'est le poète qui la tient dans son loyal duel contre la tyrannie :

> Coup d'épée; oui, mais non de poignard. Il te faut,
> Poète, un tournoi franc et libre, où, le front haut,
> On lutte, glaive au poing, sans fureur vipérine,
> Pied à pied, face à face, et poitrine à poitrine,
> Toi, soldat du droit; lui, champion de l'enfer.
> Tu veux combattre au jour, loyal comme le fer,
> Fauve et terrible, avec la candeur des colombes,
> Afin que si c'est toi, poète, qui succombes,
> Tu puisses, en entrant au sépulcre demain,
> Trouver Cid et Bayard qui te tendent la main.

Avec calme, parfois, le poète s'interroge; il reconnaît qu'il ne voit pas assez clair dans l'ordre universel, non seulement pour usurper le droit divin de la vie et de la mort, mais même pour souhaiter que Dieu tue ou laisse vivre.

> L'homme est aveugle et Dieu par la main le conduit;
> Dieu nous a mis à tous sur la face la nuit [1].

> Nous ne voyons jamais qu'un seul côté des choses;
> L'autre plonge en la nuit d'un mystère effrayant [2].

Et, gravement, alors il écrit :

> Je ne désire pas la mort de Bonaparte.
> Quand cette aveugle idée arrive, je l'écarte.
> Je ne suis pas assez dans le secret du sort
> Pour me croire le droit de vouloir une mort [3].

Très certainement, si Napoléon III, renversé et chassé par quelque insurrection républicaine, avait vu sa tête mise à prix, il aurait trouvé dans la

---

1. *Le Pape.*
2. *A Villequier* (dans *les Contemplations*).
3. Pièce XII de la deuxième *Corde d'airain* de *Toute la Lyre* (in-8).

maison de Victor Hugo le plus inviolable des asiles; et alors les vainqueurs furieux auraient injurié et maudit le poète, comme on le fit en 1871 quand il voulut sauver les vaincus de la Commune. Mais sa générosité pour l'ennemi à terre ne souffrait absolument aucune exception. L'unité de sa vie, comme de sa poésie, c'est d'avoir toujours été « un imbécile », je veux dire un homme indulgent et bon pour toutes les victimes de la force, même juste; pitoyable au malheur, même mérité, surtout mérité; désarmé devant toutes les faiblesses, même méchantes et vindicatives, et d'être resté sans hésitation, sans défaillance, sans repentir, « de ce parti dangereux qui fait grâce » [1].

NAPOLÉON LE GRAND ET NAPOLÉON LE PETIT

Il y a, dans la force, une éclatante qualité esthétique, qui peut ravir l'imagination, et même une spécieuse apparence de qualité morale, quand la force est courage, audace, volonté puissante, vaste ambition, génie, ce génie dont Lamartine se demande, dans un vers célèbre, s'il ne constitue pas la moralité, la vertu des grands conquérants :

Et vous, fléaux de Dieu, qui sait si le génie
  N'est pas une de vos vertus?

Il est clair que Napoléon le Grand est, pour la poésie, un sujet de premier ordre, un géant que

1. *L'Année terrible.* Mai, VI.

rien ne surpasse, comme excitateur de la muse
épique et lyrique, le plus grand peut-être des personnages de l'histoire humaine, malgré toutes les
protestations du cœur, de la conscience et de la
raison.

Victor Hugo devait, par la nature de son imagination, si éprise des grandes choses et des grands
hommes, subir, à un degré extraordinaire, le prestige du héros de l'épopée impériale.

> Il verse à mon esprit le souffle créateur.
> Je tremble, et dans ma bouche abondent les paroles,
> Quand son nom gigantesque, entouré d'auréoles,
> Se dresse dans mon vers de toute sa hauteur [1].

« Memnon de ce soleil, » adorateur de cet
homme, qu'il a « pour dieu sans l'avoir eu pour
maître » [2], il s'est constitué officiellement le gardien
de sa gloire :

> Je garde le trésor des gloires de l'empire;
> Je n'ai jamais souffert qu'on osât y toucher [3] !

Et voilà pourquoi, plus lourdement encore que
Béranger, Victor Hugo porte la grave responsabilité du second empire. Il a condamné la critique
au silence, ordonné au jugement moral de se taire,
appelé, acclamé le neveu, seulement parce qu'il
s'appelait *Napoléon* comme l'oncle, compté sur lui
et mis en lui l'espoir de la France avec celui de sa
propre ambition politique.

Tout le soin qu'il a pris, plus tard, d'effacer de

1. *Les Orientales*, XL.
2. *Les Chants du Crépuscule*, II.
3. *Les Rayons et les Ombres*, XII.

ses œuvres ce qui pouvait le compromettre, altérant des textes, falsifiant des dates, ôtant ou ajoutant, ne saurait l'empêcher d'avoir écrit dans *l'Événement* du 28 octobre et du 18 novembre 1848[1] :

> Ce nom, Napoléon, *quel que soit l'homme qui le porte*, veut dire Marengo, veut dire Austerlitz; il veut dire Souvenirs; il veut dire aussi Espérances!... Si on nous suppose un peu prévenus pour Louis Bonaparte, on ne se trompera pas... Nous voyons passer dans la rue un homme qui s'appelle Napoléon, nous ne pouvons nous empêcher de le saluer au passage... La France a besoin d'un homme qui la sauve, et, ne le trouvant pas autour d'elle dans la sombre tempête des événements, elle s'attache avec un suprême effort au glorieux rocher de Sainte-Hélène... A notre avis, quand M. Louis Bonaparte ne serait qu'un nom, la France ferait bien encore de se déclarer pour ce nom immense...

Exemple frappant, entre tous, de cette toute-puissance du *mot* sur l'esprit de Victor Hugo, que nous avons étudiée, en commençant, comme la première grande loi de son imagination poétique.

Le coup d'État du 2 décembre 1851 fut le coup de foudre qui ouvrit les yeux du poète. C'est alors que l'immoralité de la gloire impériale lui fut tout entière révélée, que Waterloo, Sainte-Hélène lui apparurent comme les premiers châtiments du 18 Brumaire, la parodie du géant par le nain comme le châtiment suprême, et qu'il devint mûr pour écrire, un an plus tard, *l'Expiation*[2].

1. Cité par M. Edmond Biré, *Victor Hugo après 1830*, tome II, page 145.
2. Ou, plus exactement, la partie satirique de ce poème. Il paraît que la partie proprement épique de *l'Expiation* était achevée dès le 14 novembre 1847, sous un autre titre. Voyez *Victor Hugo, poète épique*, par Eugène Rigal, page 33.

Les partisans de Louis Bonaparte — il en a — (écrit-il dans *Napoléon le Petit*) le mettent volontiers en parallèle avec son oncle, le premier Bonaparte. Ils disent : « L'un a fait le 18 brumaire, l'autre a fait le 2 décembre : ce sont deux ambitieux ». Le premier Bonaparte voulait réédifier l'empire d'Occident, faire l'Europe vassale, dominer le continent de sa puissance et l'éblouir de sa grandeur, prendre un fauteuil et donner aux rois des tabourets, faire dire à l'histoire : Nemrod, Alexandre, Annibal, César, Charlemagne, Napoléon, être un maître du monde. Il l'a été. C'est pour cela qu'il a fait le 18 brumaire. Celui-ci veut avoir des chevaux et des filles, être appelé monseigneur et bien vivre. C'est pour cela qu'il a fait le 2 décembre. Ce sont deux ambitieux ; la comparaison est juste. Ajoutons que, comme le premier, celui-ci veut aussi être empereur. Mais ce qui calme un peu les comparaisons, c'est qu'il y a peut-être quelque différence entre conquérir l'empire et le filouter. Quoi qu'il en soit, ce qui est certain et ce que rien ne peut voiler, pas même cet éblouissant rideau de gloire et de malheur sur lequel on lit : Arcole, Lodi, les Pyramides, Eylau, Friedland, Sainte-Hélène, ce qui est certain, disons-nous, c'est que le 18 brumaire est un crime, dont le 2 décembre a élargi la tache sur la mémoire de Napoléon.

Victor Hugo avait-il aperçu cette ombre, cette tache, avant la révélation du 2 décembre? Non ; car, dans les odes de sa jeunesse royaliste et chrétienne, si, à travers son admiration déjà très enthousiaste, il juge sévèrement Napoléon, c'est comme téméraire émule de Dieu, c'est comme accapareur injuste d'une gloire qui est moins la sienne que celle de la France ; ce n'est point comme auteur d'un criminel attentat contre une république et sur une liberté dont il se souciait fort peu à cette époque. Dans le dithyrambe des *Orientales*, intitulé *Lui*, il y a bien ce vers :

Oui, quand tu m'apparais pour le culte *ou le blâme* ; ·

mais il fallait une rime à *mes lèvres de flamme*;
toute la dose de blâme religieux et patriotique que
les premières odes contenaient, a disparu; le culte
subsiste seul, et l'apothéose, désormais entière et
achevée, durera jusqu'à la désillusion de 1851.

Tout ce qu'il peut faire dorénavant, et ce qu'il
fait avec éloquence, c'est de plaider les circonstances
atténuantes de son erreur. Les peuples et les
poètes, « oubliant le tyran, s'éprirent du héros ».

> Cet homme étrange avait comme enivré l'histoire;
> La justice, à l'œil froid, disparut sous sa gloire [1].

> . . . . . Marengo, qui brille sur la carte,
> N'eût-il pas fait lâcher le premier Bonaparte
>   A Tacite ébloui [2]?

> Le côté de clarté cachait le côté d'ombre;
> De sorte que la gloire aimait cet homme sombre,
> Et que la conscience humaine avait un fond
> De doute sur le mal que les colosses font [3].

Dans la première *Corde d'airain* de *Toute la Lyre*,
la colonne de la place Vendôme s'adresse à ses
destructeurs de mai 1871 :

> Ce que vous avez pris pour la gloire d'un homme,
> C'est la gloire d'un peuple, et c'est la vôtre, hélas!
> Peuple, quels sont mes torts? Les trônes en éclats,
> L'Europe labourée en tous sens par la France,
> La bataille achevée en vaste délivrance,
> Le moyen âge mort, les préjugés proscrits.
> Que me reprochez-vous? Le sang, les pleurs, les cris,
> Les deuils, et les trop grands coups d'aile des victoires...

La pièce de *la Légende des Siècles* (dernière
série), qui dit *Aux rois* leurs vérités, avoue que

---

1. *L'Expiation.*
2. *Châtiments*, III, 5.
3. *L'Année terrible.* Août.

nous pouvons tout leur pardonner et changer
même en dévotion la juste horreur qu'ils nous
inspirent, s'ils sont des héros ou des génies :

> C'est pourtant vrai, toujours, quand un prince brilla,
> Quand il eut un rayon quelconque sur la tête,
> L'immense peuple altier, puissant, auguste et bête,
> S'est fait son serviteur, son chien, son courtisan.

Il est fort possible, il est même tout à fait vraisemblable, humain et naturel, que les causes de la
grande colère de Victor Hugo contre le prince président à la veille de devenir empereur ne soient pas
toutes d'un ordre général et désintéressé. L'amer
remords de s'être trompé sur son compte et d'avoir
fait pour lui une sotte campagne, peut-être même
quelque ambition personnelle déçue, peuvent très
bien avoir apporté leur venimeux appoint à l'indignation généreuse et sublime des *Châtiments*. La
critique littéraire a le droit et le devoir d'indiquer
ce motif possible, probable, certain ; mais elle n'est
point tenue d'y insister beaucoup, si, par des con-
sidérations *purement littéraires*, elle peut suffisamment expliquer la crise, et j'ai même la tranquille
impudence d'ajouter qu'en y réfléchissant un peu
elle félicitera et le poète et ses lecteurs de toutes les
causes, quelles qu'elles soient, qui ont contribué à
allumer l'incendie le plus magnifique de fureur et
de poésie, dont le monde ait jamais eu le spectacle.

Faisons une troublante hypothèse. Supposons
Victor Hugo ministre de Napoléon III, sénateur et
rallié à l'empire, comme l'ont été d'autres grands

hommes de lettres du même temps, Sainte-Beuve, par exemple : pouvez-vous songer sans un frisson au dommage immense qui en résulterait pour la littérature française? Non seulement les *Châtiments* disparaissent, ainsi que tous les autres poèmes en très grand nombre issus de la même origine que les sept livres de cet ouvrage; mais les *Contemplations* sont fort compromises, car la vie agitée du monde officiel et politique n'eût certes pas inspiré aussi heureusement que la profonde paix de l'exil le contemplateur de la nature et de l'âme; mais *la Légende des Siècles* est gravement compromise aussi, car elle serait diminuée de tout ce qu'elle contient de satire à l'adresse des despotes, et, si l'on ose prétendre qu'elle eût peut-être gagné en majesté sereine ce qu'elle aurait perdu en âpre saveur de ressentiment personnel, je prierai seulement que l'on compare, au point de vue de la sérénité, l'atmosphère du Parlement et des Tuileries à celle d'un tête-à-tête de dix-huit années avec le ciel et l'océan!

Il est aisé d'expliquer par un simple jeu de la toute-puissance verbale, démon ou génie de Victor Hugo, le changement à vue qui lui fit substituer soudain à l'image d'un second Bonaparte, glorieux continuateur du premier, une caricature qui en était la honteuse négation et la parodie grotesque. Naïvement, il avait d'abord acclamé le nouveau Napoléon, candidat à la présidence de la République, parce que, en voyant passer un homme qui portait « ce nom immense », il ne pouvait s'empêcher de

crier : Vive l'empereur! Quand il fut désabusé, il
remplaça l'*analogie*, figure de rhétorique, par la
figure contraire, l'*antithèse*, et ce que sa belle littérature aurait copieusement tiré des motifs de
l'admiration et de la reconnaissance, elle le tira,
avec non moins d'abondance et de facilité, des
thèmes plus riches encore de l'indignation et du
mépris.

A Napoléon le Grand s'opposa donc Napoléon
le Petit, au géant le nain, au tigre le singe, à
l'aigle le hibou, à l'oncle le neveu, Tortoni à Aus-
terlitz, les filles qui ne demandent qu'à être forcées
aux fières forteresses qu'on emporte d'assaut, le sac
d'argent qu'on vole et qu'on pille à la conquête du
monde, et la lâche fusillade du boulevard Mont-
martre à la longue suite de victoires ouvrant à nos
armes, les unes après les autres, toutes les capitales de l'Europe.

La note dominante de toutes les satires contre
Napoléon III est le mépris, parce que l'idée de
petitesse s'attache obstinément à son nom, et c'est
l'antithèse qui voulait cela, rien n'étant plus grand
dans l'histoire que Napoléon Ier. On ne méprise pas
la vraie force, bien qu'on puisse la haïr de toute
son âme. Si Victor Hugo avait fait des satires contre
Napoléon le Grand, elles auraient toutes ressemblé,
par la fanfare de gloire qui les aurait remplies, à
des odes guerrières ou à de véritables épopées;
Napoléon II, ce magnifique sermon de Bossuet en
vers, et surtout *l'Expiation* restent les types inou-
bliables de ce que ces pseudo-satires auraient pu

être. Le sang versé, les mères en pleurs, la patrie épuisée, la liberté râlant sous le pied d'un despote, sont choses terribles ; mais la terreur exclut le mépris et comporte l'admiration.

Donc, par la loi de l'antithèse, Napoléon le Petit, quoique assassin des hommes et des lois, sera moins sanguinaire que ridicule, « immonde encore plus que féroce, pourceau dans le cloaque et loup dans le charnier » [1].

L'*Orientale* d'Abd-el-Kader, dans les *Châtiments*, exprime bien, d'une part, ce mépris et ce dégoût intenses ; d'autre part, ce qu'il peut y avoir de grandeur poétique dans l'idée de la force cruelle, quand rien de bas ne s'y mêle pour l'avilir. L'homme que l'histoire appelle « ce drôle » et sa cour « Napoléon III », entre, un jour, par curiosité, dans la prison d'Abd-el-Kader. Quand il vit « l'homme louche de l'Élysée », lui, « l'homme fauve du désert », « le compagnon des lions roux »,

Qui montrait, tranquille, aux étoiles
Ses mains teintes de sang humain,

Qui donnait à boire aux épées,
Et qui, rêveur mystérieux,
Assis sur des têtes coupées,
Contemplait la beauté des cieux,

Voyant ce regard fourbe et traître,
Ce front bas, de honte obscurci,
Lui, le beau soldat, le beau prêtre,
Il dit : — « Quel est cet homme-ci ? »

Devant ce vil masque à moustaches,
Il hésita ; mais on lui dit :
— « Regarde, émir, passer les haches ;
« Cet homme, c'est César bandit.

1. *Châtiments*, I, 8.

« Ecoute ces plaintes amères
« Et cette clameur qui grandit.`
« Cet homme est maudit par les mères,
« Par les femmes il est maudit;

« Il les fait veuves, il les navre ;
« Il prit la France et la tua,
« Il ronge à présent son cadavre... »
Alors le hadji salua.

Mais, au fond, toutes ses pensées
Méprisaient le sanglant gredin.
Le tigre aux narines froncées
Flairait ce loup avec dédain.

Dans des vers adressés *A un roi de troisième ordre* [1], le poète écrit : « Je tiens à la grandeur de la bête royale ». Il raille le gibier misérable de sa satire rapetissée; il lui donne d'ironiques conseils; il lui dit familièrement:

Imbécile!
Te figures-tu donc que ceci durera?
Prends-tu pour du granit ce décor d'opéra?
Paris dompté par toi! Dans quelle apocalypse
Lit-on que le géant devant le nain s'éclipse?
Crois-tu donc qu'on va voir, gaiment, l'œil impudent,
Ta fortune cynique écraser sous sa dent
La Révolution que nos pères ont faite,
Ainsi qu'une guenon qui croque une noisette [2]?

Si le crime de ce singe n'était pas si exécrable, l'auteur des *Châtiments* se bornerait à déchirer la peau de tigre dont il est revêtu et à livrer sa honte à la risée publique [3]; car c'est son usage, à lui, avant de s'irriter, « de regarder un peu la stature des gens » [4]. Mais il s'agit de la France, il s'agit de

1. Première *Corde d'airain* de *Toute la Lyre*, VIII.
2. *Châtiments*, III, 12.
3. III, 3.
4. *L'Année terrible*. Juin, VII.

l'honneur, il s'agit de la liberté, de l'âme et de
l'existence de la patrie ; et voilà pourquoi le poète
justicier s'élève, du rire moqueur, aux tragiques
accents de la grande colère et de l'horreur sacrée :

> O Dieu vivant, mon Dieu ! prêtez-moi votre force,
> Et moi qui ne suis rien, j'entrerai chez ce Corse
>   Et chez cet inhumain.
> Secouant mon vers sombre et plein de votre flamme,
> J'entrerai là, Seigneur, la justice dans l'âme
>   Et le fouet à la main ;
>
> Et, retroussant ma manche ainsi qu'un belluaire,
> Seul, terrible, des morts agitant le suaire
>   Dans ma sainte fureur,
> Pareil aux noirs vengeurs devant qui l'on se sauve,
> J'écraserai du pied l'antre et la bête fauve,
>   L'empire et l'empereur !

La satire que ces vers enflammés terminent et
couronnent est intitulée *A l'obéissance passive* ; elle
s'adresse à l'armée française, devenue l'instrument
servile d'un tyran. Sujet extrêmement scabreux ;
car la conscience hésite et se trouble entre ces deux
devoirs contraires du soldat : résister à l'ordre parce
qu'il est injuste, ou l'exécuter parce qu'il est l'ordre
et que tout s'écroule avec la discipline.

Il semble vraiment qu'il y ait, dans la société,
une immense majorité d'hommes dont la loi morale
soit d'être *passive*, comme le sont, dans l'ordre
matériel, les bêtes et les choses. Plus on descend
dans la hiérarchie, moins l'intelligence a le droit
de penser ; moins peut vivre, agir et parler ce qui
fait la dignité de l'homme : la liberté et la raison.
Le sous-lieutenant qui refuse d'obéir paraît plus
coupable, il est réellement plus téméraire que l'of-

ficier supérieur, et, quant au simple soldat qui ose dire non, il doit s'attendre à être fusillé.

Victor Hugo a senti vivement cette inégalité. Il s'attaque surtout aux chefs libres et responsables ; la servitude du bétail militaire l'irrite moins qu'elle ne l'attriste ; il nous fait partager son indignation pour la complicité criminelle des généraux, mais sa description d'une soldatesque enivrée de carnage pourrait nous causer quelque malaise, s'il n'attendrissait pas la satire par une juste pitié :

> Nous faisions pour vous d'autres rêves,
> O nos soldats infortunés !
>
> Nous rêvions pour vous l'âpre bise,
> La neige au pied du noir sapin,
> La brèche où la bombe se brise,
> Les nuits sans feu, les jours sans pain.
>
> Nous rêvions les marches forcées,
> La faim, le froid, les coups hardis,
> Les vieilles capotes usées,
> Et la victoire un contre dix !
>
> Nous rêvions, ô soldats esclaves,
> Pour vous et pour vos généraux,
> La sainte misère des braves,
> La grande tombe des héros !

En octobre 1853, à la veille de la guerre de Crimée, au moment de fermer « les pages inflexibles » des *Châtiments*, le poète prévoit une victoire possible sur l'étranger, du faux lion couvert de la peau de César, et, rendant justice à l'armée française, il écrit que peut-être

> Grâce aux soldats nos fils, vaillants, quoique infidèles,
> Demain, sur ce front vil, sur cet abject cimier,
> Comme un aigle parfois s'abat sur un fumier,
> Quelque victoire aveugle ira poser ses ailes !

A Sedan, hélas! ce fut la défaite. Voici alors, dans une des plus grandes pages de la littérature française, l'expression souverainement éloquente et poétique de l'opposition partout présentée entre la gloire militaire de l'immortelle France et la honte de son chef d'aventure, vaincu moins par l'ennemi que par la Divinité vengeresse de son crime :

> Alors la Gaule, alors la France, alors la gloire,
> Alors Brennus, l'audace, et Clovis, la victoire,
> Alors le vieux titan celtique aux cheveux longs,
> Alors le groupe altier des batailles, Châlons,
> Tolbiac la farouche, Arezzo la cruelle,
> Bouvines, Marignan, Beaugé, Mons-en-Puelle,
> Tours, Ravenne, Agnadel sur son haut palefroi,
> Fornoue, Ivry, Coutras, Cérisolles, Rocroy,
> Denain et Fontenoy, toutes ces immortelles
> Mêlant l'éclair du front au flamboiement des ailes,
> Jemmape, Hohenlinden, Lodi, Wagram, Eylau,
> Les hommes du dernier carré de Waterloo,
> Et tous ces chefs de guerre, Héristal, Charlemagne,
> Charles-Martel, Turenne, effroi de l'Allemagne,
> Condé, Villars, fameux par un si fier succès,
> Cet Achille, Kléber, ce Scipion, Desaix,
> Napoléon, plus grand que César et Pompée,
> Par la main d'un bandit rendirent leur épée [1].

Les *Châtiments* ne contiennent rien qu'on puisse appeler un portrait de Napoléon III, comme si l'excès de la passion, en faisant voir rouge au poète, l'avait empêché d'abord de voir juste et de peindre avec vérité; car on ne saurait donner le nom de *portrait* à une collection d'injures, si pittoresques et colorées qu'elles soient. « Charlemagne taillé par Satan dans Mandrin [2], » ou dans Cartouche, n'est pas un signalement précis.

1. *L'Année terrible*. Août.
2. *Ultima verba*.

On rencontre, dans ses autres poèmes, des esquisses de l'empereur un peu plus ressemblantes, dans la mesure où l'art de Victor Hugo, aussi généralisateur que celui des classiques, mais moins fin, pouvait rendre les nuances particulières des âmes; l'exactitude du détail moral n'est pas son fort; ses croquis du second Bonaparte ont quelques touches heureuses, mais ne sont pas étudiés beaucoup plus curieusement que ceux de Henri IV ou de Philippe II.

> Un être aux yeux de loup, homme par la moustache,
> Au sommet de ce char s'agitait étonné,
> Et se courbait furtif, livide et couronné.
> Pas un de ces césars à l'allure guerrière
> Ne regardait cet homme. A l'écart et derrière,
> Vêtu d'un noir manteau qui semblait un linceul,
> Espèce de lépreux du trône, il venait seul;
> Il posait les deux mains sur sa face morose,
> Comme pour empêcher qu'on y vît quelque chose;
> Quand parfois il ôtait ses mains en se baissant,
> En lettres qui semblaient faites avec du sang
> On lisait sur son front ces trois mots : Je le jure [1].

L'aveuglement fatal de l'homme aux yeux éteints, endormi dans son rêve, ne voyant ni la main de Dieu qui planait sur lui, ni la griffe du diable Bismarck qui le guettait, sont peints avec une saisissante énergie dans les premiers vers de *l'Année terrible* :

> . . . . L'homme tragique,
> Saisi par le destin qui n'est que la logique,

---

1. *La Vision de Dante*, dans *la Légende des Siècles*. — Comparez à ces vers ce « Portrait » de *Napoléon le Petit* : « Louis Bonaparte est un homme de moyenne taille, froid, pâle, lent, qui a l'air de n'être pas tout à fait réveillé... Il a la moustache épaisse et couvrant le sourire comme le duc d'Albe, et l'œil éteint comme Charles IX ».

Captif de son forfait, livré, les yeux bandés,
Aux noirs événements qui le jouaient aux dés,
Vint s'échouer rêveur dans l'opprobre insondable.
Le grand regard d'en haut, lointain et formidable,
Qui ne quitte jamais le crime, était sur lui...
Il advint que cet homme un jour songea : Je règne.
Oui, mais on me méprise; il faut que l'on me craigne...
J'escamotai la France, escamotons l'Europe.
Décembre est mon manteau, l'ombre est mon enveloppe.
Les aigles sont partis, je n'ai que les faucons;
Mais n'importe! Il fait nuit. J'en profite. Attaquons.

Or, il faisait grand jour. Jour sur Londres, sur Rome,
Sur Vienne, et tous ouvraient les yeux, hormis cet homme;
Et Berlin souriait et le guettait sans bruit.
Comme il était aveugle, il crut qu'il faisait nuit.

La catastrophe se fit attendre dix-neuf ans : longue épreuve pour la patience du poète qui avait prédit que « cela ne durerait pas ».

Nous fîmes préparer la corde et le gibet,
Comptant bien l'étrangler tout net, s'il succombait;
Mais il a réussi [1]. . . . .

Une vingtaine d'années, d'ailleurs, qui sont un instant pour l'Éternel, le sont aussi pour l'homme, quand elles sont passées.

La certitude de l'échéance, qu'elle fût proche ou lointaine, est ce qui donne aux *Châtiments* leur grand caractère moral et religieux.

Rois, je vous le redis, ce décor d'opéra
Pâlira, passera, fuira, s'écroulera!...
Vous riez... Cette chose étrange, la justice
Existe; et, quel que soit le palais qu'on bâtisse,
Fût-il de marbre, il est d'argile, et son ciment
Périra, s'il n'a pas le droit pour fondement...
... Nous avons pour nous ce Quelqu'un d'inconnu
Dont on voit par moments passer l'ombre sublime
Par-dessus la muraille énorme de l'abîme [2].

1. *Les Années funestes,* XXXII.
2. Première *Corde d'airain* de *Toute la Lyre,* XI, de l'édit. in-8.

VI

Les puissances de la nuit.

PRÊTRES

Victor Hugo n'a pas toujours voué les prêtres à
la satire. Je ne rappelle pas (ce serait peu utile)
l'époque de sa jeune dévotion, sœur de son royalisme enfantin. Dans la première partie des *Misérables*, composée en 1847, le romancier donne un
beau rôle à Mgr Bienvenu, évêque. Vers la même
année, il écrivait ou commençait *le Pape*, qu'il n'a
publié que trente ans après. Il y glorifie encore le
sacerdoce dans la personne du souverain pontife.
Mais en 1878, au moment de la publication, pour
mettre son ancien poème d'accord avec ses idées
nouvelles, il imagina, avec beaucoup d'additions,
avec quelques suppressions, le plus artificiel des
cadres : un rêve. Le pape s'endort; tout ce qu'il
pense, tout ce qu'il dit, tout ce qu'il fait de bien,
est présenté comme un vain songe, contraire à sa
nature, et il s'écrie à son réveil : « Quel rêve affreux
je viens de faire ! »

La haine du poète pour tous les ministres de
toutes les religions est, si j'ose le dire, *religieuse*,
et ce trait en relève singulièrement le caractère.

Par là j'entends d'abord qu'elle n'est pas le
simple effet de cette vulgaire incrédulité qui, niant
tout à plat les choses supra-sensibles, ajoute au
mépris de Dieu celui des autels et de leurs desser-
vants comme une suite logique de l'athéisme. Au
contraire. La foi de Victor Hugo au Père céleste
est restée fervente et très ferme. Elle a résisté à
toutes les épreuves. La catastrophe même du 4 septembre 1843, le tragique accident de Villequier où
se noya sa fille, ne l'a ni obscurcie ni ébranlée :

> Je viens à vous, Seigneur, père auquel il faut croire;
>   Je vous porte, apaisé,
> Les morceaux de ce cœur tout plein de votre gloire
> Que vous avez brisé [1]...

J'entends ensuite que Victor Hugo *étant lui-
même un prêtre* ou se considérant comme tel, a
pour ceux des autres églises l'espèce d'horreur d'un
serviteur fidèle du Dieu vrai pour tous les ministres
des faux dieux. Il les hait, un peu comme Joad
haïssait Mathan.

Ce philosophe à l'imagination ardente a son
église, qui est le temple de la nature. Un soir,
un compagnon de promenade lui demande quelle
est sa foi, sa bible, son autel, son confesseur?...

> — « L'église, c'est l'azur, lui dis-je; et quant au prêtre... »
> En ce moment le ciel blanchit.

---

1. *Les Contemplations. A Villequier.*

> La lune à l'horizon montait, hostie énorme ;
> Tout avait le frisson, le pin, le cèdre et l'orme,
>   Le loup, et l'aigle, et l'alcyon ;
> Lui montrant l'astre d'or sur la terre obscurcie,
> Je lui dis : « Courbe-toi. Dieu lui-même officie,
>   Et voici l'élévation [1] ».

Il n'est point un sceptique. Il a ses dogmes, absolus et intransigeants comme ceux des religions positives. Sa première doctrine est la mission sociale de la poésie :

> Peuples ! écoutez le poète !
> Écoutez le rêveur sacré !
> Dans votre nuit, *sans lui complète*,
> *Lui seul* a le front éclairé [2]...
>
> Pourquoi donc faites-vous des prêtres,
> Quand vous en avez parmi vous [3] ?

On peut donc et l'on doit voir, dans l'inspiration des vers satiriques de Victor Hugo contre les prêtres, comme une jalousie de caste, comme une rivalité de métier ; et cette passion quasireligieuse valait assurément mille fois mieux pour la poésie que le dédain philosophique de la froide raison.

Puisqu'il est la lumière, les hommes à robe noire seront les ténèbres. Cette couleur sinistre, mêlée à celle du sang que le fanatisme a versé, cette antithèse violente du jour et de la nuit, s'est peu à peu emparée de tout l'esprit du poète et a fini par former la substance unique de ses jugements, de plus en plus outrés, énormes et simples, suivant le cours

1. *Religio,* dans *les Contemplations.*
2. *Fonction du poète,* dans *les Rayons et les Ombres.*
3. *Les Mages,* dans *les Contemplations.*

des grandes lois de son imagination poétique et
satirique :

> Les sanglants constructeurs des religions noires [1]...
> Et les grands gestes noirs des prêtres furieux [2]...
> Et dire que la terre est tout entière en proie
> Aux affirmations de ces prêtres sans joie,
> Sans pitié, sans bonté, sans flambeau, sans raison,
> Dont l'ombre, l'ombre, l'ombre et l'ombre est l'horizon [3] !
> Ils ont été la nuit dans l'obscur Moyen Age ;
> Ils sont tout prêts à faire encor ce personnage [4].
> Si nous les laissons faire, on aura dans vingt ans,
>   Sous les cieux que Dieu dore,
> Une France aux yeux ronds, aux regards clignotants,
>   Qui haïra l'aurore [5].

L'apôtre de la religion naturelle ou de l'évangile
de la Révolution (car c'est pour lui une seule et
même chose) redoute « pour nos fils l'enseignement
triste » des prêtres [6]; il constate avec horreur le
vaste pouvoir de ceux que Rabelais avait aussi
désignés comme « un tas de vilaines, immondes et
pestilentes bestes noires [7] » pullulant « dans l'ombre
infinie », « mêlant sur nos peaux leurs petits pas »,
et il se demande, plein de stupeur et de dégoût,

> Dans quel but Dieu livra les empires, le monde,
> Les âmes, les enfants dressant leur tête blonde,
> Les temples, les foyers, les vierges, les époux,
> L'homme, à l'épouvantable immensité des poux [8] !

1. *L'Élégie des Fléaux*, dans *la Légende des Siècles*.
2. *La Comète*, *ibid.*
3. *Religions et Religion*.
4. *Les Quatre Vents de l'Esprit*, I, 16.
5. *Châtiments*, V, 10.
6. *L'Élégie des Fléaux*.
7. *Rabelais*, III, 21.
8. *Les Bonzes*, dans le livre satirique des *Quatre Vents de l'Esprit*.

Comme la satire des princes, celle des prêtres devient, par son exagération même, *comique* sans le vouloir et risque de faire rire en croyant faire trembler; mais, comme celle des princes, la satire des prêtres se relève et se tient debout, d'abord par la beauté du style; elle présente, en outre, un intérêt un peu plus vif que l'autre, parce que l'ennemi qu'elle vise est beaucoup moins mort que les rois et les empereurs. Si l'on veut bien passer à Victor Hugo la licence, extrême, je l'avoue, de juger les choses en bloc, de prendre la partie principale pour le tout, de ne point distinguer, de ne rien excepter, on pourra trouver vraies en somme ses plus grosses caricatures. L'église romaine n'a-t-elle pas voulu couvrir d'assez d'*ombre* (si j'ose emprunter la langue du poète) le flambeau de la vérité, pour qu'il n'y ait point d'injustice à voir en elle, tout simplement, la plus malfaisante des puissances de la nuit?

Le programme du poète satirique, exposé dans *les Quatre Vents de l'Esprit* (I, 5), mentionne, parmi les grands objets de la satire moderne, « l'erreur, monstre romain, qui garde le cachot où dort l'esprit humain ». Rome étend sur le monde l'ignorance, comme le noir manteau où elle tient et les intelligences endormies et la liberté emprisonnée. « Il faut, de tous côtés, du front du peuple obscur chasser les nouveautés, » disent les prêtres [1].

... Le royaume des cieux est aux pauvres d'esprit;
Donc peu d'écoles, point de science, un seul livre.

1. *Montfaucon,* dans *la Légende des Siècles.*

Les peuples ont pour loi d'être en bas et de suivre ;
Et leur ascension est faite quand vers nous
Ils montent les degrés des temples à genoux [1].

... L'homme parvient à l'ange en passant par la buse...

Nous détruirons progrès, lois, vertus, droits, talents.
Nous nous ferons un fort avec tous ces décombres,
Et pour nous y garder, comme des dogues sombres,
Nous démusèlerons les préjugés hurlants...

Et quant à la raison, qui prétend juger Rome,
Flambeau qu'allume Dieu sous le crâne de l'homme,
Dont s'éclairait Socrate et qui guidait Jésus,
Nous, pareils au voleur qui se glisse et qui rampe,
Et commence en entrant par éteindre la lampe,
En arrière et furtifs nous soufflerons dessus [2].

Si le noir et le rouge étaient les deux couleurs dont l'imagination de Victor Hugo était le plus obsédée, au dire du critique [3] qui a le mieux analysé ses facultés visuelles, aucun fantôme n'a dû lui donner de pires cauchemars que le prêtre ; car ce spectre est deux fois horrible, étant fait de nuit et de sang.

Les plus grands crimes de l'histoire ont été commis par des prêtres :

Pas un forfait à qui l'Église ne présente,
Pour s'essuyer les mains, la nappe de l'autel.
L'Église est pour Gessler contre Guillaume Tell,
Pour Rossa contre Huss, pour Cauchon contre Jeanne [4].

Jésus paraît ; qui donc s'écrie : Il faut qu'il meure !
C'est le prêtre [5].

Le Golgotha, colline sombre et maudite, s'élève comme une « tumeur difforme de l'abîme », surgie

1. *Le Pape.*
2. *Ad majorem Dei gloriam.* (*Châtiments*, 1, 7.)
3. M. Léopold Mabilleau.
4. *Approbation des prêtres,* dans les *Années funestes,* XXXI.
5. *L'Art d'être grand-père,* XVIII, 4.

des profondeurs infernales du mystère d'abomination, « et le plus blème éclair du gouffre est sur ce lieu où *la religion sinistre tua Dieu* [1] ».

Le premier livre des *Châtiments* se termine par une satire de douze vers intitulée *Confrontations*, qui est un petit chef-d'œuvre de style prompt comme la foudre, concis comme l'éclair; il faut la citer intégralement, car on ne pourrait, sans la défigurer toute, n'en détacher que les cinq ou six vers spécialement relatifs à notre sujet :

> O cadavres, parlez! quels sont vos assassins?
> Quelles mains ont plongé ces stylets dans vos seins?
> Toi d'abord, que je vois dans cette ombre apparaître,
> Ton nom? — Religion. — Ton meurtrier? — Le Prêtre.
> — Vous, vos noms? — Probité, Pudeur, Raison, Vertu.
> — Et qui vous égorgea? — L'Église. — Toi, qu'es-tu?
> — Je suis la Foi publique. — Et qui t'a poignardée?
> — Le Serment. — Toi, qui dors de ton sang inondée?
> — Mon nom était Justice. — Et quel est ton bourreau?
> — Le Juge. — Et toi, géant, sans glaive en ton fourreau,
> Et dont la boue éteint l'auréole enflammée?
> — Je m'appelle Austerlitz. — Qui t'a tué? — L'Armée.

La religion tue les justes, les prophètes, les saints; elle tue le fils de Dieu, et tous ces crimes sanglants constituent le suicide par lequel elle se détruit elle-même.

En doctrine, l'Église ne verse pas le sang de sa propre main; mais comme elle fait appel au bras armé du glaive pour exterminer l'hérésie religieuse et la libre pensée, cela revient au même; ou plutôt, cette bénédiction des poignards, ces sabres aspergés

---

1. *La Fin de Satan*, page 246 de l'édition in-8.

de l'eau des goupillons sont le spectacle le plus hideux que la terre puisse offrir au ciel.

> L'affreuse prière
> Du prêtre effronté
> Chante et rit derrière
> Leur iniquité [1].

... Amnistie au coquin qui se donne pour tel !
Mais quand l'assassinat s'étale sur l'autel
Et que sous une mitre un prêtre l'escamote ;
Quand un soldat féroce entre ses dents marmotte
Un oremus infâme au bout d'un sacrebleu...
Quand le meurtre sournois...
Prend un cierge, se signe, ânonne un livre d'heures...
Et de sa corde à nœuds se fait un chapelet,
Alors, ô cieux profonds ! ma prunelle s'allume,
Mon pouls bat sur mon cœur comme sur une enclume,
Je sens grandir en moi la colère, géant,
Et j'accours éperdu, frémissant, secouant
Sur ces horreurs, à l'âme humaine injurieuses,
Dans mes deux mains, des fouets de strophes furieuses [2] !

C'est l'Église qui fait appel à la dictature et qui dit :

Un grand sabre serait d'utilité publique.
Est-ce qu'il n'est pas temps d'exterminer la clique
Des songeurs, des rêveurs, des penseurs, des savants,
Et de tous ces semeurs jetant leur graine aux vents,
Et de mettre au pavois celui qui nous fait taire,
Et de souffler sur l'aube, et d'éteindre Voltaire [3] ?

C'est la religion, excitant Louis XIV ou Charles IX,

Qui fait de tout un peuple un monceau de ruines...
Servir Dieu de la sorte, avec du sang aux mains,
C'est vouloir l'étouffer dans le cœur des humains.

1. *Coups de clairon*, dans la deuxième *Corde d'airain* de *Toute la Lyre*.
2. *La mort de Saint-Arnaud*, *ibid.*
3. Première *Corde d'airain* de *Toute la Lyre*, XII.

VICTOR HUGO. 12

Ces religions-là, ce sont les pelletées
De terre que sur Dieu jettent les noirs a liées .

Rois et prêtres s'entendent comme larrons en foire pour escamoter et confisquer la liberté qui affranchit l'homme. Les rois, « ce faux nez auguste que le prêtre met à Dieu [2] », s'adressent tout bas au prêtre afin qu'il rebâtisse « l'enfer dans l'âme humaine où Dieu mit la raison [3] ».

Le souverain pontife, que l'auteur du *Pape* avait autrefois *rêvé* bon et paternel, « à qui Dieu commanda de tenir, doux et calme, son évangile ouvert sur le monde orphelin », devient lui-même, pour son imagination hallucinée, le spectre le plus sombre et le plus sanglant de tous. « Que de sang sur ce prêtre, ô pâle Jésus-Christ! » Tout l'indigne et l'épouvante dans les faits et gestes de l'Église : « Tout, même ce vieillard, ô ciel noir! surtout lui [4]! »

L'échelle des responsabilités, dans l'oppression dont gémit la terre, monte des soldats aux capitaines, des capitaines aux juges, des juges aux têtes couronnées, et de celles-ci au pape.

Une longue pièce de *la Légende des Siècles* (dernière série), *la Vision de Dante* réveillé dans sa tombe « en l'an cinquante-trois du siècle dix-neuvième », amplifie démesurément cette idée, avec une simplicité extrême de composition, alliée au luxe le plus abusif de développements, de vers et de mots multipliés sans fin.

1. *La Révolution* (livre épique des *Quatre Vents de l'Esprit*).
2. *Chansons des rues et des bois*, livre premier, VI, 17.
3. Première *Corde d'airain* de *Toute la Lyre*, IX.
4. *Les Années funestes*, XXXVI, XXXVII.

Dante voit d'abord apparaître une foule d'hommes,
d'enfants et de femmes écrasés par la force brutale,
criant au ciel justice et vengeance. — « Quels sont
vos meurtriers et vos bourreaux? » dit l'ange. Et
d'une seule voix ils disent : « Les soldats ». Les
soldats comparaissent : « Ce n'est pas nous! »
s'écrient-ils, « ce sont nos capitaines. Nous dûmes
obéir à leur ordre inhumain ». Les capitaines donc
sont cités : « Ce n'est pas nous! » disent-ils à
leur tour. « Ce n'est pas nous, Seigneur! Seigneur,
ce sont les juges. » Même réponse des juges, quand
« ce tas d'hommes vêtus d'hermine et de simarres »
sont accusés d'avoir absous les scélérats et condamné
l'homme juste : « Ce n'est pas nous! — Mais qui
donc est coupable alors? — Ce sont les princes ».

... Des êtres monstrueux parurent...
L'un ressemblait au meurtre et l'autre à la luxure,
L'autre à la fraude, l'autre à l'orgueil, celui-ci
Au mensonge, et d'horreur je demeurai saisi,
Car ils avaient du mal toutes les ressemblances.

L'ange leur dit :

Vous voilà donc enfin, princes! D'où sortez-vous?
O princes, vous sortez, et je vais vous le dire,
Des forfaits, des fureurs, du meurtre et du délire,
Des deuils, des faux serments dont l'homme est éperdu,
Et du sang innocent à grands flots répandu.

Mais la réponse des rois, c'est encore et toujours :

— Ce n'est pas nous! — Et qui donc? — C'est le pape.
... Il est le responsable et nous le dénonçons!
Seigneur, nous n'avons fait que suivre ses leçons;
Seigneur, nous n'avons fait que suivre son exemple;
Nos forfaits sous ses pieds sont nés dans votre temple;
Il nous a mis l'enfer dans l'âme au lieu du ciel;
Lui seul porte le poids du crime universel.

L'apparition du pape « vêtu d'une robe de sang » est saluée par les clameurs de toute la terre, peuples, soldats, capitaines, juges, princes, criant d'une seule voix : « C'est lui! » ; et Louis Bonaparte, « l'homme-loup, debout sur les cadavres pâles », ajoute, « d'une voix rauque et sourde :

— Il m'a béni! »

Dieu, seul être qui soit au-dessus du pape, lui tient un long discours dont le dernier mot est :

> Je t'avais confié la conscience humaine.
> Réponds, qu'en as-tu fait?

Au sang répandu s'ajoute l'or accaparé par de scandaleux trafics, la rapacité à la cruauté, et l'horreur s'achève en dégoût.

Victor Hugo a amplement traité, dans *les Quatre Jours d'Elciis*, le thème ancien, plus ancien que la réforme luthérienne, de l'avarice, du luxe et de la luxure de l'Église [1].

Le livre du *Pape* dénonce le ridicule des mesquines idoles de la dévotion catholique :

> Lui, le sombre seigneur de la foudre, est vivant!
> Nous, sous quelque portail d'église ou d'abbaye,
> Nous offrons et montrons à la foule ébahie,
> Sous la pompe d'un dais et les plis d'un camail,
> Un petit bon Dieu rose avec des yeux d'émail!
> Un Jésus de carton! un Eternel de cire!
> On le promène, on chante, on prêche, on le fait luire,
> En marchant doucement, de crainte qu'un cahot,
> En secouant l'autel, ne casse le Très-Haut!
> ... Tandis que la famine aux effroyables dents
> Dévore l'atelier, le grenier, la chaumière,
> Nous étalons, avec des effets de lumière,

1. Voyez le passage cité dans mon livre sur *Rabelais*, page 139.

Des bonshommes de bois au fond d'un corridor,
Brodés d'or, cousus d'or, chaussés d'or, coiffés d'or.

Mais la plus belle et la plus lyrique indignation
de Victor Hugo contre les vendeurs du temple se
trouve dans les *Châtiments*, et ce qui fait ici encore
la sublimité de la satire, c'est qu'elle est inspirée
non par la raison philosophique ou voltairienne,
mais au contraire par une respectueuse adoration
pour le sacrifice du Sauveur, que ces marchands
souillent et profanent. Rien, dans l'œuvre entière
du poète, ne s'envole d'un plus passionné et magnifique élan que la pièce intitulée *A un martyr*. Il
faut la lire, dans son crescendo soutenu, d'un bout
à l'autre, de la première à la dernière stance et du
premier vers au dernier, vers grand comme le
monde et immense comme le mystère de la Croix :

... Ils vendent, ô martyr, le Dieu pensif et pâle,
Qui, debout sur la terre et sous le firmament,
Triste et nous souriant dans notre nuit fatale,
Sur le noir Golgotha saigne éternellement.

Le clergé régulier devait finir, comme l'autre, par
ne point trouver grâce devant la satire de Victor
Hugo, bien que son imagination eût très bien pu,
pour des raisons de l'ordre esthétique, se laisser
séduire par ce qu'il y a de sublime dans la folie d'un
complet renoncement au monde, et le fait est qu'il
avait rendu autrefois justice aux religieux dans un
beau chapitre des *Misérables*[1]. Mais sa religion de la
nature lui interdisait toute indulgence prolongée
pour l'ascétisme, et il a, en vieillissant, versé de

1. Deuxième partie, VII, 8.

plus en plus dans un culte de la bonne déesse
païenne, culte bourgeois, un peu grossier, pour ne
pas dire libertin. Les mordants sarcasmes de
Veuillot sur l'auteur des *Chansons des rues et des
bois* et de trop d'autres grivoiseries dont la grâce
est un peu celle d'un sanglier de basse-cour en
goguette, ne sont malheureusement pas immérités.

Les vers *Sur un portrait de sainte*, au livre satirique des *Quatre Vents de l'Esprit*, sont raisonnables, comme les sages propos de « monsieur Ordinaire ». L'auteur y représente que Dieu c'est l'amour,
c'est l'être, c'est la vie, et que rejeter ses parents, sa
patrie et son humanité pour conquérir Dieu, est
contre la raison et contre la nature, c'est-à-dire
contre Dieu lui-même. « Sans quitter le réel, con-
quérons l'idéal. Il faut aller au ciel en marchant
sur la terre. »

Pas plus qu'entre les curés et les moines, la satire
excessivement simple de notre poète ne distingue
entre les protestants et les catholiques. Il n'a, que
je sache, ni raillé la nudité froide du culte protestant, ni (moins encore) vanté l'indépendance relative de la pensée protestante. Luther n'est pour lui
que l'héroïque adversaire de Rome. Il est lui-même
évidemment du bois dont sont faits les hérétiques,
mais les hérétiques tout d'une pièce, taillés dans
le chêne, géant païen, non dans l'arbre mystique
du jardin des Oliviers.

Très logiquement, Victor Hugo réclame pour sa
dépouille mortelle un enterrement civil. Dois-je faire
appeler un prêtre sur ma fosse, un prêtre, c'est-à-dire

un homme qui... (nouvelle énumération des erreurs,
des mensonges et des crimes des prêtres)? « Je vois
Dieu dans les cieux faire signe que non [1]. » C'est
la tactique constante du poète, dans sa campagne
antireligieuse, d'en appeler à Dieu contre les
prêtres, et son théisme fervent (ne nous lassons
pas de le redire) donne à ses satires une bien autre
saveur que ne ferait une philosophie athée. « Le
formidable ciel sait que le prêtre ment [2]. »

> ... La cathédrale avec sa double tour aiguë,
>   Debout devant le jour qui fuit,
> Ignore, et, sans savoir, affirme, absout, condamne.
> Dieu voit avec pitié ces deux oreilles d'âne
>   Se dresser dans la vaste nuit [3].

Planant à une distance infinie au-dessus de toutes
les religions, Dieu resterait indifférent à leurs misérables inventions terrestres, si, par elles, la foi des
hommes en son existence et en sa justice ne se
trouvait pas compromise gravement. Avec bien
moins d'amertume condensée et profonde qu'Alfred
de Vigny, avec un clair bon sens qui ne dépasse
guère la sagesse courte et nette des philosophes du
xviii° siècle, Victor Hugo nous montre Dieu traduit
à la barre de la conscience humaine et devenant
l'accusé de ses créatures indignées, si les fables que
les prêtres débitent sur son tyrannique empire pou-
vaient être vraies.

> Ah ! si vous disiez vrai, myopes de l'autel,
> Si ce prodigieux et sublime Immortel

1. *Les enterrements civils*, dans *la Légende des Siècles*.
2. *Toute la Lyre*, III, 14 (in-8).
3. *Tout le passé et tout l'avenir*, dans *la Légende des Siècles*.

> Avait de tels accès, et s'il était possible
> Qu'ainsi qu'un archer sombre il eût l'homme pour cible...
> S'il tuait, fou lugubre, en croyant qu'il se venge,
> Alors la Justice, âpre et formidable archange,
> Se dresserait devant le pâle Créateur,
> Questionnerait l'Être immense avec hauteur...
> Et rien ne serait plus sinistre, ô gouffre bleu,
> Que le balbutiement épouvanté de Dieu [1] !

Toutes les religions se valent, n'étant que les formes à peine différentes du même crime toujours répété contre la raison et la liberté du genre humain. C'est l'expérience qu'a faite le Momotombo, montagne de l'Amérique Centrale. Le baptême des volcans était un ancien usage remontant aux premières années de la conquête ; tous les cratères du Nicaragua furent alors sanctifiés, à l'exception du Momotombo, d'où l'on ne vit jamais revenir les religieux chargés d'aller y planter la croix. « Je n'aimais pas beaucoup le dieu qu'on a chassé, » dit le Momotombo ; il était avare, cruel, sanguinaire ; quand sont venus des hommes blancs, je leur ai fait bon accueil d'abord, j'espérais que leurs âmes auraient la couleur de leurs visages,

> J'étais content, j'avais horreur de l'ancien prêtre ;
> Mais quand j'ai vu comment travaille le nouveau,
> Quand j'ai vu flamboyer, ciel juste ! à mon niveau,
> Cette torche lugubre, âpre, jamais éteinte,
> Sombre, que vous nommez l'Inquisition sainte ;
> Quand j'ai pu voir comment Torquemada s'y prend
> Pour dissiper la nuit du sauvage ignorant,
> Comment il civilise, et de quelle manière
> Le saint Office enseigne et fait de la lumière...
> J'ai regardé de près le dieu de l'étranger
> Et j'ai dit : « Ce n'est pas la peine de changer [2]. »

---

1. *L'Élégie des Fléaux*, dans *la Légende des Siècles*.
2. *Les raisons du Momotombo*, dans *la Légende des Siècles*.

Partout les prêtres sont les mêmes, enseignant le bien quelquefois, mais donnant l'exemple du mal, « servant et souillant Dieu, prêchant pour, prouvant contre » [1].

Tous les hommes d'église, depuis les prédicateurs de la ville et de la campagne,

> Agitant leurs longs bras et leur surplis jauni
> Dans des chaires faisant ventre sur l'infini [2],

jusqu'au souverain pontife qui trône sur le saint-siège, sont donc, aux yeux de Victor Hugo, d'affreuses puissances *noires*, non moins détestables que les rois et les empereurs, ou plutôt bien pires encore, puisque la Force qui opprime les peuples n'est que la servante de la Nuit qui les enténèbre.

Cependant la *pitié suprême* du poète ne fait point défaut, même aux instigateurs occultes du mal, non plus qu'aux misérables esclaves couronnés qui reçoivent et qui exécutent leurs inspirations. « Je suis triste, dit-il dans *les Années funestes* (XXXVI), je pleure, je finis par n'avoir qu'un besoin immense de tout plaindre... »

> Hélas! ces malheureux grands prêtres sont plongés
> Sous un tel flot de nuit, d'ombre et de préjugés!...
> Ah! j'ai beau m'indigner, je ne peux pas maudire.

JUGES

Comme les prêtres et la religion vraie, les *juges* et la *justice* s'opposent, avec d'autant plus de viva-

---

1. *L'art d'être grand-père*, I, 1.
2. *L'Ane.*

cité que l'antithèse, éclatant ici jusque dans le son
des mots et la forme des lettres, a sur l'imagination
de Victor Hugo une prise particulièrement étroite.

Il est probable qu'il avait rencontré dans sa vie
quelques bons juges, ainsi que de bons prêtres, ainsi
que de bons princes ; sa poésie a fini par refuser
d'en reconnaître l'existence. Il semble que, pour
lui, tout juge mortel soit condamné à l'injustice par
les ténèbres de sa condition humaine tout au moins,
quand ce n'est pas par la lâcheté ou la cruauté de
son propre cœur ; à ses yeux, comme d'ailleurs à
ceux des saints prophètes, il n'y a qu'un seul juge
juste, qui est Dieu.

> Nous jugeons. Nous dressons l'échafaud. L'homme tue
> Et meurt. Le genre humain, foule d'erreur vêtue,
>   Condamne, extermine, détruit,
> Puis s'en va. Le poteau du gibet, ô démence !
> O deuil ! est le bâton de cet aveugle immense
>   Marchant dans cette immense nuit [1].

« Sauvage serviteur du droit contre la loi [2], » le
poëte voit partout cet irréconciliable conflit de la
justice légale et de l'équité naturelle. Il en est
épouvanté, et il crie au ciel son horreur pour un
tel spectacle :

> Voilez-vous, cieux ! on voit le droit hors de la loi
>   Et la justice hors du juge [3] !

Les palais de justice sont des repaires d'iniquité
où les juges, comme s'ils s'acquittaient d'une fonc-

1. *Horror*, dans *les Contemplations*.
2. *A l'homme*, dans *la Légende des Siècles*.
3. *Le Cercle des tyrans, ibid.*

tion physique, rendent *naturellement* des sentences monstrueuses.

— Qu'est-ce que vous rendez là, dans cette bâtisse,
Par la bouche? — Cela s'appelle la justice [1].
... Cette justice-là sort de ces juges-là
    Comme des tombeaux la vipère [2].

Il est vrai qu'il s'agit ici des « commissions mixtes » et des juges du second empire. Mais « des juges qu'on eût dû juger » [3], c'est la règle en tout temps, et le beau poème de *Melancholia*, dans *les Contemplations*, nous en offre un type inoubliable dans la personne de ce juré, marchand de profession, improvisé juge par le sort et envoyant au bagne un pauvre voleur de pain beaucoup moins criminel que lui.

Un homme s'est fait riche en vendant à faux poids;
La loi le fait juré. L'hiver, dans les temps froids,
Un pauvre a pris un pain pour nourrir sa famille.
Regardez cette salle où le peuple fourmille;
Ce riche y vient juger ce pauvre. Écoutez bien,
C'est juste, puisque l'un a tout et l'autre rien.
Ce juge, — ce marchand, — fâché de perdre une heure,
Jette un regard distrait sur cet homme qui pleure,
L'envoie au bagne et part pour sa maison des champs.
Tous s'en vont en disant : « C'est bien! » bons et méchants,
Et rien ne reste là qu'un Christ pensif et pâle,
Levant les bras au ciel dans le fond de la salle.

La satire de Victor Hugo jette un regard rétrospectif sur la vieille justice française, plus barbare que la moderne, sans qu'au fond celle-ci soit moins inique, et loue ironiquement la « Mansuétude des anciens juges » [4].

1. *Les Années funestes*, XXXII.
2. *Châtiments*, IV, 3.
3. *L'Art d'être grand-père*, I, 1.
4. Titre d'une pièce de *la Légende des Siècles* (dernière série).

Elle cloue au pilori certains magistrats, comme le président Brunet, dans la pièce XXIII des *Années funestes*, et surtout tant de juges nominativement désignés dans les *Châtiments*, avec une haine implacable où des rancunes personnelles se mêlent trop à la passion pour l'idéale justice. Elle raconte au long et flétrit de criminelles erreurs judiciaires, restées plus ou moins célèbres dans l'histoire : l'aveu arraché à Rosalie Doise innocente, le procès Lesurque, etc. [1].

Il faut une étrange ignorance, jointe à une peu commune effronterie, pour oser soutenir que, dans la plus grave et triste affaire du siècle qui finit, le grand poète aurait pu être du parti acharné à la condamnation d'un juif innocent. S'il y a une chose indubitable pour quiconque a lu Victor Hugo, c'est l'ardeur d'indignation avec laquelle il eût épousé la cause de la malheureuse victime d'une flagrante iniquité judiciaire, qui, par son retentissement dans tout le monde civilisé comme par l'importance de ses suites, restera la plus mémorable de l'histoire.

De la race ou de la religion juive notre poète n'a guère plus parlé que des protestants comme tels; on ne peut voir une preuve de sympathie pour les Juifs dans la leçon banale que donne le grand-père à ses petits-enfants :

> Je leur raconte aussi l'histoire; la misère
> Du peuple juif, maudit qu'il faut enfin bénir [2],

---

1. *Les Années funestes*, XXX, XLII.
2. *Les Contemplations*, I, 6.

pas plus qu'une preuve d'antipathie dans l'emploi, non moins banal, qu'il fait çà et là du mot *juif*, avec les divers sens péjoratifs auxquels on le fait couramment servir. Mais un juif est un homme, un juif de France est un citoyen français, et cela suffit pour qu'au seuil du xxᵉ siècle la secte antisémite eût frappé de stupeur ces fils de la Révolution, Michelet, Victor Hugo, comme un anachronisme monstrueux, comme un retour horrible de cet « exécrable passé qui toujours se relève et sur l'humanité se dresse menaçant [1] ».

En vérité, Victor Hugo n'avait pas besoin de revivre pour répéter son sentiment sur la tragédie du jour, car il l'a très explicitement donné ; seuls, les noms changent, les choses demeurent toujours les mêmes :

> Reste, ô sombre innocent ! dans ton opprobre inique ;
> Garde ce crime ainsi que l'ardente tunique
> Qui devient la peau même, et qu'on n'arrache pas...
> Sois pour toujours muré dans le noir déshonneur...
> On t'enferme éperdu dans le forfait d'un autre [2].

Victor Hugo n'a point de respect pour la « chose jugée ». A-t-il raison ou tort ? Il a tort, car une telle licence précipite la société dans l'anarchie. Il a raison, car la justice humaine est faillible, et la conscience des individus a le droit de la trouver injuste. Je défie qu'on résolve par quelque moyen terme cette contradiction absolue. Il faut choisir : ou la soumission aveugle à l'autorité, ou la libre

---

1. *Les Quatre Vents de l'Esprit*, I, 16.
2. *Le procès Lesurque.*

critique de ses décisions et de ses actes. Je choisis, moi, la libre critique, et je dis que Victor Hugo a eu raison de traiter sans respect la chose mal jugée.

La bonne volonté de trouver droit, pour l'amour de l'ordre public, ce qui est visiblement de travers, ne saurait être attendue de tous les hommes sans exception. J'entends bien que ce résultat heureux étant dû à l'éducation, à la discipline, on peut raisonnablement l'espérer du grand nombre dans un pays morigéné comme il faut; mais il y aura toujours, Dieu merci, quelques réfractaires, et c'est grâce à leurs mauvaises têtes que le mouvement, le progrès, la vie s'entretiennent dans l'histoire et dans l'humanité. Sans cette aristocratie intellectuelle et morale, tout dans un peuple serait troupeau, et la France, sage comme l'enfant qui dort, aurait la belle immobilité de la Chine, qui ne se remue et ne se fâche que si quelqu'un essaie de troubler son sommeil vingt fois séculaire.

L'attrait des uns pour l'ordre et pour la paix que l'autorité procure, des autres pour les hasards de la liberté, divise les hommes en deux classes. Une grande crise, comme celle dont nous ne sommes pas encore sortis, les révèle dans leur vraie nature; on a vu parfois les caractères contredire les éducations, et rien n'est plus intéressant, rien n'est plus nouveau que ce spectacle. Tel, qui avait été élevé dans une servile obéissance à la règle, se montre soudain capable de raisonner et d'agir avec indépendance, et nous avons alors la joie de saluer cette élite d'esprits si exquise et si rare, les catholiques affranchis et libéraux ; beaucoup d'autres, hélas! nourris dans la religion du libre examen, font paraître un tel manque de sens critique et moral, une si lourde ignorance, une soumission si plate et si lâche à l'église de la majorité, que le protestantisme écœuré attend et verrait sans chagrin la défection de 'ces faux fils qui, au xvie siècle, auraient, n'en doutez pas, sacrifié Luther et Calvin à la justice de Rome.

L'ombre même du plus léger doute n'est pas permise sur la position qu'aurait prise Victor Hugo dans la célèbre affaire, puisqu'il est le grand justicier idéaliste, le défenseur du droit non seulement contre la force, mais contre la loi, et puisqu'il avait déjà satirisé la chose jugée à une époque où cette fiction, contente d'être une absurdité simple, n'était pas encore devenue le double non-sens qu'elle est à cette heure, depuis que la chose jugée est représentée par deux sentences contraires, également légales toutes les deux, qui soufflettent l'une par l'autre la justice militaire et la justice civile.

> ... Songez-y donc, si l'on allait conclure
> De tout cela, qu'il est parfois une fêlure
> A la chose jugée, et qu'un tribunal peut
> Se tromper, faire faire à la corde un faux nœud,
> Un faux coup à la hache!...
> Et vous vous figurez que votre arrêt existe!
> Ah! nous déchirerons, nous tordrons, nous mettrons
> En pièces la sentence atroce sur vos fronts!...
> Vous imaginez-vous, ô sombres imbéciles,
> Qu'après l'arrêt bavé par vos bouches fossiles,
> Tout est dit ; que c'est fait ; que vous avez ôté
> Du monde l'équilibre et des cœurs l'équité ;

> Que vous êtes, magots toussant dans vos flanelles,
> Quelque chose à côté des clartés éternelles,
> Et qu'il sort du bouquin légal un tel pouvoir
> Que l'homme empêche Dieu de faire son devoir [1] !

La bassesse innée, l'appétit de servitude qui age-
nouille les robes des juges, comme les robes des
prêtres, aux pieds d'un maître armé du sabre,

> Jésuites que d'un signe on ferait jacobins,
> Valetaille à genoux sous le plat d'une épée [2],

est un des principaux thèmes des *Châtiments*.

Repus d'orgies et de crimes, ivres de sang et de
vin, les tyrans ont toujours eu

> Dans leurs noirs refuges,
> A leur vil foyer,
> La robe des juges
> Pour tout essuyer [3].

Une pensée grave et haute corrige heureusement
ce que la satire des juges, comme celle des prêtres,
comme celle des rois, risque d'avoir de puéril à
force de violence et de naïve simplicité : c'est que
la société est responsable de toutes les iniquités que
la justice commet.

> ... Lorsqu'il meurt, le fer des lois au sein,
> L'innocent a le monde entier pour assassin...
> Veuves qu'on déshonore, orphelins qu'on spolie...
> Ah! je frémis de voir leurs prières, leurs cris,
> Leurs larmes, leurs appels craintifs, leurs plaidoiries,
> Leurs tremblantes douleurs par le dédain meurtries,
> Leurs fronts baissés, leurs bras suppliants, quand c'est nous,
> Nous tous qui devrions nous traîner à genoux,
> Joindre les mains, pleurer notre erreur insondable,
> Peuple, et demander grâce au spectre formidable [4] !

1. *Le procès Lesurque.*
2. *Ibid.*
3. *Coups de clairon.*
4. *Le procès Lesurque.*

La complicité du peuple, avec les juges qui condamnent l'innocence, est profonde, mais plus ou moins apparente aux yeux. Elle agit silencieusement dans la foule que nous venons de voir assister, sans rien dire, à l'inique arrêt du jury de *Melancholia*; elle éclate avec cynisme dans le cri de « Mort aux Juifs! » qu'une populace fanatisée par d'ignobles journaux, soi-disant républicains, et mille fois plus vils et plus lâches que la presse la plus abjecte de l'empire, hurlait hier encore autour des tribunaux intimidés.

Mais voici venir de nouveau, et pour tout couronner, une idée supérieure à celle même de la solidarité sociale; c'est le noble sentiment par lequel toute la satire du poète est relevée : l'amour final, la grâce, le pardon, la « pitié suprême ». La justice n'est complète que lorsqu'elle s'achève en miséricorde.

Tel est le sens de cette belle vision de la justice idéale qui termine, dans *l'Art d'être grand-père*, la pièce intitulée *Fraternité* :

Un jour, je vis passer une femme inconnue.
Cette femme semblait descendre de la nue ;
Elle avait sur le dos des ailes, et du miel
Sur sa bouche entr'ouverte, et dans ses yeux le ciel.
A des voyageurs las, à des errants sans nombre,
Elle montrait du doigt une route dans l'ombre,
Et semblait dire : On peut se tromper de chemin.
Son regard faisait grâce à tout le genre humain ;
Elle était radieuse et douce ; et, derrière elle,
Des monstres attendris venaient, baisant son aile,
Des lions graciés, des tigres repentants,
Nemrod sauvé, Néron en pleurs ; et, par instants,
A force d'être bonne elle paraissait folle.
Et, tombant à genoux, sans dire une parole,

Je l'adorai, croyant deviner qui c'était.
Mais elle, — devant l'ange en vain l'homme se tait, —
Vit ma pensée et dit : Faut-il qu'on t'avertisse?
Tu me crois la Pitié; fils, je suis la Justice.

CUISTRES

« La majesté des cuistres impeccables qui marchent rengorgés dans leur menton hautain [1], » est la troisième puissance de la Nuit, le dernier et le moindre des *noirs* fantômes que poursuit la satire de Victor Hugo.

Ici, plus de tache rouge; plus rien du sang dont la simarre des juges et la soutane des prêtres sont souillées, mais poétisées du même coup; nous ne voyons plus dans le ciel tragique l'horrible pluie qui, tombant goutte à goutte sur le spectre du roi parricide Kanut, dans *la Légende des Siècles*, finit par changer en manteau de pourpre son funèbre linceul; et cette suppression de la terreur, en ne laissant debout que le ridicule d'une toque de pédant sur une robe de cuistre, ôte au moins important des fantômes de la nuit la grandeur dramatique des autres.

Sortir du mépris simple et compter dans l'effroi,
Toi, jamais!...
Aliboron n'est pas aisément Béhémoth;
Le burlesque n'est pas facilement sinistre...
En vain il copierait le grand jaguar lyrique [2].

1. *L'Ane.*
2. *Les Quatre Vents de l'Esprit*, I, 12.

L'ennui morne et terne, un gouffre où bâille le néant, tout ce qu'une bibliothèque peut enfermer de soporifiques ténèbres, tout ce qu'un encrier peut contenir de noirceur salissante, voilà dans quel pot de couleurs le poète satirique trempe maintenant son pinceau.

> O bahuts solennels! vénérables amas
> Des diverses erreurs dans les divers formats,
> Rayons qu'emplit la nuit pédagogique...
> Bouffissure du vide! ombre! Quand je vous vois,
> Sombres in-folio classiques, je me sauve!
> L'ennui des siècles dort sur votre vélin chauve;
> Le bâillement vous garde affreux, montrant les dents;
> O noirs livres flairés du profil des pédants,
> Je crois voir, à travers vos pages diaphanes,
> Des grouins de pourceaux baisant des mufles d'ânes [1]!

Les crânes « que sous son bas plafond l'ignorance a faits plats[2] », les cancres « dont l'âme prend un bain dans la noirceur des encres[3] », ne sont point, d'ailleurs, stupides seulement; c'est une méchante bête que le cuistre; il est odieux, il est malfaisant, quoique ridicule; par là il devient justiciable, lui aussi, de la *corde d'airain* et digne, au moins en passant, de la grande satire lyrique et morale.

Son crime, de même nature que celui du prêtre, est d'attrister la vie, d'enrayer la marche du progrès, d'opprimer sous le joug des traditions du passé le libre essor de l'humanité vers un avenir meilleur, et de contrarier par mille entraves mesquines et jalouses les bonnes dispositions naturelles

1. *Bibliothèques,* dans *Toute la Lyre,* IV.
2. *Le Livre épique* des *Quatre Vents de l'Esprit.*
3. *L'Ane.*

que l'optimisme naïf de Victor Hugo prête à
l'homme tel qu'il sort des mains du Créateur.

> Je répugne aux vieux dogmes tristes;
> Je veux, en deux efforts égaux,
> Tirer l'art des mains des puristes
> Et Dieu des griffes des cagots [1].

> Oh! l'éducation! quel bienfait et quel crime!
> Frêle tête d'enfant qu'un idiot déprime [2]!

L'enfant est un oiseau, un ange, une créature
ailée, crie l'âne à l'homme dans le poème qui a
l'animal à longues oreilles pour titre et pour héros,
l'auteur, afin de mieux humilier la sagesse humaine,
ayant mis la raison dans la bouche de maître bau-
det; comment voulez-vous qu' « avec un encrier au
croupion » l'alouette s'envole au fond du libre
azur?

> On lui colle un gros livre au menton comme un goitre,
> Et vingt noirs grimauds font dégringoler des cieux,
> O douleur! ce charmant petit esprit joyeux;
> On le tire, on le tord, on l'allonge, on le tanne;
> Tantôt en uniforme, et tantôt en soutane;
> Un beau jour Trissotin l'examine, un préfet
> Le couronne; et c'est dit : un imbécile est fait.

Il y a, dans cette longue satire de *l'Ane*, peu lue
et fort ennuyeuse, je l'avoue, de jolies choses, d'une
langue ferme et brillante comme le cristal, quand
on les détache de l'ensemble et de la monotone
prolixité d'une amplification verbale inouïe, où
dansent, comme ivres et comme fous, avec tous

---

1. *A J. de S...., laboureur à Yvetot* (dans *les Quatre Vents de l'Esprit*).
2. *La Pitié suprême.*

les mots du vocabulaire commun, tous les noms
propres, connus ou inconnus, des dictionnaires
spéciaux. Voici, par exemple, un piquant développement dans le spirituel tour classique qui a si
souvent amusé la rhétorique du grand virtuose :

Glycère et Jeanneton, ces deux filles célestes,
Qui courent dans Virgile et Ronsard, sont moins lestes,
Quand Sylvain les poursuit, le fauve jouvenceau,
A trousser leur jupon pour passer un ruisseau ;
Un singe est moins agile à gober une pêche ;
Les baleiniers, armant leurs pirogues de pêche,
Sont moins prompts à lancer leur barque au flot mouvant
Dès que d'un squale en marche ils entendent l'évent ;
En frappant dans ses mains Bonaparte a moins vite
Chassé l'aigle tudesque et l'aigle moscovite
Qu'un pédant n'est rapide à défaire un esprit.

En défaisant l'esprit, les pédants déforment l'âme.
La semence de cuistres fructifie en moissons de
valets. La courbure des fronts penchés sur un
ramassis de sottises « où la grenouille idée enfle le
livre bœuf », détermine, avec celle des corps, celle
des cœurs et des caractères. Un rhéteur est une
anima vilis, « ver de terre et de lettres[1], » crabe
marchant à reculons, empêtré dans l'ornière et dans
la routine, instrument d'impuissance et de servitude
« dont l'éducation annulante est pareille à celle
qu'aux matous font les tondeurs du quai ».

Et c'est pourquoi l'auteur des *Contemplations*,
dès l'année 1831, si on a la candeur d'accepter cette
date, avait vomi contre ces misérables les hoquets
et les sanglots d'une rage convulsive qu'il est bien

1. *Les Quatre Vents de l'Esprit*, I, 12.

13.

difficile de croire contemporaine des *Feuilles d'Automne* :

> Marchands de grec! marchands de latin! cuistres! dogues!
> Philistins! magisters! je vous hais, pédagogues!
> Car, dans votre aplomb grave, infaillible, hébété,
> Vous niez l'idéal, la grâce et la beauté!...
> Car vous pétrifiez d'une haleine sordide
> Le jeune homme naïf, étincelant, splendide!...
> Confier un enfant, je vous demande un peu,
> A tous ces êtres noirs!...
> Vous offrez à l'aiglon vos règles d'écrevisses...
> Eunuques, tourmenteurs, crétins, soyez maudits!
> Car vous êtes les vieux, les noirs, les engourdis,
> Car vous êtes l'hiver, car vous êtes, ô cruches!
> ... L'horrible Hier qui veut tuer Demain [1].

L'idée principale qui domine toute la satire littéraire et toute la doctrine littéraire de Victor Hugo, c'est que, Dieu étant prodigue de ses dons, la nature se montrant d'une fécondité inépuisable, d'une richesse magnifique, l'éducation, qui prétend gouverner l'instinct, les règles de l'art, qui osent modérer et guider l'essor du génie, sont plus qu'absurdes; elles sont un criminel attentat contre la liberté de l'homme, que le Créateur a fait naître habile au bien comme au beau, et contre l'exemple généreux que nous donne la munificence du bon Père céleste.

> Mais tournez donc vos yeux vers la mère Nature!
> Que sommes-nous, cœurs froids où l'égoïsme bout,
> Auprès de la bonté suprême éparse en tout?...
> Dieu donne l'aube au ciel sans compter les rayons,
> Et la rosée aux fleurs sans mesurer les gouttes [2].

>> Sur aucune fleur on ne lit :
>> Société de tempérance [3].

---

1. *A propos d'Horace*, I, 13.
2. *Les Contemplations*, VI, 5.
3. *Lætitia rerum*, dans *l'Art d'être grand-père*.

Appuyé sur ce principe *religieux*, notre poète repart en imprécations furibondes contre ces régulateurs impies des forces naturelles de l'homme qu'on appelle les professeurs et les critiques :

> Vous êtes
> Dans l'auguste forêt d'horribles ciseaux bêtes !
> Vous tordez les instincts, vous rognez les cerveaux...
> Ignorant que tout être est fait pour croître libre,
> Que toute âme a sa forme intime devant Dieu,
> Et que toute nature a droit à sa broussaille,
> Vous tronquez des talents, de même qu'à Versaille,
> O brutes! vous changez en pains de sucre verts
> Le cèdre et le cyprès, géants d'ombre couverts [1]...

La fougue avec laquelle Victor Hugo a donné, tête baissée, dans cette erreur d'enfant, que l'excès est un signe de force et que s'imposer à soi-même une limite c'est faire preuve de faiblesse et de pauvreté, montre à quel point ce grand poète était dépourvu de l'esprit de discernement. S'il avait été capable de la moindre réflexion critique, il se serait aperçu d'abord que, dans la pratique, son génie de maître écrivain s'était bien gardé de toujours suivre des leçons si extravagantes, que lui-même il « savait se borner », comme un bon disciple de Boileau, et que ses pièces les plus belles ne sont pas nécessairement les plus longues ni les plus luxuriantes en toute espèce de végétation inculte et sauvage.

La nature n'est que prodigalité indistincte, mais l'art est un choix judicieux. Évidemment, il n'est point vrai qu'en littérature la quantité donne le prix aux choses, et que beaucoup de mots et beau-

---

1. *L'Ane.*

coup de vers vaillent mieux, en règle générale, que moins de vers et moins de mots. Il n'est point vrai qu'un chef-d'œuvre de dix strophes vît tout d'un coup, s'il en comptait cent, sa beauté multipliée par dix. Et ce qui est vrai au contraire, avec évidence, c'est que la longueur sans mesure et sans merci, l'intempérant flux de paroles qui inonde les derniers ouvrages, vers et prose, du grand poète dévoyé, est la cause principale du rang inférieur qu'ils occupent dans l'échelle artistique de ses productions.

Macaulay rappelle, dans un de ses essais littéraires, le paradoxe si juste du vieil Hésiode : « La moitié est souvent plus que le tout » ; il loue et félicite Lord Byron d'avoir eu la prudence de suivre en poésie l'habile pratique des Hollandais, qui, dans les îles à épices, abattaient la plus grande partie des arbres précieux, afin d'augmenter la valeur de ceux qu'ils laissaient debout.

Victor Hugo lui-même n'a-t-il pas dit :

O Muse! contiens-toi!...
Le plus fort est celui qui tient sa force en bride...
Ne te dépense pas. Qui se contient s'accroît [1].

On pourrait s'étonner que l'artiste qui a formulé une règle si sage, l'auteur de tant de poèmes dont la sobre vigueur fait la perfection, ait méconnu une loi aussi élémentaire en art que le *ne quid nimis*, si l'on ne savait pas combien les grands poètes sont bornés comme critiques, et quel guide

1. *Les Voix intérieures*, XXXII.

plus sûr est pour eux l'instinct divin qui les mène que leur esthétique aventureuse.

Si Victor Hugo avait eu l'esprit de discernement, il aurait donc vu, en premier lieu, que l'incontinence n'est point la vraie force ; et il n'aurait pas confondu non plus l'éclat de la fièvre avec celui de la santé, ni l'enflure d'une tumeur avec l'embonpoint d'un corps bien portant. C'est encore Macaulay qui, dans son essai sur Dryden, a fait cette distinction utile et simple autant que lumineuse : « Quelques critiques ont donné l'exagération de Dryden pour une preuve de talent, pour la profusion d'une richesse illimitée et le désordre d'une vigueur exubérante ; nous croyons, au contraire, que ce défaut ressemble davantage aux oripeaux de la pauvreté, aux spasmes et aux convulsions de la faiblesse. Dryden, à coup sûr, n'avait pas plus d'imagination qu'Homère, Dante ou Milton, qui ne sont jamais tombés dans ce défaut. La diction ample et opulente d'Isaïe ou d'Eschyle ne ressemble pas plus à celle d'Almanzor ou de Maximin, que le renflement d'un muscle ne ressemble à l'enflure d'une tumeur. L'un indique la vigueur et la santé, l'autre l'affaiblissement et la maladie. »

Et maintenant que cette réserve essentielle est faite, nous pouvons non seulement continuer à jouir de la verve parfois très amusante avec laquelle Victor Hugo satirise l'esprit mesquin, négatif, stérile, aride, diminuant, contraire à toutes les effusions généreuses, qui est, dans l'enseignement écrit et oral des écoles, celui de la tradition classique, mais encore nous instruire et nous édifier par ce qu'il y a au fond de juste et de vrai dans les railleries et les emportements de ses satires littéraires.

Il est incontestable que la plupart des professeurs sont des pédants, et que les pédants sont des cuistres, et que les cuistres sont des bêtes d'encre enténébrées et encroûtées dans la crasse de toutes les routines. Il est incontestable que le « bon goût » si vanté n'est trop souvent que la borne dressée par l'impuissance contre les audaces originales du génie, que le marais de glace où la médiocrité éteint et comprime les ardeurs les plus belles de l'imagination. Il est incontestable que la maigreur, la pâleur, la mine étriquée et décharnée des apôtres de la « sobriété » rend cette recommandation suspecte et cette expression ridicule, et que les sociétés de tempérance sont fort mal défendues par les spectres de la famine.

> Les mauvais estomacs ont dit : Sobriété;
> Les myopes ont dit : Soyez ternes; la clique
> Des précepteurs, geignant d'un air mélancolique,
> A décrété : Le beau, c'est un mur droit et nu.
> Donc Rubens est trop rouge et Puget trop charnu.
> L'art est maigre; Vénus serait plus belle, étique [1].

Un jour que le propriétaire de quelque jardin sans doute voulait faire admirer à Victor Hugo une grille qu'il appelait « grille de bon goût », le poète improvisa ces petits vers, recueillis au livre IV de *Toute la Lyre* [2] :

> Le bon goût, c'est une grille....

1. *L'Ane.*
2. *A propos d'une grille de bon goût.*

Sur un Pinde jaune d'ocre,
A mi-côte, en l'art petit,
Il satisfait, médiocre,
Son absence d'appétit...

Être sobre est son principe,
Des malades agréé...

Cul-de-jatte, sois lyrique!
Lièvre, deviens effréné...

Taupe, allume le tonnerre;
Dompte, oison, les flots marins;
Çà, porte-moi, poitrinaire,
Deux cents kilos sur tes reins.

Crétin, lâche ton génie;
Glaçon, tâche d'avoir chaud;
Étreins ferme Polymnie
Entre tes deux bras, manchot!...

C'est là tout l'art poétique :
Galoper très bien, beaucoup,
Avec ce point pleurétique
Qu'on appelle le bon goût.

Mais, plus spirituellement encore que dans ses
vers, Victor Hugo s'est moqué en prose de l'école
du bon goût et de la sobriété. On lit dans son *William Shakespeare* :

Il est réservé et discret; vous êtes tranquille avec lui; il
n'abuse de rien; il a, par-dessus tout, une qualité bien
rare : il est *sobre*. — Qu'est ceci? une recommandation
pour un domestique? non; c'est un éloge pour un écrivain.
Voulez-vous faire l'*Iliade*? mettez-vous à la diète... Point
d'exagération. Désormais le rosier sera tenu de compter
ses roses; la prairie sera invitée à moins de pâquerettes;
ordre au printemps de se modérer; les nids tombent dans
l'excès; dites donc, bocages, pas tant de fauvettes, s'il
vous plaît; la voie lactée voudra bien numéroter ses étoiles;
il y en a beaucoup.

Dans le même ouvrage, Victor Hugo marque avec force, non sans un grand fracas de style altiloque et tonitruant, mais non sans vérité sous le tapage des mots, l'infinie supériorité du génie maculé de toutes sortes de taches sur la perfection négative :

Les génies sont des êtres impérieux, tumultueux, violents, emportés, extrêmes, franchisseurs de limites, passant les bornes, dépassant le but, exagérés, faisant des enjambées scandaleuses. En toute chose, une façon de faire immodérée. Ils sont excessifs... Ces poètes agitent, remuent, troublent, dérangent, bouleversent, font tout frissonner, cassent quelquefois des choses çà et là, peuvent faire des malheurs, c'est terrible... L'ex-bon goût, l'ancienne critique, constatent chez eux le même défaut, l'exagération. Ces génies sont outrés. Ceci tient à la quantité d'infini qu'ils ont en eux. En effet, ils ne sont pas circonscrits. Ils contiennent de l'ignoré. Tous les reproches qu'on leur adresse pourraient être faits à des sphinx. On reproche à Eschyle la monstruosité, à Shakespeare la subtilité, à Lucrèce, à Juvénal, à Tacite l'obscurité, à Jean de Pathmos et à Dante Alighieri les ténèbres. Aucun de ces reproches ne peut être fait à d'autres esprits très grands, moins grands. Hésiode, Esope, Sophocle, Euripide, Platon, Thucydide, Anacréon, Théocrite, Tite-Live, Salluste, Cicéron, Térence, Virgile, Horace, Pétrarque, Tasse, Arioste, La Fontaine, Beaumarchais, Voltaire n'ont ni exagération, ni ténèbres, ni obscurité, ni monstruosité. Que leur manque-t-il donc? — Cela. — Cela, c'est l'inconnu. Cela, c'est l'infini. Si Corneille avait cela, il serait l'égal d'Eschyle. Si Milton avait cela, il serait l'égal d'Homère. Si Molière avait cela, il serait l'égal de Shakespeare... Ne pas donner prise est une perfection négative. Il est beau d'être attaquable. Sous obscurité, subtilité et ténèbres, vous trouverez profondeur; sous exagération, imagination; sous monstruosité, grandeur.

Il est déjà bien piquant de voir Victor Hugo faire ouvertement son apologie en plaidant pour les quatorze génies souverains qui, d'Homère à Shakespeare, furent ses avatars ou les Saint-Jean-Baptistes du Messie destiné à venir au monde le 26 février 1802 pour les résumer tous et les rendre accomplis en sa personne ; mais combien n'est-il pas plus salé encore (si j'ose m'exprimer ainsi) de voir Olympio s'identifier avec Dieu lui-même et associer sa propre cause à celle du Créateur, lorsqu'il répond en ces termes aux critiques de l'œuvre divine qui manifestement sont les mêmes *Zoïles* que les critiques de sa poésie !

> Dieu prête à la critique.
> Il n'est pas sobre. Il est débordant, frénétique,
> Inconvenant ; ici le nain, là le géant ;
> Tout à la fois ; énorme ; il manque de néant.
> Il abuse du gouffre, il abuse du prisme.
> Tout, c'est trop. Son soleil va jusqu'au gongorisme ;
> Lumière outrée. Oui, Dieu vraiment est inégal ;
> Ici la Sibérie et là le Sénégal ;
> *Et partout l'antithèse* [1] !

Partout dans la nature, avec l'antithèse, comme Victor Hugo dans ses vers, Dieu étale le *lieu commun* :

> L'imagination de ce faiseur s'épuise...
> Il se répète, il est au bout de son rouleau...
> L'hiver est blanc et vieux, l'aurore est vieille et rose...
> La lune jaune accuse, en copiant l'orange,
> Une stérilité d'invention étrange ;
> C'est morne. Essayez donc de le tirer un peu
> De son flot toujours vert, de son ciel toujours bleu !...
> Son vieux fou d'ouragan n'a qu'une seule note.

1. *Le Poème du Jardin des plantes* dans *l'Art d'être grand-père.*

> Mai porté à son chapeau toujours la même fleur...
> Ce sont des lieux communs que ces bocages verts
> Où vient nicher la grive, où vient glapir la caille...
> Quoi! l'été, puis l'hiver! toujours ce répertoire!
> Toujours le même loup montrant les mêmes dents [1]!...

Des épigrammes proprement dites, dont quelques-unes sont bonnes, se mêlent, dans l'œuvre de Victor Hugo, à la satire littéraire, qui, de sa nature, est fine et railleuse plutôt qu'emportée ou lyrique; aussi réussit-elle assez mal à nous émouvoir lorsque, par vieille habitude, le grand poète des *Châtiments* ouvre son aile et enfle sa voix. Voici, dans le genre simplement épigrammatique, une agréable petite pièce qui se contente de piquer sans gronder ni rugir :

> ... Je savais mal le grec; je voulus lire Eschyle.
> J'étais jeune, ignorant, innocent, ingénu;
> Je pris chez le premier bouquiniste venu
> Un Eschyle en français; car, pour être sincère,
> Une traduction m'était fort nécessaire.
>
> Savarin devant qui s'envole un mets friand,
> L'ange à qui le démon vole une âme en riant,
> Une fille qui laisse échapper une puce,
> Colomb qui voit son monde escroqué par Vespuce,
> N'ont pas plus de stupeur et de terreur que moi
> Croyant trouver Eschyle et rencontrant Brumoy [2].

Victor Hugo constate ce fait d'observation, reconnu par tous les bons juges de l'âme et de l'intelligence humaines, que l'homme a naturellement « le goût du médiocre et s'arrête à mi-côte[3] ».

Certaines personnalités de ses vers satiriques :

1. *Dieu éclaboussé par Zoïle*, dans *les Quatre Vents de l'Esprit.*
2. *Toute la Lyre*, IV, 15 (in-8).
3. *L'Ane.*

« Un âne, qui ressemble à Monsieur Nisard, brait ».
— « Dieu fait balayer le bon goût, ce ruisseau, par
Nisard, ce concierge, » etc., sont terribles, mais
terribles pour le poète plus encore que pour ses
victimes; car elles attestent chez lui l'implacable
rancune d'un orgueil sans pudeur et sans frein qui
ne pardonnait pas aux critiques de ses ouvrages la
plus légère réserve dans leur admiration.

Une *Lettre* de *Toute la Lyre*, II, 3 : « La Cham-
pagne est fort laide où je suis... », se termine par ce
trait :

> Pas un coteau, des prés maigres, pas de gazon ;
> Et j'ai pour tout plaisir de voir à l'horizon
> Un groupe de toits bas d'où sort une fumée,
> Le paysage étant plat comme Mérimée.

Hélas, l'horizon bas est ici celui du poète, dont
la critique, plus malveillante encore que bornée,
aurait pu, avec un peu de bonne foi, mais n'a pas
voulu distinguer de la platitude, qui est l'absence
de tout talent, la simplicité idéale, qui est l'effort
suprême de l'art le plus savant et le plus con-
sommé, tel que celui du parfait prosateur de
Colomba et de *la Vénus d'Ille*.

A travers ses injustices, ses exagérations, ses
lieux communs, ses emportements à froid et ses
colères comiques, la satire littéraire de Victor Hugo
ne laisse pas d'avoir, en ses meilleures parties, une
haute portée morale qui lui donne de la gravité et
un intérêt parfois très sérieux; deux idées s'en
dégagent, qui ont une vraie valeur : celle du
devoir de la poésie et celle du devoir de la critique.

Le devoir de la poésie est de faire aux hommes du bien. Il est inconcevable qu'on ait pu prêter à Victor Hugo une doctrine aussi contraire à sa pratique et à sa profession que celle de l'art pour l'art. « Je n'ai jamais dit : l'art pour l'art; j'ai toujours dit : l'art pour le progrès, » déclarait-il à Baudelaire dans une lettre du 6 octobre 1855. On lit, en effet, dans les *Voix intérieures*[1] :

> Comme un prêtre à l'église,
> Je rêve à l'art qui charme, à l'art qui civilise,
> Qui change l'homme un peu,
> Et qui, comme un semeur qui jette au loin sa graine,
> En semant la nature à travers l'âme humaine,
> Y fera germer Dieu.

Au statuaire David le poète écrit, dans *les Rayons et les Ombres* :

> La forme, ô grand sculpteur! c'est tout et ce n'est rien;
> Ce n'est rien sans l'esprit, c'est tout avec l'idée.

Ce que Victor Hugo avait dit dans ses premières poésies, il le répète dans les dernières :

> Honte au vain philosophe, à l'artiste inutile
> Qui ne met pas son sang et son cœur dans son style[2]!

L'*Ane* s'écrie avec autant de sagesse que si c'était Montaigne lui-même qui parlât :

> Toute cette raison que l'homme emmagasine...
> Ces volumes nouveaux ajoutés aux anciens...
> Qu'est-ce, si tout cela ne vous rend pas meilleurs?

Le même âne devenu, par la vertu de l'éducation, « de petit ânon leste immense âne morose », cons-

---

1. *A Eugène, vicomte H...*
2. *Toute la Lyre*, IV, 3 (in-8).

tate que tout le résultat du vain babil des mots,
c'est « un peu d'allongement à ses oreilles tristes ».
Mais c'est encore dans le fatras du *William Shakespeare*, où brillent tant de perles, images heureuses et idées profondes, qu'on trouve, sous des
formes variées, l'expression la plus exquise et la
plus poétique de cette vérité, que l'art doit exercer
un rôle utile et bienfaisant :

Oui, l'art c'est l'azur; mais l'azur du haut duquel tombe
le rayon qui gonfle le blé, jaunit le maïs, arrondit la
pomme, dore l'orange, sucre le raisin... L'aurore est-elle
moins magnifique, a-t-elle moins de pourpre et moins
d'émeraude, subit-elle une décroissance quelconque de
majesté, de grâce et d'éblouissement, parce que, pré-
voyant la soif d'une mouche, elle sécrète soigneusement
dans la fleur la goutte de rosée dont a besoin l'abeille?...
Montre-moi ton pied, génie, et voyons si tu as comme
moi, au talon, de la poussière terrestre. Si tu n'as pas de
cette poussière, si tu n'as jamais marché dans mon sentier,
tu ne me connais pas et je ne te connais pas. Va-t'en...
L'amphore qui refuse d'aller à la fontaine mérite la huée
des cruches.

Le devoir de la critique littéraire est de tenir
d'une main ferme, au milieu des obscures clartés de
l'esthétique, le gouvernail de la loi morale; puisque
la distinction du beau et du laid est incertaine et
quelquefois trompeuse, l'homme doit garder reli-
gieusement, comme guide et comme flambeau,
celle du bien et du mal qui ne trompe jamais.
Victor Hugo a nettement dénoncé le péril que fait
courir à la conscience la nouvelle méthode, pro-
fessée et suivie avec trop de succès en notre siècle,

qui consiste à passer sous silence tout jugement
moral dans les analyses de la critique littéraire,
devenue une simple histoire naturelle des génies et
des œuvres, et réduite à l'unique fonction de cons-
tater et d'expliquer les faits.

Mais comme on comprend bien le vertige d'ivresse
intellectuelle et d'orgueil qui a d'abord saisi les
philosophiques auteurs de cette belle réforme
pleine des plus décevantes promesses! Jusqu'à eux
la critique littéraire n'avait été qu'un brillant
combat, dans la nuit, d'opinions contraires, peut-
être vraies, peut-être fausses, où le mieux armé
pour la lutte remportait la victoire, sans qu'il y eût,
pour la décider dans l'un ou l'autre sens, aucune
cause *objective*, aucune raison plus solide que celle
des talents du vainqueur. Ces sages ont supprimé
la bataille et, avec elle, l'incertitude d'un succès
variable qui ne prouvait rien. Ils ont remplacé le
bruit et la fumée des vaines querelles par la satisfaction pacifique de l'intelligence. Ils ont répandu
sur toutes les questions littéraires, politiques, religieuses, etc., des flots abondants de lumière. On
a enfin connu l'histoire, compris le passé, expliqué le présent, prévu l'avenir.

Quel triomphe et quel gain qu'un tel résultat!
On se lasse de tout, disait Virgile, excepté de
comprendre. Que peut désirer de plus l'homme qui
a *compris*? Il est vraiment le roi du monde, puisque
nul phénomène ne le surpasse. Il trouve la paix
du cœur dans la claire science dont son esprit est
inondé. Rien ne l'irrite, rien ne l'étonne. Tranquil-

lement il met en pratique le précepte d'Horace : *Nil admirari*, et il s'élève même à cette perfection de charité dont le grand apôtre saint Paul disait qu'elle supporte tout, qu'elle aime tout, et qu'elle se repose dans la vérité.

Un ouvrage quelconque de littérature, un talent, quel qu'il soit, est un phénomène historique et naturel, qu'il est puéril de louer autant que de blâmer, et sur lequel sera dit tout ce qu'il est utile et intéressant de savoir, quand vous l'aurez expliqué et décrit, quand vous l'aurez rapporté à ses causes, quand vous en aurez recherché toutes les origines, tant dans la biographie particulière des auteurs que dans l'histoire générale du temps où ils vécurent et du pays où ils sont nés.

A tout, sans exception, s'applique cette grande règle. Quel que soit l'acte, héroïque ou vil, anormal ou vulgaire, criminel ou vertueux ; quel que soit l'homme, créature extraordinaire ou commune, ange, monstre ou génie, qui paraît dans la nature et dans l'histoire, un enchaînement nécessaire de causes qu'il s'agit seulement de connaître en rend toujours un compte suffisant.

Le vrai philosophe est donc celui qui, content d'y voir clair, ne laisse ni l'enthousiasme ni l'indignation émouvoir son inaltérable sérénité.

> Retournons à l'école, ô mon vieux Juvénal !...
> A quoi bon s'exclamer ? à quoi bon trépigner ?...
> Peut-on blâmer l'instinct et le tempérament ?
> Ne doit-on pas se faire aux natures des êtres ?
> La fange a ses amants et l'ordure a ses prêtres...
> Le paradis du porc, n'est-ce pas le cloaque ?...

> Donc, laissons aboyer la conscience humaine
> Comme un chien qui s'agite et qui tire sa chaîne...
> Et faisons bonne mine à ces réalités [1].

La conscience morale est une gêneuse ; remercions les sages qui nous apportent des raisons plausibles de la laisser dormir.

> ... Au fond, nulle action n'est mauvaise ni bonne.
> La vertu, c'est du sucre, et le crime est du sel [2].

Evidente allusion à une phrase fameuse de Taine, dans son *Introduction* à l'*Histoire de la littérature anglaise* : « Que les faits soient physiques ou moraux, il n'importe, ils ont toujours des causes ; il y en a pour l'ambition, pour le courage, pour la véracité, comme pour la digestion, pour le mouvement musculaire, pour la chaleur animale. *Le vice et la vertu sont des produits comme le vitriol et le sucre.* »

Cette justification immorale des faits faisait bondir de colère Victor Hugo. Il me disait un jour à Guernesey, en 1867, qu'il aurait bien voulu être libre de se transporter à Paris pour y combattre de toute sa puissance la candidature à l'Académie française du « cuistre d'école normale » qui osait donner au monde de si abominables leçons !

Comment le grand poète satirique ne se serait-il pas indigné ? Tout expliquer conduit logiquement, fatalement, à tout excuser. L'habitude philosophique d'examiner, d'un regard calme et froid,

---

1. *Châtiments*, VI, 13.
2. *Les grandes Lois*, dans *la Légende des Siècles* (dernière série).

l'enchaînement nécessaire des causes naturelles aboutissant à quelque monstre dans l'ordre littéraire ou moral supprime toute critique et, à plus forte raison, toute satire.

On a fini par le comprendre. On s'est aperçu que l'indifférence pour les vérités dont la conscience a besoin, la perte des nobles sentiments inspirateurs de l'art n'était point compensée par le gain que l'intelligence et la science avaient cru faire. On a reconnu aussi que l'instinct qui juge, blâme, loue, approuve, condamne, admire, méprise, aime et déteste, était indestructible dans la nature humaine, et que les vains efforts entrepris pour l'abolir rencontraient une honorable résistance chez ceux mêmes qui professaient la doctrine et prétendaient donner l'exemple de cette mutilation insensée.'

· Et alors on est revenu du premier engouement causé par la découverte d'une nouvelle espèce de critique littéraire qui n'était que la négation de toute critique, et on a préféré le libre exercice du jugement, avec tous ses risques d'erreur, à la chimère des constatations impassibles et des explications dont la clarté sans chaleur suffit peut-être à l'esprit pur, mais ne peut contenter le vivant cœur de l'homme.

Déjà Saint-Beuve avait senti et avoué son impuissance à soumettre entièrement sa critique aux faits, à accepter le génie en général, et celui de Victor Hugo en particulier, simplement comme une force de la nature, que la critique n'a pas le

pouvoir de changer et dont il doit lui suffire d'avoir
l'intelligence et de donner l'explication :

Je n'ai jamais réussi ou consenti à prendre le talent de
Victor Hugo pour ce qu'il était, à l'accepter et à l'embrasser
dans toute la vigueur et la portée de son développement,
tel qu'il était donné par sa nature première et qu'il devait
successivement se manifester et jaillir au choc des circonstances. Toujours, en le louant ou en le critiquant, je l'ai
désiré un peu autre qu'il n'était ou qu'il ne pouvait être ;
toujours je l'ai plus ou moins tiré à moi, selon mes goûts
et mes préférences individuelles ; toujours j'ai opposé à la
réalité puissante, en face de laquelle je me trouvais, un
idéal adouci ou embelli que j'en détachais à mon choix.
Ce procédé n'est point celui du critique impartial et tout à
fait naturaliste [1].

Dans le train ordinaire de la vie, peut-être
n'avons-nous pas tout à fait tort de nous plier à la
philosophie de Philinte, qui prend « tout douce-
ment les hommes comme ils sont », qui accou-
tume l'âme « à souffrir ce qu'ils font », et l'esprit
à n'être pas plus offensé

> De voir un homme fourbe, injuste, intéressé,
> Que de voir des vautours affamés de carnage,
> Des singes malfaisants et des loups pleins de rage.

Nous apprivoisant « aux natures des êtres »,
comme dit ironiquement l'auteur des vers *A Juvénal*, comprenant, sans trop de dégoût, qu'un cloaque
soit le paradis du porc, sans trop d'horreur, qu'un
charnier soit celui de l'hyène et du chacal, nous
tâchons de faire « bonne mine à la réalité ». Le
degré de culture et de savoir-vivre d'un homme en

---

1. *Portraits contemporains*, tome I, page 463.

société se mesure même à la souplesse d'intelligence avec laquelle il entre dans les états d'âmes et d'esprits les plus divers entre eux, les plus contraires à sa propre personnalité ; la tolérance, l'agrément des relations, la possibilité de converser et de vivre en commun et en paix, sont l'heureux fruit de cette sagesse patiemment acquise à force d'expérience et d'étude.

Mais une telle indulgence n'établit pas son règne sur les esprits sans énerver et affaiblir la trempe des caractères. Qu'un Deux-Décembre éclate dans la factice sérénité avec laquelle tant de faux sages confondent leur lâche apathie, on voit alors l'effet démoralisant de la doctrine : la société corrompue se soumet servilement au fait accompli, comme à une « opération de police un peu rude » ; seul, un petit nombre d'hommes fiers, chez qui la sève morale de la nation s'est réfugiée, refuse de fléchir le genou devant Baal.

Une violente crise comme celle qui vient de secouer la France, et qui nous a mis à deux doigts d'une guerre religieuse et civile, est un autre exemple de ces coups de tonnerre qui réveillent en sursaut les âmes endormies par l'immorale doctrine de l'autorité souveraine du fait.

Oh ! combien ceux qui hésitent, balancent, tiennent le juste milieu, examinent le pour et le contre et pèsent scrupuleusement la quantité de droit qui peut se trouver dans le camp de l'adversaire, nous deviennent alors insupportables comme les étranges rêveurs d'un autre temps ! La parole désormais n'est plus aux historiens qui constatent et qui expliquent; elle est aux hommes d'action qui lancent les mots d'ordre dans la mêlée. La conscience endolorie ne peut trouver aucun repos dans l'intelligence du mal dont elle a le spectacle; elle n'en trouve que dans l'accomplissement du devoir de prendre parti pour le bien. Loin de calmer le juste, l'analyse des raisons de l'ennemi ne sert qu'à l'irriter davantage. Quand j'ai vu, de nos jours, tant d'hommes se mettre volontairement hors de l'humanité, hors de la justice, hors de l'évidence, je n'ai reconquis ma paix intérieure, après quelques efforts désespérés pour les comprendre, qu'en les laissant, avec un parfait mépris, dans le troupeau des bêtes sans raison où ils se rangeaient.

En ces temps extraordinaires, des sceptiques se révèlent gens de cœur; Philinte se change en Alceste; Anatole France devient un soldat de la vérité, et Montaigne lui-même relève sa plume qui trace pour son honneur ces lignes sérieuses et viriles : « De se tenir chancelant et métis, de tenir son affection immobile et sans inclination, aux troubles de son pays et en une division publique, je ne le trouve ni beau ni honnête ».

Victor Hugo a éloquemment revendiqué, contre une certaine philosophie de l'histoire, le droit et le devoir d'opposer le farouche refus de la conscience aux faits que nous présente la réalité, même avec toutes les explications lumineuses qui non seulement les rendent acceptables sans peine à la raison,

mais qui font de leur intelligence une vraie fête
pour l'esprit.

La pièce de la première *Corde d'airain* de *Toute
la Lyre*, adressée *Aux historiens*, est une très belle
protestation d'honnête homme contre ce que la
science a souvent d'immoral :

Soyez juges, soyez apôtres, soyez prêtres...
Ne me racontez pas un opprobre notoire
Comme on raconterait n'importe quelle histoire...
Je prends le crime en bloc. Qui me calme me fâche. .
Discuter, c'est déjà l'absoudre vaguement...
Et l'explication finit par ressembler
A l'indulgence affreuse...
Il ne me convient pas de mettre en mon esprit
L'itinéraire affreux que suit le parricide ;
Je ne veux pas qu'un grave historien m'élucide,
Avec faits à l'appui, groupés et variés,
Le cerveau de Clouet, le cœur de Dumouriez.
Ma strophe est l'Euménide et je poursuis Oreste...
Ne faisons point douter les hommes ; laissons-leur
L'horreur du meurtrier, du menteur, du voleur ;
Ne troublons pas en eux la notion du juste...
Si vous livrez le peuple au scepticisme obscur,
Il ne sait plus quelle est la lueur qui le mène ;
Alors tout flotte ; alors la conscience humaine
A des blêmissements pires que la noirceur...
... Pour l'âme épouvantable et vile...
Les sombres firmaments n'admettent pas d'excuse.

Voilà de beaux vers, voilà un sentiment des plus
honorables ; mais, encore une fois, ce refus hautain
de comprendre n'est point intelligent. Comment !
critique borné, satirique têtu que vous êtes ! nous
vous apportons des flots de lumière ; tous les faits
ont leur cause ; il n'en est aucun dont l'histoire, la
psychologie, la nature humaine bien connue et bien
comprise ne puisse fournir l'explication très satisfaisante, et vous vous obstinez en de stériles pro-

testations! A ce qui est vous opposez, pauvre philosophe, ce que rêve votre conscience, « votre orgueil », riposte M. Brunetière[1]! Contre la force des faits vous construisez dans les nuages une idée, un fantôme, un mot de cinq lettres que vos vers font sonner comme si la chose existait ailleurs que dans votre imagination, le DROIT! Vraiment, vous êtes bien en retard sur votre siècle.

Mais Victor Hugo consent à manquer d'esprit, quand l'esprit est l'oubli des vertus du cœur; à manquer d'intelligence, quand l'intelligence est l'abdication de la conscience :

> Oui, vous avez raison, je suis un imbécile...
> Et vous me raillez, soit. Eh bien, je vous le dis,
> Je ne me repens point. Je trouve bon, limpide,
> Consolant, honorable et doux, d'être stupide.
> Etre inepte me plaît, me charme et me sourit,
> Puisque je vois comment sont faits les gens d'esprit.
> Je suis de mon plein gré rentré dans la tempête.
> Oui, rarement on eut l'audace d'être bête
> A ce point...
> J'étais en terre ferme, au port, en sûreté.
> J'ai vu des naufragés qui s'enfonçaient dans l'ombre
> Sans aide, et j'ai sauté sur le vaisseau qui sombre,
> Aimant mieux leur malheur que votre joie à tous,
> Et périr avec eux que régner avec vous [2].

Cependant Victor Hugo ne méconnaît pas ce qu'il peut y avoir de juste et de sage à faire, dans un esprit de charité, l'étude intérieure des crimes et des vices, à parcourir, comme il le disait tout à

---

1. « Les individualistes, ce sont tous ceux qui tirent de ce qu'ils appellent, eux, leur conscience, et de ce que j'appelle, moi, leur orgueil, l'insolente prétention... » etc. *Discours de combat*, page 202.

2. *Les Quatre Vents de l'Esprit*, 1, 38.

l'heure, « l'itinéraire affreux que suit le parricide »,
ou, comme il s'exprime encore, « le chemin par où
la faute a passé », pourvu que cet examen abou-
tisse, non à un acquittement immoral des coupables,
mais à la *pitié suprême*, qui reste la conclusion et
le couronnement de toute sa poésie satirique.

Dans l'ordre littéraire, il donne aux commen-
tateurs des vieux textes, que la jeunesse peut
trouver rébarbatifs, cet excellent conseil :

> C'est en les pénétrant d'explication tendre,
> En les faisant aimer, qu'on les fera comprendre [1].

Dans l'ordre moral, il avoue que « le bien germe
parfois dans les ronces du mal [2] » ; il ne conteste
point que le mal puisse contenir « un peu de bien
qu'il faut chercher », et il accorderait peut-être aux
hommes politiques que « toujours un peu de droit
dans le fait se condense [3] » ; car, dans la dernière
pièce des *Rayons et Ombres*, *Sagesse,* il se fait dire
par une femme dont la raison souriante est l'objet
de son culte, Mlle Louise Bertin :

> ... Blâmer tout, c'est ne comprendre rien. .
> Les âmes des humains d'or et de plomb sont faites ;
> L'esprit du sage est grave, et sur toutes les têtes
> Ne jette pas sa foudre au hasard en éclats.
> Pour le siècle où l'on vit, — comme on y souffre, hélas ! —
> On est toujours injuste, et tout y paraît crime.
> Notre époque insultée a son côté sublime.
> Vous l'avez dit vous-même, ô poète irrité !

---

1. *A propos d'Horace*, dans *les Contemplations.*
2. *Toute la Lyre*, V, 21 (in-8).
3. *Les Deux voix*, dans *l'Année terrible.*

La même pièce fait parler « trois grandes voix » qui tour à tour s'adressent au poète. La première lui dit :

> « — Courrouce-toi...
> Les hommes sont ingrats, méchants, menteurs, jaloux.
> Le crime est dans plusieurs, la vanité dans tous ;
> Car, selon le rameau dont ils ont bu la sève,
> Ils tiennent, quelques-uns de Caïn, et tous d'Ève... »

> L'autre voix dit : « — Pardonne ! aime ! Dieu qu'on révère,
> Dieu pour l'homme indulgent ne sera point sévère...
> Cultive en toi l'amour, la pitié, les regrets.
> Si le sort te contraint d'examiner de près
> L'homme souvent frivole, aveugle et téméraire,
> Tempère l'œil du juge avec les pleurs du frère. »

Cette indulgence est le devoir de l'homme. Mais l'indifférente nature sympathise aussi peu (et notre prochain chapitre sera le développement de cette idée) avec nos pitiés qu'avec nos colères.

> La troisième voix dit : « — Aimer ? haïr ? qu'importe !...
> Qu'est-ce que tout cela fait au ciel radieux ?...
> L'onde est-elle moins bleue et le bois moins sonore ?...
> Le soleil qui sourit aux fleurs dans les campagnes...
> Perd-il, dans la splendeur dont il est revêtu,
> Un rayon quand la terre oublie une vertu ?...
> Que te font, ô Très-Haut ! les hommes insensés,
> Vers la nuit au hasard l'un par l'autre poussés,
> Fantômes dont jamais tes yeux ne se souviennent,
> Devant ta face immense ombres qui vont et viennent ! »

Dans les conseils si différents de ces trois voix, toutes sages, il y a, il faut bien le reconnaître, les parties mal fondues ensemble d'une vérité harmonieuse au fond, et c'est la conclusion du poète, qui, sans parvenir à les concilier en logique dans une synthèse suffisamment large et profonde, aboutit, pour la satisfaction de son cœur, sinon de sa raison,

à la bienveillance universelle, à l'amour, comme à
la philosophie pratique qui égare le moins l'âme
du juste :

> ... Et de ce triple aspect des choses d'ici-bas,
> De ce triple conseil que l'homme n'entend pas,
> Pour mon cœur où Dieu vit, où la haine s'émousse,
> Sort une bienveillance universelle et douce
> Qui dore comme une aube et d'avance attendrit
> Le vers qu'à moitié fait j'emporte en mon esprit
> Pour l'achever aux champs avec l'odeur des plaines
> Et l'ombre du nuage et le bruit des fontaines!

Dieu, la nature et l'humanité, ces trois grands
sentiments qui remplissent toute la poésie de Victor
Hugo, ne sont jamais sans pénétrer profondément
sa poésie satirique elle-même; de là cet accent
attendri ou sublime qui l'élève au lyrisme et qui
nous apparaît, à la fin de chacune de nos études
particulières, comme son caractère presque unique
dans la littérature et supérieurement original.

VII

Les bêtes, les choses et la nature
dans la poésie satirique de Victor Hugo.

Victor Hugo pouvait satiriser la nature; car elle est pour lui une personne ayant vie, âme, puissance, passion, volonté. L'animation de la nature, plus ou moins familière à tous les poètes, mais bornée ordinairement aux timides audaces d'une rhétorique conventionnelle, va, dans son imagination géante et naïve à la fois, jusqu'à ces excès ingénus, qui, au berceau de l'humanité, donnèrent naissance aux mythologies et aux religions. ·

Considérons d'abord ce que le génie créateur de l'Homère moderne, renouvelant en plein siècle de la science les inventions fabuleuses des premiers âges, fait de la mer, du vent, des montagnes, des forêts.

« Perfide comme l'onde, » avait dit Shakespeare. La perfidie, les trahisons, l'inimitié, la colère, qui rendent l'Océan redoutable, ressuscitent dans la poésie de Victor Hugo avec une intensité de vie

réelle et matérielle qu'aucun poète primitif n'a sur-
passée ni peut-être égalée.

Dans sa hâte furieuse de nuire à l'homme, la
mer peut faire « des maladresses ». La tempête qui
attaqué Gilliat « avait mal attaqué ». Le héros,
« blême aux éclairs, échevelé, la face couverte des
crachats de la mer, prit d'une flaque de pluie un
peu d'eau dans le creux de sa main, but, et dit à
la nuée : Cruche[1]! »

Inégal et sublime duel que ce corps-à-corps de
la nature tout entière soulevée contre un seul petit
homme, qui lui tient tête dans sa chétive embar-
cation,

> Frêle planche que lèche et mord la mer féline[2],

la mer féline, c'est-à-dire la mer traîtresse et
méchante, pareille à un tigre embusqué qui va
bondir et étrangler sa proie ; la mer cachant l'abîme
et la mort « sous le souple oreiller de l'eau molle et
profonde ».

Comme l'onde, le ciel est perfide. On n'entend
« pas un souffle, pas un flot, pas un bruit » ; mais
on sent « quelque chose qui avance » et comme
« la vague respiration de l'orage » ; il y a « quelqu'un derrière l'horizon », il y a « de la trahison
dans l'infini ».

> On peut être pris, le soir,
> Car le beau temps souvent triche,
> Par un gros nuage noir
> Qui n'était pas sur l'affiche[3].

1. Les Travailleurs de la Mer.
2. L'Année terrible. Août.
3. Chansons des rues et des bois.

« Les vents courent, volent, s'abattent, finissent, recommencent, planent, sifflent, mugissent, rient; frénétiques, lascifs, effrénés, prenant leurs aises sur la vague irascible. *Ce qu'il y a d'effroyable, c'est qu'ils jouent.* Ils ont *une colossale joie*, composée d'ombre[1]. »

Toutes sortes de figures animales achèvent de donner la plus grande précision matérielle à cet acharnement féroce de la nature ennemie. Les vents sont « les invisibles oiseaux fauves de l'infini », « l'immense canaille de l'ombre ». Ils font « aboyer après les roches les flots, ces chiens ». « Des nombrils monstrueux creusent les nuées. » « Une étrange diffusion de duvet grisâtre passa, éparpillée et émiettée, comme si quelque gigantesque oiseau venait d'être plumé derrière ce mur de ténèbres. » Voyez encore cette peinture prodigieuse d'une lame :

« Celle-ci, qui était comme un total de forces, avait on ne sait quelle figure d'une chose vivante. Il n'aurait pas été malaisé d'imaginer dans cette intumescence et dans cette transparence *des aspects d'ouïes et de nageoires*. Elle s'aplatit et se broya sur le brise-lames. Sa forme *presque animale* s'y déchira dans un rejaillissement. Ce fut, sur le bloc de rochers et de charpentes, quelque chose comme le vaste écrasement d'une hydre. La houle en mourant dévastait. Le flot paraissait se cramponner *et mordre.* Un profond tremblement remua l'écueil.

---

1. *Les Travailleurs de la Mer.*

Des *grognements de bête* s'y mêlaient. L'écume ressemblait à la salive d'un Léviathan [1]. »

Victor Hugo nous avertit qu'il faut dire :

> L'écaille de la mer, la plume du nuage.
> Car l'océan est hydre et le nuage oiseau ;

et Dieu lui-même, invitant le poète, son confrère, à je ne sais quelle joute gigantesque et divine de leurs deux génies créateurs, lui décrit la fête en ces termes :

> Veux-tu que nous prenions la tempête aux naseaux
> Et que nous nous roulions tous deux dans la tourmente,
> Quand la meute du vent court sur l'onde écumante,
> Et quand l'archer tonnerre et le chasseur éclair
> Percent de traits la peau d'écailles de la mer [2] ?

La nature est tellement un animal dans la poésie satirique de Victor Hugo, qu'elle reçoit de l'homme de mauvais exemples et les imite : faiblesse morale encore plus caractéristique d'une action volontaire que ne le serait la situation inverse ; car on peut exercer une influence pernicieuse sans le savoir ; mais comment la subir sans une acceptation du mal qu'on va commettre en suivant son modèle ? Tel est le sens tout à fait singulier de l'étrange petite pièce des *Quatre Vents de l'Esprit* qui a pour titre : *Le Mont-aux-Pendus (Jersey)* :

> Ils me disent : — Hier deux bricks se sont perdus,
> La nuit, sur des bas-fonds, près du *Mont-aux-Pendus*.
> Et moi, levant le doigt vers la funèbre cime,
> Je leur dis : — Vous venez tuer devant l'abîme.

1. *Les Travailleurs de la Mer.*
2. *Dieu.*

Pourquoi voulez-vous donc qu'il soit meilleur que vous?
Les flots sont insensés, mais les hommes sont fous.
Vous donnez le mauvais exemple aux mers sauvages;
Vous leur montrez la mort debout sur vos rivages;
Vous mettez un gibet sur la falaise; alors
Ne vous étonnez point d'avoir, près de vos ports,
Épiant vos départs comme vos arrivées,
Des roches sans pitié que l'homme a dépravées.

Une satire des *Châtiments* (VII, 8) nous montre la mer qui vient de submerger une barque, se retournant furieuse contre le témoin de son crime, Victor Hugo lui-même, qui l'a surprise en flagrant délit.

La célèbre image mythologique du « pâtre promontoire, au chapeau de nuées », accoudé et gardant « les moutons sinistres de la mer », dont l'âpre rafale disperse la laine à tous vents[1], peut en vérité, comme M. Mabilleau le pense, avoir été suggérée à Victor Hugo beaucoup moins par l'aspect même des vagues que par une opération purement littéraire et verbale, par le simple jeu de la métaphore : « la mer *moutonne* », dans son imagination homérique. Mais, si la remarque est juste, c'est une bien curieuse confirmation de cette découverte philologique, faite en notre siècle par un grand historien des langues, que les mythologies ne sont, en dernière analyse, qu'une forme morbide, une hypertrophie ou comme une fièvre éruptive du langage.

La Nuit est un pêcheur d'étoiles, dont le filet grandit, monte lentement de la terre et remplit peu à peu le ciel tout entier, serrant dans ses mailles sombres et dans ses réseaux noirs les constellations frissonnantes.

1. *Les Contemplations*, V, 23.

Une montagne « se dresse » : ce n'est point là, pour Victor Hugo, un *état* définitivement acquis, non plus qu'une vieille figure usée et devenue un oripeau de la rhétorique banale; c'est l'*action* toujours vive, toujours renouvelée, d'un géant terrestre qui se soulève, domine, regarde, se retranche dans ses fiers escarpements; c'est un farouche défi, c'est une volonté menaçante.

Autour de l'antre de Masferrer, « se tord et se hérisse », comme « une bête immobile », un buisson de racines qui est une « hydre de troncs d'arbres » :

> On aperçoit du fond des solitudes vertes
> Ce nœud de cous dressés et de gueules ouvertes,
> Penchés sur l'ombre, ayant pour rage et pour tourment
> De ne pouvoir jeter au gouffre un aboiement.

Qu'est-ce encore qu'une racine? Un animal dont la salive est salutaire ou venimeuse :

> La racine effrayante aux longs cous repliés,
> Aux mille becs béants dans la profondeur noire,
> Descend, plonge, atteint l'ombre et tâche de la boire,
> Et, bue, au gré de l'air, du lieu, de la saison,
> L'offre au ciel en encens ou la crache en poison.

L'éveil de la vie en mai devient pour Victor Hugo « la palpitation sauvage du printemps », « le rut religieux des grands arbres cyniques »; et, à toute heure, il entend « le craquement confus des choses[1] ». La rafale est « la phrase interrompue et sombre »,

> Que l'ouragan, ce bègue errant sur les sommets,
> Recommence toujours sans l'achéver jamais.

---

1. Mabilleau, *Victor Hugo*, page 138.

Prêter à la grande nature qui bruit et qui remue des passions humaines ou animales, ce n'est, après tout, que personnaliser, comme la poésie l'a toujours fait, avec une force extraordinaire seulement, l'âme diffuse qui paraît circuler dans la création vivante. Mais Victor Hugo va beaucoup plus loin. Il donne une âme à des objets complètement insensibles en apparence comme en réalité; et ce qui est, pour tous les autres poètes, simple figure de rhétorique, se change, une fois encore, en solide matière, dans son imagination saisie d'une horreur sacrée devant la vie effrayante dont il fait souffrir et gémir une pierre, un pieu, une bûche, la pince du brasier, l'étal et le croc des boucheries, ou l'osier des berceaux.

Le philosophe Renouvier[1] rappelle qu'Aristote vantait, dans les vers d'Homère, les métaphores par lesquelles, animant l'inanimé, l'auteur de l'*Iliade* a exprimé l'acte énergiquement : la pierre qui roule *sans pudeur*, la flèche qui vole et *désire* atteindre son but, la lance *ardente* à percer les corps, et le javelot *furieux*. Mais tout cela n'est plus que fleurs du langage depuis longtemps fanées, et Homère lui-même, tout poète primitif qu'il était, a-t-il jamais *cru* à la vie de la flèche ou du javelot, autant que Victor Hugo semble croire à celle de la guillotine, dans cette monstrueuse description, encore aggravée de ce qu'elle n'est pas en vers, mais en prose?

---

1. *Victor Hugo, le poète*, page 42.

« L'échafaud n'est pas une mécanique inerte, faite de bois, de fer et de cordes. Il semble que ce soit *une sorte d'être qui a je ne sais quelle sombre initiative*; on dirait que cette charpente voit, que cette machine comprend, que ce bois, ce fer et ces cordes veulent. Dans la rêverie affreuse où sa présence jette.l'âme, l'échafaud apparaît terrible et se mêlant de ce qu'il fait. L'échafaud est le complice du bourreau ; il dévore ; il mange de la chair, il boit du sang. L'échafaud est une sorte de monstre fabriqué par le juge et par le charpentier, un spectre qui semble vivre d'une espèce de vie épouvantable faite de toute la mort qu'il a donnée [1]. »

Cette fantastique animation des choses inertes se rattache, ne disons pas, comme M. Renouvier, à *la philosophie* de Victor Hugo, qui n'a point de philosophie unique et n'en a pas besoin, mais à *une des philosophies* dont s'alimentait, sans beaucoup d'examen ni de réflexion, son imagination de poète : la métempsycose. La dernière pièce des *Contemplations : Ce que dit la Bouche d'ombre*, est le long exposé de ce système à la fois bizarre et banal, qui suggère à notre « songeur » de beaux vers et même de grandes pensées, mais où l'on ne saurait chercher une méditation profonde et une doctrine sérieuse, sans être encore plus naïf que lui. Dans sa métempsycose perfectionnée — ou dérangée — l'âme des hommes ne passe pas seulement dans le corps des animaux, elle passe aussi

---

1. *Les Misérables*, 1, 4 (cité par M. Renouvier).

dans les objets inanimés, les rocs, les cailloux, etc.,
et même dans les produits de l'industrie humaine,
les pincettes, les chaînes, les haches, les verrous,
les pavés, les berceaux, qui, dès lors, vivent tous
d'une vie effrayante et sourde.

> Tout est plein d'âmes...
> ... Le sang coule aux veines des marbres...
> La pince qui rougit dans le brasier hideux
> Est faite du duc d'Albe et de Philippe Deux;
> Farinace est le croc des noires boucheries...
> Plaignez le prisonnier, mais plaignez le verrou;
> Plaignez la chaine au fond des bagnes insalubres;
> La hache et le billot sont deux êtres lugubres;
> La hache souffre autant que le corps, le billot
> Souffre autant que la tête, ô mystère d'en haut!...
> Hérode, c'est l'osier des berceaux vagissants;
> L'âme du noir Judas, depuis dix-huit cents ans,
> Se disperse et renaît dans les crachats des hommes, etc.

Un vers résume toute la doctrine; c'est un vers
de *pitié*, la pitié étant toujours (nous le constatons
chaque fois en étudiant, les uns après les autres,
les objets divers de sa satire) le dernier mot du
poète aimant et sa conclusion suprême :

Ayez pitié! voyez des âmes dans les choses.

Mais il est bien moins étrange, encore une fois,
de voir une âme dans les animaux, dans les végé-
taux, dans toute la grande nature vivante, que
dans d'insensibles outils que l'homme a fabriqués;
il semble qu'il devrait suffire à la poésie d'animer
d'une vie personnelle et quasi humaine les bêtes et
les plantes, œuvres de la création directe de Dieu,
dont il est très permis de dire qu'elles vivent d'une
vie universelle, inconsciente et divine. Déjà Ron-

sard avait jeté un cri bien éloquent aux bûcherons
de sa chère forêt du Vendômois :

> Écoute, bucheron, arreste un peu le bras;
> Ce ne sont pas des bois que tu jettes à bas;
> Ne vois-tu pas le sang lequel dégoutte à force
> Des nymphes qui vivoient dessous la dure escorce?...

Le philosophe scythe, de La Fontaine, s'apitoie,
lui aussi, sur les malheureux arbres coupés, péris-
sant d'une mort prématurée et violente; très poétiquement, il leur prédit, en compensation, l'immortalité sur les bords du Styx :

> Pourquoi cette ruine? Était-il d'homme sage
> De mutiler ainsi ces pauvres habitants?
> Quittez-moi votre serpe, instrument de dommage;
>   Laissez agir la faux du Temps;
> Ils iront assez tôt border le noir rivage.

A son tour, et comme ses prédécesseurs, Victor
Hugo, quand il se promène dans les forêts, sent

> ... Palpiter et vivre avec une âme,
> Et rire, et se parler dans l'ombre à demi-voix,
> Les chênes monstrueux qui remplissent les bois [1].

Il s'entretient avec « ces religieux » [2]. Il s'é-
tonne et s'indigne que l'homme soit assez sacrilège
pour ne pas respecter en eux des êtres vivants :

> Les chênes qu'adoraient les fauves Troglodytes
> Sous la hache à grand bruit tombent; c'est, vous le dites,
> De la nature morte et l'on peut la tuer...
>   L'arbre abattu
> Ne souffre point, la bête ignore. — Qu'en sais-tu?
> Sais-tu la profondeur du soupir, et l'abîme
> Du cri? Pour voir le fond du gouffre, es-tu la cime [3]?

1. *Les Voix intérieures*, X.
2. *Ce que dit la Bouche d'ombre.*
3. *Dieu.*

La cruelle tyrannie de l'homme sur les bêtes a été, comme de juste, satirisée par Victor Hugo, très notablement dans le passage célèbre de *Melancholia* :

Le pesant chariot porte une énorme pierre...

et aussi dans plusieurs endroits, moins connus, du poème de *Dieu* :

Est-ce que cette rosse efflanquée, et qu'on tire
Par la bride au charnier, passe sans te rien dire ?
Pauvre être qui s'en va, ses os trouant sa peau,
Boitant, suivi d'un tas d'enfants, riant troupeau,
Qui viennent lui jeter des pierres et qui chantent !...
Pourquoi bats-tu ton âne à grands coups de bâton ?...
Pourquoi troussant ta manche et tachant tes habits,
Plonges-tu les couteaux aux gorges des brebis ?
Vois ce saumon d'argent : vers ses pauvres ouïes
Les flammes du brasier montent épanouies ;
Il était fait pour fuir sous l'eau des bleus ruisseaux...
Quoi ! l'huître vit et souffre aux dents de ton convive !
          ... Te voilà satisfait dans ta chair
Quand, devant un grand tas de fagots, vif et clair,
Ta broche plie, offrant les lièvres et les cailles
A la bûche qui rit, monstre aux rouges écailles,
Et livrant l'humble essaim qui jouait, qui volait,
Le hallier, et la sauge avec le serpolet,
L'alouette et les prés, l'étang et la macreuse,
Aux mâchoires de feu de l'âtre qui se creuse !

Les combats de taureaux ne sont point omis : mais Victor Hugo les stigmatise comme une fureur d'outre les Pyrénées ; il n'avait pas encore vu ni cru possible l'invasion en France de la barbarie espagnole, et l'on ne peut avoir aucun doute sur ce que cette perversion de nos mœurs nationales aurait ajouté d'âpre douleur à son indignation éloquente.

Quoi ! dans les noirs combats du bœuf des Asturies,
Ivresse populaire et passe-temps royaux,
Le cheval éperdu marche sur ses boyaux,
Le taureau lui crevant le ventre à coups de cornes !

Boileau, dans sa huitième *Satire*, ayant voulu
faire de l'homme avec les bêtes une comparaison
qui fût humiliante pour le roi des animaux, a
prétendu qu'elles ne se faisaient point la guerre :
assertion étrangement inexacte, même en ce qui
touche les bêtes de même espèce, puisque les combats de fourmis et d'abeilles entre elles sont classiques. Victor Hugo n'a eu garde de commettre cette
étourderie; il sait que toute la nature est « man-
geante et mangée » [1].

> Les hyènes bancales
> Rôdent; sur la perdrix le milan tombe à pic...
> Sur le crâne pelé du mont sinistre et nu
> Le trou de l'aigle est plein de carnage et de fiente.
> La chouette, en qui vit la nuit terrifiante,
> Tout en broyant du bec l'oiseau qu'elle surprit,
> Songe; le vautour blanc lui prend sa proie et rit.
> Le museau de la fouine au poulailler se plonge;
> Sur la biche aux yeux bleus le léopard s'allonge...
> Tout rencontre un chasseur, une griffe, une dent!...
> Partout les bois ont peur, partout la bête tremble
> D'un frisson de colère ou d'épouvante; il semble
> Qu'une haine inouïe emplit l'immensité [2].

Quand le cruel Ratbert, dans *la Légende des
Siècles*, entre au château de Fabrice, qu'il va

---

1 *Les Travailleurs de la Mer*, 2ᵉ partie, IV, 2.
2. *Dieu*. Cf. dans l'*Épopée du Ver* :

> L'onagre est au boa qui glisse et l'enveloppe;
> Le lynx tacheté saute et saisit l'antilope;
>   La rouille use le fer;
> La mort du grand lion est la fête des mouches;
> On voit sous l'eau s'ouvrir confusément les bouches
>   Des bêtes de la mer;
> Le crocodile affreux, dont le Nil cache l'antre,
> Et qui laisse aux roseaux la trace de son ventre,
>   A peur de l'ichneumon;
> L'hirondelle devant le gypaète émigre;
> Le colibri, sitôt qu'il a faim, devient tigre;
>   L'oiseau-mouche est démon.

ensanglanter, les tristes oiseaux « mangeurs de chair humaine » se réjouissent et se disent entre eux : « Un empereur est là! » Mais avec quelle magnifique éloquence le poète oppose aux crimes de l'homme intelligent et responsable l'innocente férocité de la brute!

> Ah! le vautour est triste à voir, en vérité,
> Déchiquetant sa proie et planant; on s'effraie
> Du cri de la fauvette aux griffes de l'orfraie;
> L'épervier est affreux rongeant des os brisés;
> Pourtant, par l'ombre immense on les sent excusés.
> L'impénétrable faim est la loi de la terre,
> Et le ciel qui connaît la grande énigme austère,
> La nuit qui sert de fond au guet mystérieux
> Du hibou promenant la rondeur de ses yeux,
> Ainsi qu'à l'araignée ouvrant ses pâles toiles,
> Met à ce festin sombre une nappe d'étoiles;
> Mais l'être intelligent, le fils d'Adam, l'élu,
> Qui doit trouver le bien après l'avoir voulu,
> L'homme, exterminant l'homme et riant, épouvante,
> Même au fond de la nuit, l'immensité vivante;
> Et, que le ciel soit noir ou que le ciel soit bleu,
> Caïn tuant Abel est la stupeur de Dieu.

Bêtes pour bêtes, Victor Hugo préfère les loups aux empereurs :

> ... Je choisis les loups, et j'aime mieux les ours;
> Et je préfère, rois qu'un vil cortège encense,
> A vos crimes riants leur féroce innocence [1].

> Cieux profonds! oh! plutôt que l'aspect de ces hommes,
> Le sourd rugissement du lion dans les bois!...
> La jungle où les boas glissent, fangeux et froids [2]!

L'homme a tort de se croire supérieur aux bêtes. Victor Hugo, qui ne recule devant aucun lieu commun, n'a pas craint de nous servir, après Mon-

---

1. *Welf, castellan d'Osbor.* (*Légende des Siècles.*)
2. *Toute la Lyre*, I, 1.

taigne, après Charron, après tant d'autres « beaux
bâilleurs de balivernes en matière de cingés verts »,
comme Rabelais appelait les rabâcheurs de vieilles
sornettes, la rengaîne absurde de l'humaine raison
humiliée par la supériorité de l'instinct animal :

> Tu dis : J'ai la raison, la vertu, la beauté.
> Tu dis : Dieu fut très las pour m'avoir inventé,
> Et tu crois l'égaler chaque fois que tu bouges.
> Allons! mire-toi donc un peu dans les Peaux-Rouges!
> Que dis-tu des yolofs, barbouillés de roucou,
> Attachant des colliers d'oreilles à leur cou,
> Et des hommes ornés de stupides balafres?
> Mire-toi dans les noirs, mire-toi dans les Cafres,
> Dans les yoways, trouant leurs nez, peignant leurs peaux,
> Empoisonnant leur flèche aux glandes des crapauds!
> Apprends ceci, rayon; apprends ceci, pensée :
> L'ange commence à l'homme et l'homme au chimpanzée...
> Es-tu sûr de ne pas jeter l'ombre d'un singe?...
> Le flatteur sait-il mieux ramper que le lézard?
> L'envieux a-t-il plus d'esprit que la vipère?
> Qui, de l'homme ou du porc, est le fils ou le père?
> Vaux-tu le geai voleur que tu prends à l'appeau?
> L'animal est ton frère [1].

De cette rhétorique, par instants, quelque idée
un peu plus originale se dégage; celle-ci, par
exemple, que la bête peut communiquer à l'homme
« son obscure vertu », et que « la peau du lion
aidait le grand Hercule ».

C'est avec une admirable poésie que Victor Hugo
nous montre les bêtes plus fières et plus honnêtes
quelquefois que les hommes. Quand les grands
vassaux de Charlemagne répondent tous par un
lâche refus à l'offre qu'il leur fait de leur donner
Narbonne, s'ils prennent d'assaut cette ville, « le
bon cheval du roi frappe du pied la terre, comme

---

1. *Dieu.*

264 VICTOR HUGO ET LA GRANDE POÉSIE SATIRIQUE

s'il comprenait[1] ». Les chiens du *Cid exilé*, en
entendant les propos offensants que lui tient don
Santos, « tirent leur chaîne et grondent à la porte ».
Et le sublime poète des *Châtiments* jette aux abeilles
du manteau impérial cette apostrophe immortelle :

> Filles de la lumière, abeilles,
> Envolez-vous de ce manteau !
>
> Ruez-vous sur l'homme, guerrières !
> O généreuses ouvrières,
> Vous le devoir, vous la vertu,
> Ailes d'or et flèches de flamme,
> Tourbillonnez sur cet infâme !
> Dites-lui : « Pour qui nous prends-tu ? »
>
> Et percez-le toutes ensemble,
> Faites honte au peuple qui tremble,
> Aveuglez l'immonde trompeur,
> Acharnez-vous sur lui, farouches,
> Et qu'il soit chassé par les mouches,
> Puisque les hommes en ont peur !

L'âme de la nature, tantôt sympathique à celle
de l'homme, tantôt indifférente, hostile ou railleuse,
peut se trouver avec la nôtre en profonde harmonie
ou en opposition, soit pour la consoler et la calmer, soit, au contraire, pour l'exaspérer davantage
par l'ironie cruelle de l'antithèse.

Ces diverses idées, prises en soi, ont toutes une
égale valeur poétique ; mais celles de l'accord har—
monieux et du contraste apaisant ont seules été,
jusqu'à Victor Hugo, familières à la poésie en
général ; l'idée de la discordance qui irrite et qui
blesse est plus particulière à son génie, sans qu'il
ait fait un moins bel usage des autres.

---

1. *Aymerillot.*

La solidarité de la nature avec l'homme n'est pas une idée poétique seulement ; c'est une idée philosophique et profonde. L'univers est plein de fils mystérieux qui lient nos âmes aux choses, et c'est sur cet instinct très juste que la plupart des superstitions sont fondées. « Il y a plus de choses au ciel et sur la terre, disait Hamlet à Horatio, qu'il n'en est rêvé dans votre philosophie. » C'est assurément un mot sage que cette parole d'un philosophe à un artiste : « Vous êtes bien en arrière de votre siècle, si vous croyez qu'il est sans intérêt de savoir quel temps il faisait à Rome le jour où César fut assassiné ». Par une affreuse journée de décembre, Gœthe, dans une lettre familière, traçait ces lignes humoristiques : « Cette saison est celle où je comprends très bien que Henri III ait fait assassiner le duc de Guise, parce qu'il faisait mauvais temps, et où j'envie Herder d'être enterré ».

Et voilà pourquoi, dans *Hamlet* encore, nous lisons : « Un peu avant que le très puissant Jules César ne tombât, les sépulcres se dépeuplèrent, et les morts en linceul s'en allaient, criant et gémissant par les rues de Rome ; on voyait des étoiles avec des queues de flamme, et des fusées de sang, et des ravages dans le soleil ; et l'humide planète, dont l'influence régit l'empire de Neptune, était atteinte d'une éclipse presque comme si c'eût été le jour du jugement. »

Voilà aussi pourquoi, dans *Jules César*, Casca dit à Cicéron :

« N'êtes-vous pas ému quand toute la masse de

la terre tremble comme une chose mal assurée? O
Cicéron! j'ai vu des tempêtes où les vents mugis-
sants fendaient les chênes noueux; j'ai vu l'ambitieux Océan s'enfler, s'irriter, écumer et monter
jusqu'aux nues menaçantes; mais jamais avant
cette nuit, jamais avant cette heure, je n'avais
traversé une pareille tempête ruisselante de feu. Il
faut qu'il y ait dans le ciel une guerre civile. »

La poésie de Shakespeare n'a point de thème
qui lui soit plus familier que celui de l'harmonie
de la nature avec les sentiments et les actions de
l'homme.

Dans *Macbeth*, pendant la sombre nuit où Dun-
can est assassiné, la terre tremble; on entend des
lamentations dans l'air et d'étranges cris de mort;
et le soleil, ce matin-là, tarde à se montrer, comme
s'il hésitait à éclairer le théâtre d'un si grand
crime. Dans les champs de Bosworth, Richard III
remarque que, d'après l'horloge, le soleil devrait
éblouir l'orient depuis une heure et qu'il semble
vouloir refuser sa lumière à la terre en ce jour.
« Milord, raconte Hubert au roi Jean terrifié, on
dit que cinq lunes ont été vues cette nuit, quatre
fixes et la cinquième tourbillonnant autour des
quatre autres dans un merveilleux mouvement.
Les vieillards et les matrones vont dans les rues
faisant là-dessus d'inquiétantes prophéties. » L'in-
gratitude des filles du vieux Lear n'outrage point
la nature sans la protestation du tonnerre et de
tous les éléments déchaînés.

Lorsqu'une victime, beaucoup plus auguste que

César, mourut sur le Calvaire, « il y eut des
ténèbres sur tout le pays depuis six heures jusqu'à
neuf heures ; et voici, le voile du temple se déchira en
deux, depuis le haut jusqu'en bas, la terre trembla,
des rochers se fendirent, des sépulcres s'ouvrirent... »

L'antiquité classique a fait reculer le soleil devant
l'horrible repas servi à Thyeste par Atrée. Les
imitateurs des Grecs et des Latins ne s'en sont que
trop souvenus, et Malherbe, à propos de l'assassinat
d'Henri IV, restaure en beaux vers cette vieille
prosopopée depuis longtemps dégénérée en simple
figure de rhétorique, après avoir été, à l'origine, le
sentiment religieux de la solidarité qui lie entre
elles toutes les parties du monde, et de l'intérêt que
prend le ciel à ce qui se passe sur la terre :

> O soleil ! ô grand luminaire !
> Si jadis l'horreur d'un festin
> Fit que de ta route ordinaire
> Tu reculas vers le matin,
> Et d'un émerveillable change
> Te couchas aux rives du Gange,
> D'où vient que ta sévérité,
> Moindre qu'en la faute d'Atrée,
> Ne punit point cette contrée
> D'une éternelle obscurité ?

Victor Hugo n'en demande pas tant au soleil ; il
sait qu'on ne lui fait plus rebrousser ni suspendre
son cours, sans péril de « casser le grand ressort
tout net » ; mais il s'écrie avec une éloquence bien
autrement poignante dans sa simplicité :

> O soleil ! ô face divine !...
> Conscience de la nature !
> Que pensez-vous de ce bandit [1] ?

[1]. *Châtiments*, II, 4.

Dans la poésie de Shakespeare, les méchants et les bons ne voient point la nature sous les mêmes aspects. Tandis que l'âme violemment troublée de Macbeth n'est sensible qu'à la sombre magnificence d'un ciel d'orage, aux beautés pleines d'horreur de la foudre et de la tempête, tandis que le vent n'apporte à l'oreille de sa cruelle compagne que le cri des oiseaux de proie, l'honnête Banquo sourit à la douceur de l'air, aux hirondelles, messagères du printemps.

De même, dans *la Nouvelle Héloïse*, la nature s'associe aux émotions des personnages et semble les partager. « Saint-Preux, roulant en son esprit des pensées funestes, trouve dans les choses qui l'entourent la même horreur qu'au dedans de lui-même : plus de verdure, une herbe jaune et flétrie, des arbres dépouillés, la neige et les glaces entassées par le vent et la bise, la nature décolorée et morte à ses yeux comme l'espérance au fond de son cœur. Mais que son espoir renaisse, et tout lui paraît vivre, s'animer, s'embellir d'un charme secret; la campagne est plus riante; la verdure, plus fraîche; l'air, plus pur; le ciel, plus serein; le chant des oiseaux a plus de tendresse et de volupté; le murmure des eaux inspire une langueur plus amoureuse; la vigne en fleurs exhale des parfums plus doux. On dirait, écrit Rousseau, que la terre se pare pour former à l'amant un lit nuptial digne de la beauté qu'il adore[1]. »

1. Arthur Chuquet, *Jean-Jacques Rousseau* (Collection des Grands Écrivains français.)

Le sentiment profond de l'harmonie de la nature avec le cœur de l'homme ne manque pas non plus à la poésie de Victor Hugo. Il savait qu'un paysage est un « état de l'âme ». Lorsque, dans le beau poème des *Malheureux*, les deux grands vieillards, aïeux du genre humain,

> ... Ève aux cheveux blanchis, et son mari,
> Le vieil Adam pensif, par le travail meurtri,

sortant d'un antre obscur, dans le silence du soir, vont s'asseoir sur une pierre,

> En présence des monts fauves et soucieux,
> Et de l'éternité formidable des cieux...
> Sans autre mouvement de vie extérieure
> Que de baisser plus bas la tête d'heure en heure...
> Accablés comme ceux qui portent des fardeaux,
> Les mains sur leurs genoux et se tournant le dos,

lorsqu'ils pleurent, sans se dire un mot, « le père sur Abel, la mère sur Caïn », quel vers expressif trouve le grand poète pour peindre du même trait et le paysage qui les encadre et leur sombre mélancolie !

> *Leur œil triste rendait la nature farouche.*

Exilé de sa patrie, Victor Hugo se sent « vaguement haï par les rochers » ; il trouve « l'herbe froide », se pique dans la mousse à des épines, s'aperçoit que la nature n'est pas toujours hospitalière, que tous les bois ne sont point calmants, et s'écrie :

> Oh ! que la mer est sombre au pied des rocs sinistres [1] !

---

1. *Le Mal du Pays*, dans la deuxième *Corde d'airain* de *Toute la Lyre*.

Une petite pièce de *Toute la Lyre*[1] traduit en vers bien saisissants l'impression de trahison dont le cœur est serré à l'aspect et au contact des ténèbres, exceptionnellement noires et froides, de certaines nuits d'hiver d'une opacité double et triple :

> Nuit, tu me fais l'effet, ce soir, ô nuit glacée,
> D'avoir quelque mauvaise et lugubre pensée;
> Tu t'avances sans lune et sans souffle et sans bruit;
> Est-ce donc que tu veux trahir, ô sombre nuit,
> Et saisir brusquement dans l'ombre, et, toi qui lâches
> Tous les êtres méchants et tous les êtres lâches,
> Livrer à quelque bec noir, sinistre, enflammé,
> L'oiseau qui dort, et qui, confiant, l'œil fermé,
> Son aile recouvrant sa tête délicate,
> Tient le tremblant rameau du bon Dieu dans sa patte?

La fameuse apostrophe à la mer dans la première pièce des *Châtiments* :

> ... D'ailleurs, mer sombre, je te hais!

appartiendrait à ce choix supérieurement exquis dans l'élite des plus beaux vers de Victor Hugo, dont je dis, quand je les rencontre, que la poésie ne monte pas plus haut et ne va pas plus loin, s'il ne fallait pas être très avare d'un pareil éloge et si la fin de la cinquième pièce, *Cette Nuit-là*, ne me paraissait pas d'une originalité et d'une beauté plus rares encore :

> ... Le jour parut. La nuit, complice des bandits,
> Prit la fuite, et, traînant à la hâte ses voiles,
> Dans les plis de sa robe emporta les étoiles
> Et les mille soleils dans l'ombre étincelant,
> Comme les sequins d'or qu'emporte en s'en allant
> Une fille, aux baisers du crime habituée,
> Qui se rhabille après s'être prostituée!

1. Dernière série, II, 3, dans l'édition in-8.

Dans une autre satire, la cinquième du dernier livre, l'audacieux poète franchit la limite du beau ; je veux dire qu'il risque une image qui semblera étrange et impossible à plusieurs, naturelle seulement aux amateurs très exercés, et dont on rira comme d'une trouvaille absurde, si on n'en frémit pas comme d'une invention sublime. C'était en juin 1852. Victor Hugo était à Bruxelles. Il apprit, par la lecture des journaux, qu'un condamné politique venait d'être guillotiné à Paris. L'horreur de cette exécution obséda tout le jour la pensée du poète.

> J'avais le front brûlant ; je sortis par la ville ;
> Tout m'y parut plein d'ombre et de guerre civile ;
> Les passants me semblaient des spectres effarés.
> Je m'enfuis dans les champs paisibles et dorés.
> O contre-coups du crime au fond de l'âme humaine !
> La nature ne put me calmer. L'air, la plaine,
> Les fleurs, tout m'irritait ; je frémissais devant
> Ce monde où je sentais ce scélérat vivant.
> Sans pouvoir m'apaiser je fis plus d'une lieue.
> Le soir triste monta sous la coupole bleue ;
> Linceul frissonnant, l'ombre autour de moi s'accrut ;
> Tout à coup la nuit vint, et la lune apparut
> Sanglante, et dans les cieux, de deuil enveloppée,
> *Je regardai rouler cette tête coupée* [1] !

L'antithèse étant une des grandes lois de l'imagination de Victor Hugo, il était selon la tendance

---

1. D'autres images, un peu moins audacieuses, mais de la même espèce fantastique, peuvent être rapprochées de celle-ci : d'abord, dans *la Légende des Siècles*, le dernier vers de *Booz endormi*, si justement regardé comme un des plus beaux du poète et de la langue française, et l'autre comparaison du croissant de la lune « avec le fer d'or qu'a laissé tomber dans les nuées le sombre cheval de la nuit » (*Tout le passé et tout l'avenir*) ; dans *l'Année terrible*, les trois stances intitulées : *Du haut de la muraille de Paris à la nuit tombante* ; dans les *Chansons des rues et des bois*, la fin du *Souvenir des vieilles guerres*, etc.

de son génie de traiter avec prédilection les thèmes
du contraste ; la nature, dans sa poésie, s'oppose,
en effet, aux passions du cœur humain un peu plus
souvent, en somme, qu'elle n'y paraît sympathi-
quement associée.

Deux choses alors sont à distinguer : ou la
nature, bonne mère, exerce sur son enfant endolori
une influence calmante, ou elle insulte ironiquement à ses peines.

Une expression très nette de cette idée, que le
spectacle de la nature est bienfaisant pour l'âme
du poète satirique, se rencontre dans les vers suivants de *l'Art d'être grand-père* (I, 7) :

> Parfois, je me sens pris d'horreur pour cette terre...
> ... Frémissant, pâle, indigné, je bouillonne ;
> On ne sait quel essaim d'aigles noirs tourbillonne
>   Dans mon ciel embrasé ;
> Deuil ! guerre ! une Euménide en mon âme est éclose !
> Quoi ! le mal est partout ! Je regarde une rose,
>   Et je suis apaisé.

L'extrême simplicité, rare chez Victor Hugo, d'un
style sans aucun éclat d'images, adouci, voilé, presque
éteint, fait la suave beauté des premières stances de
la célèbre pièce *A Villequier*, dans les *Contemplations* :

> Maintenant que je suis sous les branches des arbres
> Et que je puis songer à la beauté des cieux...
> Maintenant que je puis, assis au bord des ondes,
> Ému par ce superbe et tranquille horizon,
> Examiner en moi les vérités profondes
> Et regarder les fleurs qui sont dans le gazon...
> Maintenant qu'attendri par ces divins spectacles,
> Plaines, forêts, rochers, vallons, fleuve argenté,
> Voyant ma petitesse et voyant vos miracles,
> Je reprends ma raison devant l'immensité ;
> Je viens à vous, Seigneur !...

Ponto était le nom d'un des chiens[1] de Victor Hugo, et c'est le titre d'une pièce des *Contemplations* (V, 11) :

> Je dis à mon chien noir : « Viens, Ponto, viens-nous-en! »
> Et je vais dans les bois...
> O triste humanité, je fuis dans la nature!
> Et, pendant que je dis : « Tout est leurre, imposture,
> Mensonge, iniquité, mal de splendeur vêtu! »
> Mon chien Ponto me suit. Le chien, c'est la vertu
> Qui, ne pouvant se faire homme, s'est faite bête.
> Et Ponto me regarde avec son œil honnête.

« O gouffres, » s'écrie le poète de *la Pitié suprême*, les yeux fixés sur le firmament plein d'étoiles,

> O gouffres! laissez-moi, quel que soit le chemin,
> M'évader d'un coup d'aile étrange et surhumain,
> Et m'enfuir, et chercher la justice étoilée!

Quelquefois, c'est l'agitation même de la nature, le spectacle de ses grands bouleversements, qui calme le poète par le contraste de son « immense horreur » avec les petits sujets de nos passions mesquines.

> J'ai vu tant de néants, tant d'hommes et de choses,
> Tant d'immobilités, tant de métamorphoses,
> Que je suis las. Après ces nains, ces intrigants,
> Ces criminels, ces fous, j'aime les ouragans;
> J'entre dans cette énorme et formidable fête,
> L'onde, et je me repose, ami, dans la tempête[2].

---

1. Il en avait, sous l'Empire, un autre qu'il appelait *Sénat* et sur le collier duquel il avait inscrit ces deux vers :

> Je voudrais que chez moi quelqu'un me ramenât.
> Mon état : chien; mon maître : Hugo; mon nom : Sénat.

2. *Lettre de l'Exilé*, dans *Toute la Lyre*, dernière série (V, 3, de l'édition in-8).

Et, dans *l'Année terrible* (mars, II) :

> Laisse hurler sur toi le flot des clameurs viles...
> Sortons. C'est un lieu triste où l'on est mal à l'aise,
> Et regagnons chacun notre haute falaise
> Où, si l'on est hué, du moins c'est par la mer ;
> Allons chercher l'insulte auguste de l'éclair,
> La fureur jamais basse et la grande amertume,
> Le vrai gouffre, et quittons la bave pour l'écume.

Cette idée a reçu son expression la plus magnifique dans la conclusion, si souvent citée, de la satire des *Châtiments* (VI, 5) intitulée *Éblouissements*, où le poète, secouant comme un cauchemar l'horrible vision des honteuses réjouissances de l'Empire, suivie de celle des déportés qui s'en vont à Cayenne, laissant dans la misère leurs enfants et leurs femmes, pousse ce cri de délivrance :

> Oh ! laissez, laissez-moi m'enfuir sur le rivage, etc. [1]...

Mais la nature n'est pas pour l'homme une sûre et fidèle consolatrice, si, devant nos douleurs, l'attitude favorite de cette grande indifférente est l'ironie. Victor Hugo est loin d'avoir la profondeur amère d'Alfred de Vigny, dénonçant en vers d'une fierté superbe l'insensibilité de la nature « toujours belle et toujours parfumée »,

> Qui roule avec dédain, sans voir et sans entendre,
> A côté des fourmis les populations,

qu'on appelle une mère et qui n'est qu'une tombe, et qui, après comme avant la venue de l'homme,

> Poursuivra dans les cieux sa route accoutumée,
> Fendant l'air de son front et de ses seins altiers [2].

---

1. Voir cette citation in-extenso dans le chapitre suivant, p. 298.
2. *La Maison du Berger.*

Cependant, avec moins d'amertume intense et concentrée, Victor Hugo est plus humainement, plus dramatiquement passionné que le plus grand représentant, avant Leconte de Lisle, de notre poésie pessimiste, et toute l'émotion qu'un poète, qu'un homme, est capable de sentir et de communiquer, déborde avec une incomparable éloquence, d'abord dans le classique chef-d'œuvre de la *Tristesse d'Olympio*, où la nature riante et gaie s'applique à la blessure rouverte du cœur comme un baume bien moins fait pour l'adoucir que pour l'irriter :

Les champs n'étaient point noirs, les cieux n'étaient pas mornes...

On n'écrit pas deux fois la *Tristesse d'Olympio*, bien que le vieux poète, retournant à Jersey en 1872, ait fait de cet immortel ouvrage, qui n'a d'égal dans notre langue que *le Lac* de Lamartine, une répétition affaiblie, mais agréable encore :

Je la revois, après vingt ans, l'île où Décembre
  Me jeta, pâle naufragé ;
La voilà ! c'est bien elle. Elle est comme une chambre
  Où rien encor n'est dérangé...

C'était la même vague arrachant aux décombres
  Les mêmes dentelles d'argent ;
C'étaient les mêmes blocs jetant les mêmes ombres
  Au même éternel flot changeant[1]...

Sans récrire le chef-d'œuvre de sa jeunesse, Victor Hugo pouvait reprendre (c'est ce qu'il a fait plus d'une fois) le thème principal de son élégie

1. *Toute la Lyre*, V, 15, dans l'édition in-8.

avec un accent différent et changer la plainte la
plus délicieusement douloureuse de la poésie française en satire plus ou moins véhémente de· la
nature distraite, qui, pendant que l'homme travaille et souffre, regarde vaguement ailleurs et
rêve à son Dieu sans se déranger[1].

« A quoi bon ta splendeur, ô sereine nature! »
A quoi bon la fierté du sapin, à quoi bon le soleil,
à quoi bon la variété charmante des sites pittoresques, si l'homme est un misérable, s'il pèche et s'il
blasphème, mettant,

> ... Lui qui rampe et qui dure si peu,
> Le masque de l'enfer sur la face de Dieu[2]!

Les phares furent construits par l'homme pour
suppléer « à l'inutilité magnifique des astres[3] »,
qui se moquent bien de la pauvre humanité :

> Te figures-tu pas que tes gestes, tes guerres,
> Tes cris, troublent l'azur de leurs fracas vulgaires?
> Crois-tu pas que le ciel est guelfe ou gibelin...
> Et que le monde pend à ton sacré cheveu?
>   ... Parce que tu te nommes
> César ou Henri IV, et qu'un beau jour Lasca
> Ou Ravaillac te prit en traître, s'embusqua
> Dans l'ombre et te coupa la veine cardiaque,
> Crois-tu pas déranger l'énorme zodiaque[4]?

Idée directement contraire à celle de la solidarité
de la nature et dé l'homme, qui inspira Shakes-

1. *La Vache*, dans *les Voix intérieures*.
2. *Masferrer*, dans *la Légende des Siècles*.
3. *Les sept Merveilles du Monde, ibid*.
4. *Dieu*.

peare et les classiques, mais plus congruente à la
science moderne et, poétiquement, aussi féconde.

> Qu'est-ce que tout cela fait à l'herbe des plaines,
> Aux oiseaux, à la fleur, au nuage, aux fontaines?
> Qu'est-ce que tout cela fait aux arbres des bois,
> Que le peuple ait des jougs et que l'homme ait des rois?
> L'eau coule, le vent passe et murmure : « Qu'importe [1]? »

Une longue satire des *Châtiments* (VII, 12), *Force
des Choses*, est le développement le plus explicite
de cette dernière et grande idée, que la nature se
soucie fort peu de nous :

> ... O nature profonde et calme, que t'importe!
> ... Flot sans cesse épanché,
> La vie indifférente emplit toujours tes urnes...
> Quand Troplong, le matin, ouvre un œil chassieux,
> Vénus, splendeur sereine éblouissant les cieux,
> Vénus, qui devrait fuir courroucée et hagarde,
> N'a pas l'air de savoir que Troplong la regarde!
> Tu laisserais cueillir une rose à Dupin!...
> Par moments, à te voir, parmi les trahisons,
> Mener paisiblement les mois et les saisons,
> A te voir impassible et froide, quoi qu'on fasse...
> Tu sembles bien glacée et l'on s'étonne un peu.
> Quand les proscrits, martyrs du peuple, élus de Dieu,
> Stoïques, dans la mort se couchent sans se plaindre,
> Tu n'as l'air de songer qu'à dorer et qu'à peindre
> L'aile du scarabée errant sur leurs tombeaux...

Mais l'inébranlable optimisme de Victor Hugo
refuse de s'arrêter à cette apparence décourageante.
La « force des choses » est bienfaisante, en dernière
analyse, et la nature travaille, par « l'aimant, le
bitume, le fer, le charbon », instruments du progrès, à « changer en éden notre enfer », à faire

---

1. *Eviradnus.*

sortir la liberté du sol, à rendre « le monde impossible aux tyrans ».

> La matière, aujourd'hui vivante, jadis morte,
> Hier écrasait l'homme et maintenant l'emporte...
> Paris, Londres, New-York, les continents énormes,
> Ont pour lien un fil qui tremble au fond des mers.
> Une force inconnue, empruntée aux éclairs,
> Mêle au courant des flots le courant des idées...
> ... L'aérostat
> Passe, et, du haut des cieux, ensemence les hommes!...
> La science, pareille aux antiques pontifes,
> Attelle aux chars tonnants d'effrayants hippogriffes;
> Le feu souffle aux naseaux de la bête d'airain ;
> Le globe esclave cède à l'esprit souverain...
> O nature! C'est là ta genèse sublime.

« Nous regarderons, » écrivait Victor Hugo à Garibaldi, « en attendant les droits, les astres se lever [1] ».

Dieu est patient, parce qu'il est éternel; mais l'homme est impatient, parce qu'il est « le passant rapide » : le poète, homme comme nous, s'impatiente et s'indigne, en nous montrant l'*Empereur à Compiègne* [2], qu'un tel scélérat puisse vivre entouré des sourires de la nature.

Philosophe par seconde réflexion, Victor Hugo est poète d'abord. Le philosophe, plein de foi en l'avenir, a donc beau se raisonner, le poète satirique ne parvient pas à prendre son parti de la complicité apparente et momentanée de la nature avec la scélératesse et l'ignominie de l'homme. Il écrit,

---

1. *Mentana*, dans la deuxième *Corde d'airain* de *Toute la Lyre*.
2. Deuxième *Corde d'airain* de *Toute la Lyre*, X.

en 1869, dans la deuxième *Corde d'airain* de *Toute la Lyre* :

> Vous me dites : — Pourquoi cet éternel courroux ?
> Le ciel n'est pas autant en colère que vous.
> Est-ce que ce forfait qui vous indigne, empêche
> Le soleil de mûrir le raisin et la pêche,
> Et de verser la vie et la lumière aux bois ?...
> Depuis vingt ans bientôt que cet empire dure...
> La forêt pousse...
> — Je suis juste, et, c'est vrai, je constate, ô soleil !
> Sous ce ciel où, superbe et tranquille, tu montes,
> Le lent grandissement des arbres et des hontes.

Et, dans les *Châtiments* (I, 11), son « éternel courroux » éclate en cette imprécation superbe :

> O peuples douloureux, il faut bien qu'on se venge !
> Les rhéteurs froids m'ont dit : le poète, c'est l'ange ;
> Il plane, ignorant Fould, Magnan, Morny, Maupas ;
> Il contemple la nuit sereine avec délices... —
>   Non, tant que vous serez complices
> De ce crime hideux que je suis pas à pas,
>   Tant que vous couvrirez ces brigands de vos voiles,
>   Cieux azurés, soleils, étoiles,
>   Je ne vous regarderai pas !

Victor Hugo étant, sans contredit, le plus varié de tous les poètes lyriques et satiriques, nulle part la richesse et la souplesse de son incomparable imagination ne brillent avec plus d'éclat que dans le large usage qu'il a fait des sentiments divers que le spectacle de la nature peut exciter dans le cœur de l'homme, puisqu'il en a parcouru la gamme tout entière, et que ces sentiments sont tous également poétiques et également humains.

Il a fait appel, devant les actions féroces ou lâches de l'humanité, à la conscience de la nature ; il l'a montrée s'assombrissant elle-même de toute la

nuit de l'âme; il l'a maudite et haïe pour sa complicité avec les forfaits des tyrans; il l'a vue, dans
les hallucinations fantastiques de la souffrance et de
la fièvre, prenant les formes mêmes de leurs attentats monstrueux; ses passions ont été apaisées aussi
bien par la contemplation des grands bouleversements de la mer et du ciel que par celle d'une rose
ou d'un ruisseau d'argent; le regard honnête de
son chien, la splendeur tranquille des astres l'ont
consolé de nos méchancetés et de nos misères; il a
célébré la victoire définitive de l'esprit sur la
matière, de plus en plus affranchi, par les découvertes de la science, de l'antique domination de la
pesanteur.

Mais il a profondément éprouvé aussi, comme
les pessimistes, ce qu'il y a de cruauté et d'ironie
dans l'éternel sourire de cette froide nature, insensible et indifférente aux douleurs, aux crimes et
aux hontes de l'homme; en sorte que, par instants, la colère gronde et le désespoir crie, en face
de la création divine, sur la corde d'airain de sa
lyre, qui cependant chante l'adoration, la reconnaissance, l'enthousiasme, la piété, la tendresse, la
joie et l'amour, et qu'en fin de compte sa poésie a
tout dit.

VIII

De l'injure poétique ou éloquente.

« Race de vipères! sépulcres blanchis! » C'est en
ces termes que Jésus tonnait contre les pharisiens.
Il criait aux vendeurs du temple, en renversant leurs
tables et en les chassant du sanctuaire : « Ma maison
est une maison de prières; vous en avez fait une
caverne de voleurs! »

Voilà des injures. Si elles sont sorties de la plus
pure, de la plus sainte des bouches, reconnaissons
d'abord que l'injure, comme telle, n'est pas une
aberration de la raison et du langage, et que, si elle
paraît souvent répréhensible, ce n'est point en soi
qu'on peut la blâmer, c'est dans son emploi indis-
cret.

Le « bouillant » Achille, dans Homère, apostrophe
ainsi Agamemnon, roi des rois : « Homme plein
d'impudence, bassement cupide, alourdi par le vin,
œil de chien et cœur de cerf! » Shakespeare déploie
dans l'invective outrageante la plus riche et la plus

16.

amusante fantaisie. Le prince Henry dit à Falstaff qu'il ment, et que ses mensonges, pareils au père qui les a enfantés, sont gros comme lui-même, « énorme montagne de chair, magasin d'humeurs, muid humain, coffre à mangeaille, pain de suif graisseux, bœuf gras rôti avec la farce dans son ventre! » Dans *la Mégère domptée*, Petruchio construit tout un poème brillant avec les images appropriées et choisies dont sa verve habille le tailleur ahuri qui a fait une robe pour sa femme :

O monstrueuse arrogance! tu mens, fil; tu mens, dé à coudre; tu mens, aune, trois quarts d'aune, demi-aune, quart et pouce d'aune! tu mens, puce, œuf de pou, pointe d'aiguille cassée! Je me verrai bravé chez moi par un écheveau de fil! Hors d'ici, loque, chiffe, bout, reste, rognure; ou je m'en vais si bien te mesurer avec ton aune que tu te souviendras toute ta vie des inconvénients du bavardage!

Il ne suffit pas à Dante de livrer aux supplices variés de l'enfer les hommes qu'il déteste ; sa vengeance a besoin aussi des mots amers et durs. L'auteur des *Provinciales* ne ménage point à ses adversaires l'épithète d'imposteurs; s'il a quelquefois l'air de vouloir éviter de dire lui-même qu'ils sont des menteurs impudents, des païens et des scélérats, il relève avec soin ces expressions trouvées dans leurs écrits et montre qu'elles leur sont applicables. On citerait aisément, chez les grands prédicateurs, de véritables injures à l'adresse des incrédules et des inconvertis; mais elles n'ont jamais blessé personne, parce que l'individu s'excepte toujours d'un outrage collectif.

Boileau appelle « un chat un chat et Rolet un fripon ». Ce rude sanglier, dans la satire littéraire surtout où il se passionne plus que dans les autres, n'a pas le coup de boutoir moins offensant que Victor Hugo ; si Nisard est un « âne », Cotin en est un, lui aussi, comme le dit très brutalement le vers 247 de la satire VIII.

La franchise du langage est une qualité dont nous faisons toujours exclusivement honneur à nos ancêtres, nous accusant nous-mêmes d'adoucir la vérité crue par de timides périphrases, et avouant que « cette hypocrisie est le genre actuel [1] ». Déjà le vieil Agrippa d'Aubigné, qui pourtant ne ménage pas ses expressions et qui prie le lecteur d' « endurer ses rudes vocables », regrettait l'abandon de l'antique franchise :

> Nos anciens, amateurs de la franche justice,
> Avaient de fâcheux noms nommé l'horrible vice.

Ils appelaient tyrans les tyrans et bourreaux les bourreaux ; ils traitaient de brigandage et de trahison la conduite des brigands et des raîtres.

> Ce siècle, autre en ses mœurs, demande un autre style...
> Sur la langue d'aucun à présent n'est porté
> Cet espineux fardeau qu'on nomme vérité...
> ... Ami, ces mots que tu reprends
> Sont les vocables d'art de ce que j'entreprends [2].

---

1. *La Mort de Saint-Arnaud*, dans les *Années funestes* ou dans la deuxième *Corde d'airain* de *Toute la Lyre*.
2. *Les Tragiques*, Princes.

Comme Aubigné et comme Boileau, Victor Hugo réclame le droit d'appeler les choses et les hommes par leurs noms :

> Tu prétends, toi, maraud, goujat parmi les rustres,
> Que je parle de toi qui lasses le dédain,
> Sans dire hautement : Cet homme est un gredin!
> Tu veux que nous prenions des gants et des mitaines
> Avec toi [1]!...

Cependant la critique, qui peut par exception admirer de belles injures, ne les approuve guère en principe. Ceux mêmes qui usent de ce style ne le louent pas et ne s'en vantent pas. Veuillot écrit : « M. Hugo ne saura jamais, j'en ai peur, que la bassesse des mots avilit la pensée... Dans la vile multitude des écrivains, il n'y a pas un malheureux qui cède à sa passion avec une si indigne faiblesse. » Reproche qui, venant d'une telle plume, rappelle trop, comme Villemot en a fait la remarque, l'apostrophe d'une marquise du Casino à une duchesse du bal Bullier : « Nastasie, si je n'étais pas une femme comme il faut, je te flanquerais mon poing sur la g.....! » Dans la pièce des *Contemplations*, *A propos d'Horace*, qui présente, à l'adresse des cuistres, un joli étalage d'injures, Victor Hugo convient (ironiquement, il est vrai) que, si ses sentiments sont justes, l'expression en est excessive :

> Et je m'exaspérais, faisant la faute énorme,
> Ayant raison au fond, d'avoir tort dans la forme.

Il est incontestable qu'un argument vaut toujours mieux qu'une injure, qu'on peut faire de bonne

---

1. *Châtiments*, IV, 5.

besogne avec l'un, qu'avec l'autre on ne peut rien
obtenir d'utile, et que l'outrage met pour jamais
hors des prises de la vérité et achève de rendre
irréconciliables ceux que le raisonnement n'a point
convaincus. L'injure ne commence, et ne peut sans
folie absurde commencer, qu'où finit soit la possibilité soit l'espoir de convertir par démonstration
l'adversaire; je la définirais volontiers : l'exclamation qui soulage et console la raison impuissante, le
résumé violent de tout ce qu'elle essayerait en vain
de prouver.

Considérons un de ces cas où l'injure devient, où
elle reste la seule et suprême ressource de l'honnête
homme.

Des critiques, des historiens, des poètes, d'une
science très bien informée, d'une culture exceptionnellement fine et profonde, savent, à n'en pas
douter, qu'une erreur, pis que cela, un crime judiciaire a été commis. Un malheureux officier de
l'armée française s'est vu condamner, quoique
innocent, victime de haines personnelles et religieuses, victime aussi d'une machination qui avait
pour but de sauver les coupables. La chose a été
rendue si évidente, que tout le monde civilisé en a
frémi d'horreur. Simplement probable d'abord,
mais d'une probabilité rapidement grandissante,
fondée sur des présomptions morales, sur des soup-
çons légitimes, sur des faits accessoires et connexes
d'où se tiraient des déductions logiques, elle est
devenue certaine, positive et palpable par la découverte d'un des auteurs du crime, par sa fuite, son

aveu formel et par celui de son principal complice
qui, se voyant perdu, s'est suicidé.

La plus haute justice du pays, réunie extraordinairement en cour plénière, contrairement à la loi,
par un politicien retors qui espérait une basse com-
plaisance de tant de juges rassemblés, a dû, cédant
à l'évidence, proclamer à l'unanimité le vice du
procès et ordonner sa revision. Mais un nouveau
conseil de guerre a condamné une seconde fois
le prévenu, avec des hésitations visibles, avec
d'absurdes contradictions dans la sentence, sans
conviction et sans franchise, manifestement décidé,
dans le vide et le néant des preuves, par un respect
tout militaire pour un général, ancien ministre de
la guerre et artisan très compromis de la première
condamnation, qui avait eu l'insolente audace de
dire : lui ou moi.

Aussitôt le président de la République signait un
décret de grâce, mesure pressante et que chacun
sentait absolument nécessaire pour que l'honneur·
de la France ne croulât point sous le mépris universel.

Voilà ce que savent les critiques exercés, les
historiens instruits, les poètes délicats et sensibles
dont je parlais; et ils font comme s'ils ne le savaient
pas ! c'est peu : ils agissent et ils écrivent avec le
parti pris de fermer leurs yeux à la lumière et de
collaborer de toute leur puissance à la plus énorme
injustice de l'histoire contemporaine !

S'il s'agissait d'autres hommes, on pourrait raisonnablement espérer de les éclairer. Il faudrait s'y

prendre avec eux par la douceur, la charité, la
pitié, leur apprendre ce qu'ils ignorent, leur
apporter des raisons et non des injures.

On leur expliquerait avec patience la genèse et
les progrès du triste désordre dont souffrent les
esprits, les cœurs, les amitiés, les affaires ; on leur
en nommerait les auteurs responsables, qui jamais
ne furent ceux qui ont faim et soif de justice, car
ceux-là sont l'espoir et l'âme de la patrie. On réfu-
terait, pour leur instruction, les sophismes par
lesquels une raison pervertie, alliée à une méchanceté diabolique, a changé le mal en bien et la
vérité en mensonge : « l'honneur de l'armée », « la
raison d'État », « la patrie d'abord », « la France
aux Français » ; le prétendu intérêt de l'étranger à
feindre contre nous une indignation qui n'est que
la satisfaction de sa haine, et la prétendue complicité de nos grands hommes de bien avec nos
ennemis. On leur ferait voir que la partie est distincte du tout, et que vouloir rendre à l'armée
l'honneur par le châtiment des individus qui la
déshonorent, c'est vraiment la servir et non l'in-
sulter, mais que des hommes stupides ont fait
d'ailleurs tout ce qu'il fallait pour solidariser ce
grand corps avec ses membres malades. On leur
montrerait qu'il y a dans l'humanité en général
quelque chose qu'on appelle la raison et le cœur,
et qu'il est tout naturel que la chair et le sang du
monde se soient émus devant une iniquité qui
ferait crier les pierres. On leur dirait que le mal
engendre le mal et que le bien ne saurait en sortir,

sinon par la bonté de Dieu et par une sorte d'al-
chimie supérieure de la Providence; que le bien
doit être fait pour lui-même, seulement parce qu'il
est le bien, et que subordonner l'exercice de la justice à la considération de la paix et de la prospérité de la patrie, c'est oublier que rien, fût-ce la
patrie, n'est au-dessus de la justice; c'est mécon-
naître que la patrie, avec un crime public sur la
conscience, ne peut plus vivre ni tranquille, ni
heureuse, ni digne qu'on reste fier de lui appartenir.
On leur ferait comprendre que la France ne sera
point aux vrais Français le jour où les meilleurs
de ses enfants, exterminés par une persécution
nouvelle, iraient porter ailleurs leur intelligence et
leurs vertus. On dévoilerait enfin à leurs yeux
toute la manœuvre scélérate de la presse anti-
française, qui a changé un peuple renommé pour
sa générosité et pour sa raison en une bande de
fous furieux prêts à danser autour des bûchers
rallumés des juifs, des protestants et des libres
penseurs, en hurlant : « A mort! » sans savoir
pourquoi.

Mais avec des gens de haute et fine culture,
humanistes brillants, anciens élèves de l'École
normale, membres d'académies, maîtres de la jeunesse et oracles du public lettré, que voulez-vous
qu'on dise? que voulez-vous qu'on fasse?

Ils ont lu Shakespeare et ils savent que « dans
l'état du Danemark il y avait quelque chose de
vermoulu », parce qu'un grand crime, resté sans
vengeance, pesait sur la conscience du pays. Ils ont

lu Corneille et ils savent qu'un patriote aveugle et farouche, dans l'âme brutale duquel toute humanité est éteinte, est un monstre dont la vue

Fait qu'on rend grâce aux dieux de n'être pas romain,
Pour conserver encor quelque chose d'humain.

Ils ont lu l'histoire et ils savent par quel fréquent accident la justice humaine se trompe, mais quels héroïques efforts il faut faire pour obtenir que ses erreurs soient réparées, et quelle gloire est promise aux vaillants hommes d'étude devenus hommes d'action, qui ont sacrifié leur repos égoïste à cette entreprise généreuse.

Ils ont exercé leur psychologie et ils comprennent pourquoi la réparation, relativement aisée dans le principe, se complique, jour après jour, de toutes sortes de difficultés, par la révolte de l'orgueil, par l'obstination du point d'honneur, par l'engrenage fatal qui commande de mentir lorsqu'on a menti une fois, d'appuyer les faux sur les faux et, pour sauver un crime, d'en commettre une effroyable série.

Ils ont fait leur logique et ce n'est pas à eux qu'on a besoin de rapprendre que la partie est distincte du tout; mais ils exploitent l'imbécillité des simples, si prompts à oublier les vérités les plus élémentaires.

Ils ont, on doit le supposer, le sens commun et ils répètent, comme s'ils y croyaient, toutes les bourdes mises en circulation par une presse éhontée : le « syndicat », l'or « cosmopolite », les « millions » de l'étranger, etc., et ils disent ou ils insinuent

que les quarante-sept juges de la Cour de cassation
étaient vendus, montrant, par un prodige nouveau,
sur les sièges de l'Athénée et de l'Aréopage, ou des
faibles d'esprit, dont la vraie place serait dans une
maison de santé, ou de vils plumitifs dignes de
faire leur partie dans le chœur des reptiles qui
sifflent et qui bavent.

Ils ont tellement perdu tout sens moral qu'ils ne
meurent pas de honte en songeant qu'ils combat-
tent, avec les journaux abjects et la populace
imbécile, avec l'ignorance et le mensonge, avec le
nombre, la force et la nuit, contre ce qu'il y a de
plus désintéressé et de plus noble en France, contre
l'élite des braves cœurs et des consciences droites,
contre les Scheurer-Kestner, les Auguste Couat, les
Félix Pécaut, qui, pour que la justice ne fût pas
souffletée, pour que la vérité ne pérît pas sous la
violence, ont dit adieu à leurs études, à leur sommeil, à leur paix, à leurs amis, à leur position, à
leur santé et même à leur vie!

Je dis que ces critiques, ces historiens, ces poètes,
mettant leur plume au service d'une iniquité dont
ils ne doutent pas, puisqu'ils sont intelligents et
instruits, méritent d'être accablés sous toutes les
formes de l'outrage et sont indignes que nous leur
fassions l'honneur de les confondre par des raisons.

Il y a cependant des règles pour l'injure.

La première de toutes est la même que celle de
l'éloquence : il faut que l'exécuteur des hautes
œuvres de la justice littéraire soit, comme l'ora-

teur, un homme de bien ou, du moins, qu'on sente
dans ses paroles furieuses l'accent de la probité
indignée. Si cet accent fait défaut, l'injure se
retourne contre celui qui l'a vomie; l'accident dont
parle Victor Hugo, dans la pièce 34 des *Années
funestes*, arrive à l'écrivain qui « outrage le génie,
la probité, le droit, le courage, l'honneur ».

> Après avoir tiré de son encre qui ment
> Tout ce qu'elle contient de noirceur et de bave...
> Soudain cet homme un jour sent que, venant de lui,
> L'injure est un éloge et la louange un blâme,
> Et qu'il ne peut plus nuire à force d'être infâme...

Et c'est pourquoi, dit-il dans *Toute la Lyre* (V, 17),

> ... Et c'est pourquoi tel drôle,
> Vil, fait pour les bas-fonds et non pour les sommets,
> Qui m'insulte toujours, ne m'offense jamais.

Il est question dans les *Chants du Crépuscule*
(XIII) d'un de ces misérables

> Dont toujours l'ironie, inféconde et morose,
> Jappait sur les talons de quelque grande chose.

On peut appliquer à la calomnie ce que, dans le
même recueil, le poète, s'adressant *A Alphonse
Rabbe*, écrit de

> La censure à l'haleine immonde, aux ongles noirs,
> Cette chienne au front bas qui suit tous les pouvoirs,
> Vile, et mâchant toujours dans sa gueule souillée,
> O Muse! quelque pan de ta robe étoilée.

Le calomniateur, n'étant pas ému, ne nous
émeut jamais; parfois, il nous amuse un instant,
s'il a de l'esprit; il nous dégoûte toujours.

> Comme s'il s'y lavait, il piaffe en pleine boue,
> Et, voyant qu'on se sauve, il dit : Comme ils ont peur [1]!

Pour la beauté de l'injure, il faut ensuite, comme

1. *Châtiments*, IV, 7.

pour tout effet qu'on ménage afin d'en accroître la
force, l'employer avec économie, de peur de l'affaiblir en la prodiguant. Et cette épargne est d'autant
plus nécessaire, qu'ici la force est suspecte de
n'être pas de très bon aloi et de masquer par la
violence la faiblesse réelle de l'écrivain à court
d'arguments explicites.

Le poète satirique ne doit pas être un de ces
« sots qu'on voit se courroucer comme flambe une
bûche[1] ». Qu'il se contienne ; qu'il ne se dépense
pas à tort et à travers ; que l'orage s'amoncelle longtemps sur son front assombri, avant d'éclater par
les mots brefs qui foudroient, et qu'il soit semblable
à cette figure effrayante de femme dont *l'Année
terrible* nous raconte la tragique histoire et dit :

> L'amer silence écume aux deux coins de sa bouche [2].

Les termes injurieux abondent, ils surabondent
même, dans les *Châtiments* : « misérable », « scélérat », « pourceau », « tas de brutes », « lâches
gueux », « crapules », « marauds », « goujats »,
« gredins », « assassins », « faussaires », « forbans »,
« voleurs », etc. Mais qu'on se dise bien que ces
résumés simples de tout ce que la colère empêche
de développer sont les plus vrais dans leur forme
grossière. J'ai cité plus haut, avec d'amusantes
injures du prince Henry à Falstaff, les injures
exquises de Petruchio au tailleur de sa femme,
dans une comédie de Shakespeare : il est évident

1. *Châtiments*, III, 4.
2. Juin, IX.

que Petruchio rit dans sa barbe et n'éprouve pas la plus légère émotion en s'exprimant ainsi; de même, plus Victor Hugo se montre artiste dans l'arrangement de l'injure, moins il est touché et nous touche, quoiqu'il puisse nous plaire et nous intéresser davantage par ses tournures et ses expressions ingénieuses que par ses hoquets de rage et par ses sanglots étouffés.

Souvent l'ingéniosité n'est que dans un mot, qui relève par la rareté de l'image la vulgarité du cri de passion :

> Cette altesse en ruolz, ce prince en chrysocale [1]...
>
> Charlemagne taillé par Satan dans Mandrin [2]...
>
> O cafards!... plats vendeurs d'un fade orviétan,
> Pitres dévots, marchands d'infâmes balivernes,
> Vierges comme l'eunuque, anges comme Satan [3]!
>
> Selles à tout tyran, sénateurs omnibus...
> Branlant leurs vieux gazons sur leurs vieilles caboches,
> Ayant été, du temps qu'ils avaient un cheveu,
> Lâches sous l'oncle, ils sont abjects sous le neveu.
> Gros mandarins chinois adorant le Tartare,
> Ils apportent leur cœur, leur vertu, leur catarrhe,
> Et prosternent, cagneux, devant Sa Majesté
> Leur bassesse avachie en imbécillité [4].

Voilà le commencement d'un tableau. L'image, un peu plus développée, devient, dans les exemples suivants, une petite scène :

> Si, par hasard, la nuit, dans les carrefours mornes,
> Fouillant du croc l'ordure où dort plus d'un secret,
> Un chiffonnier trouvait cette âme au coin des bornes,
>   Il la dédaignerait [5]!

1. *Châtiments*, III, 4,
2. *Ultima verba*.
3. *A des journalistes de robe courte*.
4. *Éblouissements*.
5. IV, 8.

On trouvera du sang au fond de la cuvette
Si jamais, par hasard, vous vous lavez les mains [1].

Le bœuf Peuple rôtit tout entier devant l'âtre ;
La lèchefrite chante en recevant le sang...
Magnan qui l'a tué, Troplong qui le fait cuire...
T'entourent en chantant, ô Tom-Pouce Attila !...
Et, jappant dans sa niche au coin du feu, Baroche
Vient te lécher les pieds, tout en tournant la broche [2].

... Dupin vient d'entrer dans la tombe :
Les vers de terre ont reculé [3].

L'égout, qui tient une grande place dans le vocabulaire injurieux du poète des *Châtiments*, et qui lui fait comparer, par exemple, à des égouts débordés les bouches abjectes des flatteurs [4], fournit à sa fantaisie cette hyperbole, qu'il faut jeter l'empereur au ruisseau, « dût-on salir l'égout » (III, 4).

Baroche, « dont le nom n'est plus qu'un vomitif » (III, 8), est aussi le membre honteux du Soulouque ivre de Décembre, sur le corps duquel pullule une vermine de parvenus :

O spectacle ! en plein jour il marche et se promène ;
Cet être horrible insulte à la figure humaine !
Il s'étale effroyable, ayant tout un troupeau
De Suins et de Fortouls qui vivent sur sa peau,
Montrant ses nudités, cynique, infâme, indigne,
Sans mettre à son Baroche une feuille de vigne [5] !

Les images classiques du fouet et du bâton reviennent fréquemment sous la plume du grand

1. IV, 4.
2. *On loge à la nuit.*
3. *Epizootie sur les hommes de Décembre*, dans *les Années funestes.*
4. *A l'obéissance passive.*
5. VI, 5.

satirique, rafraîchies d'une nouvelle et singulière
verdeur :

> Que cet être choisi, créé par Dieu génie,
> L'homme, adore à genoux le loup fait empereur...
> Que grâce à tous ces gueux, qu'on touche avec le gant,
> Tout dorés au dehors, au dedans noirs de lèpres...
> La Saint-Barthélemy s'achève en mardi gras...
> Ma strophe alors se dresse, et pour cingler Baroche,
> Se taille un fouet sanglant dans Rouher écorché [1].

> ... Bien, écoutez : la trique est là, fraîche coupée.
> On vous fera cogner le pavé du menton ;
> Car, sachez-le, coquins, on n'esquive l'épée
>   Que pour rencontrer le bâton...

> Dieu prédestine aux dents des chevreaux les brins d'herbes,
> La mer aux coups de vent, les donjons aux boulets,
> Aux rayons du soleil les parthénons superbes,
>   Vos faces aux larges soufflets [2].

Voilà presque de la poésie ; voilà, au moins, de
la très brillante rhétorique, comme il y en a dans
cette fin d'une autre petite pièce des *Châtiments*,
intitulée *Aube* :

> Louange à Dieu ! toujours, après la nuit sournoise,
> Agitant sur les monts la ronce et le genêt,
> La nature superbe et tranquille renaît ;
> L'aube éveille le nid à l'heure accoutumée,
> Le chaume dresse au vent sa plume de fumée ;
> Le rayon, flèche d'or, perce l'âpre forêt ;
> Et, plutôt qu'arrêter le soleil, on ferait
> Sensibles à l'honneur et pour le bien fougueuses
> Les âmes de Baroche et de Troplong, ces gueuses !

ou dans ces vers des *Quatre Vents de l'Esprit*
(I, 29) :

>   ... Comme un frelon court aux ruches,
> Comme à Lucrèce au lit court Alexandre Six,
> Comme Corydon suit le charmant Alexis,
> Comme un loup suit les boucs, et le bouc les cytises,
> Comme avril fait des fleurs, Ségur fait des sottises.

---

1. VII, 12.
2. *A des journalistes de robe courte.*

Cela n'est encore que spirituel. Mais quelquefois l'injure s'épanouit en grande poésie, et alors la satire atteint la cime de sa beauté sauvage.

L'antithèse qui enlève sur les ailes du lyrisme le poète satirique tout souillé de la boue de ses victimes et de l'éclaboussure de ses propres outrages, peut tantôt se développer à l'intérieur même de l'invective, tantôt lui être extérieure et juxtaposée.

La fameuse chanson des *Châtiments* : « Sa grandeur éblouit l'histoire... », où le poète oppose, en cinq strophes, à la gloire du grand Napoléon l'ignominie du « petit », est un très bel exemple d'une fusion intime de l'ode triomphale et de la satire injurieuse. La même alliance et la même idée nous sont offertes dans les vers qui terminent la première pièce du livre VI, *Napoléon III* :

> Faquin! Tu t'es soudé, chargé d'un vil butin,
> Toi, l'homme du hasard, à l'homme du Destin!
> Tu fourres, impudent, ton front dans ses couronnes!
> Nous entendons claquer dans tes mains fanfaronnes
> Ce fouet prodigieux qui conduisait les rois;
> Et tranquille, attelant à ton numéro trois
> Austerlitz, Marengo, Rivoli, Saint-Jean-d'Acre,
> Aux chevaux du soleil tu fais traîner ton fiacre!

La fin d'*Éblouissements* est l'exemple le plus magnifique qu'il y ait peut-être dans toute la poésie, de la seconde espèce d'antithèse, l'antithèse extérieure. Ici, une splendide vision de la nature s'ajoute, sans se mêler, au tableau dégoûtant des vilenies humaines, surgit brusquement dans l'outrage, et tire son incomparable beauté de la soudaineté même avec laquelle elle éclate.

Le poète a traîné nos imaginations sur les spectacles les plus obscènes et les plus vulgaires. Il nous a raconté l'histoire de ce filou, distingué par l'empereur et devenu juge, qui autrefois

> Ayant fort peu de linge,
> Sur la pointe du pied entrait dans les logis
> Où bâillait quelque armoire aux tiroirs élargis,
> Et du bourgeois absent empruntait la tunique :
> Nul mortel n'a jamais, de façon plus cynique,
> Assouvi le désir des chemises d'autrui ;

l'histoire de « cet autre, admirable canaille », qui, après s'être vautré dans l'égout, « aujourd'hui sénateur, se vautre dans l'empire », et danse en culottes de soie au bal de l'Élysée, lui qui, au temps de sa misère,

> Quand la bise, en janvier, nous pince et nous tenaille,
> D'une savate oblique écrasant les talons,
> Pour se garer du froid mettait deux pantalons
> Dont les trous par bonheur n'étaient pas l'un sur l'autre.

Il nous a montré « le saint-père accroupi pondant une encyclique », les ventres ignobles et pareils à des « citrouilles » de tous les gros parvenus que fait sauter l'archet frémissant des violons au Luxembourg et à l'Hôtel de Ville.

Il nous a étalé enfin la contre-partie navrante de cette honteuse mascarade, l'horreur des déportations et des supplices :

> Et l'on râle en exil, à Cayenne, à Blidah !
> Et sur le *Duguesclin* et sur le *Canada*,
> Des enfants de dix ans, brigands qu'on extermine,
> Agonisent, brûlés de fièvre et de vermine !
> Et les mères, pleurant sous l'homme triomphant,
> Ne savent même pas où se meurt leur enfant !

17.

Et Samson reparaît et sort de ses retraites!
Et le soir, on entend, sur d'horribles charrettes
Qui traversent la ville et qu'on suit à pas lents,
Quelque chose sauter dans les paniers sanglants!

C'est alors qu'il s'écrie, en huit vers immortels :

Oh! laissez! laissez-moi m'enfuir sur le rivage!
Laissez-moi respirer l'odeur du flot sauvage!
Jersey rit, terre libre, au sein des flots amers;
Les genêts sont en fleur, l'agneau paît les prés verts;
L'écume jette au roc ses blanches mousselines;
Par moments apparaît, au sommet des collines,
Livrant ses crins épars au vent âpre et joyeux,
Un cheval effaré qui hennit dans les cieux!

La pitié et l'amour tempèrent la fureur des
insultes, dans les *Châtiments*, toutes les fois que
l'objet de la satire est une personne d'ailleurs sacrée
et vénérable, mais égarée par des criminels qui
en ont fait une bête méchante, comme l'armée ou
comme la patrie. La terrible pièce, *A l'obéissance
passive*, ne devient supportable que par ce tempérament et par la rectitude de justice avec laquelle
Victor Hugo fait tomber la responsabilité sur qui
de droit[1].

Applaudissement, dans le livre VI, n'est pas proprement une ironie; car, dans la foi ferme et
joyeuse de son indestructible optimisme, le poète se
félicite, en vérité, d'une chute si profonde de la
France, qu'il est impossible qu'elle ne rebondisse
pas, sous sa honte enfin aperçue et sentie, jusqu'à
la hauteur d'où elle est tombée :

C'est bien, descends encore et je m'en réjouis,
Car ceci nous promet des retours inouïs.

1. Voyez page 193 de ce volume.

Car, France, c'est ta loi de ressaisir l'espace ;
Car tu seras bien grande ayant été si basse !...
J'applaudis. Te voilà condamnée aux prodiges.
Le monde, au jour marqué, te verra brusquement
Égaler la revanche à l'avilissement,
O Patrie, et sortir, changeant soudain de forme,
Par un immense éclat, de cet opprobre énorme !
Oui, nous verrons, ainsi va le progrès humain,
De ce vil aujourd'hui naître un fier lendemain,
Et tu rachèteras, ô prêtresse, ô guerrière,
Par cent pas en avant chaque pas en arrière !
Donc, recule et descends ! tombe, ceci me plaît !
Flatte le pied du maître et le pied du valet !
Plus bas ! baise Troplong ! plus bas ! lèche Baroche !
Descends, car le jour vient ; descends, car l'heure approche !
Car tu vas t'élancer, ô grand peuple courbé,
Et, comme le jaguar dans un piège tombé,
Tu donnes pour mesure, en tes ardentes luttes,
A la hauteur des bonds la profondeur des chutes !

Nous avons besoin de cette espérance. La France est forte, la France est grande, la France est bonne, sensée et humaine ; mais elle est naïve et impressionnable à l'excès. Qu'un démon l'enjôle et l'empaume, qu'il glisse à l'oreille de cette Ève candide les paroles flatteuses : « Tu es belle, tu es toute-puissante, rien au monde ne peut te résister ; ton caprice doit être ta seule loi ; ceux qui viennent troubler tes plaisirs et tes affaires en te parlant de tes devoirs sont les ennemis de ton bonheur et de ta paix », elle se laissera séduire aux doux murmures du Tentateur avec une incroyable facilité.

Le grand mot mensonger dont le serpent qui veut sa mort joue aujourd'hui pour la perdre, et qu'il exploite dans une intention infernale, est un mot dont Victor Hugo aurait été bien étonné qu'on pût faire un pareil usage : *patriotisme*.

Oh! que les choses étaient simples en 1851!
D'un côté, le violateur de la patrie; de l'autre, les
vaincus de la république et de la liberté; celui-là,
au pouvoir; ceux-ci, luttant et souffrant en exil;
et, entre eux et lui, la France muette, endormie et
tranquille dans une servile soumission au maître,
l'église, la magistrature et l'armée, soutiens de
l'ordre, étant ses complices.

Le poète, dans une situation aussi nette, n'avait
qu'à dire :

> Calme, le deuil au cœur, dédaignant le troupeau,
> Je vous embrasserai dans mon exil farouche,
> Patrie, ô mon autel! liberté, mon drapeau!
>
> Mes nobles compagnons, je garde votre culte.
> Bannis, la République est là qui nous unit.
> J'attacherai la gloire à tout ce qu'on insulte;
> Je jetterai l'opprobre à tout ce qu'on bénit [1].

Mais aujourd'hui que dirait-il? A quelle épreuve
sa psychologie simple et franche, éprise de motifs
clairs et de conflits tranchés, ne serait-elle pas sou-
mise? A quel supplice son besoin moral de séparer
nettement les hommes en deux partis, les méchants
et les bons, ne serait-il pas condamné?

Des républicains conspirant pour la monarchie
dans l'ombre ou à ciel découvert! Des libéraux
faisant litière des droits du citoyen et de l'homme!
La Révolution française, mère de notre démocratie,
raillée et désavouée par sa fille! D'anciennes victimes de Napoléon III devenues les suppôts de la

---

1. *Ultima verba.*

violence et de l'iniquité! De vieux pamphlétaires de ·
l'opposition impériale mettant leur plume au ser-
·vice du césarisme! De si étranges surprises trom-
pant de tous côtés les attentes et les prévisions, que
les bras lui tomberaient de douleur et qu'il dirait
à chaque instant, avec un sanglot : *Tu quoque, fili!*
L'armée acclamée par des bandes de vagabonds si
pareils à des gibiers de potence qu'on les croirait
aux gages des criminels fauteurs du désordre et de
l'émeute! Et, pendant que ces clameurs avinées
éclatent, les honnêtes gens obligés de se taire, parce
que cette chère et grande armée refuse de laver son
drapeau d'une tache honteuse qui la souille!
L'Église, pleine de tendresse pour tous les attentats
contre la vérité et contre le droit qui peuvent
avancer son règne (cela, on y était accoutumé);
mais, ce qui ne s'était encore jamais vu, c'est la
libre pensée pleine de zèle pour les intérêts de
l'Église et travaillant activement à sa propre perte
qui suivra la victoire de sa plus mortelle ennemie!
Le nom de la patrie, enfin, couvrant un infâme déni
de justice; ce nom sacré devenu le mot d'ordre
d'une ligue soi-disant républicaine, coalisée avec
les réactions militaire, royaliste et cléricale, contre
l'honneur, la vertu et les libertés de la France; le
patriotisme invoqué pour glorifier les pires forfaits,
et, par un monstrueux renversement de la morale,
servant à l'apothéose d'un faussaire!

Encore une fois, que dirait Victor Hugo?

Je crois qu'il ferait tomber, d'un coup de sa cra-
vache, les masques et les faux nez, et qu'il dirait à

l'un : « Toi, tu n'es qu'un monarchiste déguisé ». A l'autre : « Et toi, tu n'es qu'un homme pressé de parvenir, un peu trop pressé seulement. Tu as cru, à certains symptômes, qu'après trente ans de durée la république était chancelante, et tu as déchiré avec fracas ta robe de juge pour mériter, sous César, un portefeuille de ministre. Je te connais, beau masque, suivant de la fortune et de la force; je t'ai peint dans les *Châtiments*[1]. »

Au troisième : « Tu es moins encore. L'ambition politique n'est pas même la cause de l'étrange décadence qui, d'un talent jadis honoré, t'a fait tomber si bas que tu ne rougis point d'encenser publiquement, sur l'estrade où tu sièges à côté d'un de mes fils, front éclairé hier d'une petite auréole, aujourd'hui *jésuite aux yeux jaunes*[2], l'iniquité *vêtue en général français*[3], et que tous deux vous proclamez grand poète et grand patriote un ridicule sonneur de clairon, dont les vers vous font pitié. *Ils t'appellent tout haut grand homme*; *entre eux, ganache*[4]. Quelle servitude vous subissez, cœurs faibles, je le sais, et j'ai parlé de vous aussi dans mon livre,

> Saints gaillards, qui jetez dans la même gamelle
> Dieu, l'orgie et la messe, et prenez pêle-mêle·
> La défense du ciel et la taille à Goton[5]. »

Au quatrième, personnage moral, très grave et

1. *A l'obéissance passive*, paragraphe 8.
2. IV, 5.
3. *A Juvénal*, paragraphe 2.
4. *L'expiation*.
5. III, 4.

d'une sévère tenue, Victor Hugo dirait : « Pourquoi
fais-tu ta cour à l'Église et au Pape? Ce n'est point
par foi religieuse; car tu ne crois plus au Dieu
créateur des mondes, qu'affirmait Voltaire et que
j'adore. Ce n'est pas davantage par foi catholique :
un philosophe comme toi connaît trop bien la loi de
progrès et de vie qui entraîne l'esprit humain, de
l'immobilité ancienne, à une diversité de plus en
plus grande, par le seul exercice de la libre pensée;
tu sais qu'un rétablissement de l'unité catholique
ne s'obtiendrait aujourd'hui qu'à force de sang
répandu, et que désormais cette restauration ne
pourrait plus être qu'un arrêt momentané et un
triomphe factice, le fragile replâtrage d'un édifice
en ruines. Et quand tu vas prêchant, à Paris et à
Rome, qu'il n'y a de salut pour la société que dans
un retour à l'autorité théocratique du moyen âge,
moins que tout, c'est en homme politique que tu
parles, si la politique exige qu'on ait d'abord le
sens de ce qui est réel et de ce qui est possible.
Qu'es-tu donc, toi qui avais la science et l'autorité
nécessaires pour dire la vérité, faire briller la justice et prendre le rôle glorieux de pacificateur des
esprits? Tu es un grand comédien, qui, laissant aux
naïfs leurs vulgaires déclamations sur des thèmes
peu neufs parce qu'ils sont éternellement vrais, a
voulu, par l'étonnant éclat d'un paradoxe, escamoter
le succès tapageur d'un jour. *Quand on ne croit à
rien, on est prêt à tout faire*[1], et à tout dire.

1. IV, 8.

On voit, louche rhéteur des vieux partis hurlants...
Pendre à tes noirs discours, comme à des clous sanglants,
     Toutes ces grandes mortes,
La Justice, la Foi, bel ange souffleté
        Par la goule papale,
La Vérité fermant les yeux, la Liberté
     . Échevelée et pâle [1]...

Et aux uns et aux autres Victor Hugo dirait enfin :

« Il peut se faire que vous triomphiez aujour-d'hui. J'ai vu le règne du crime et de la honte durer dix-neuf années. Mais vous n'échapperez, ô galériens de l'histoire! ni à la justice de Dieu, ni à la vengeance de la poésie. *J'ai mis l'écriteau sur vos fronts*[2]. *Les Calliopes étoilées tiennent des registres d'écrou*[3].

« Vous faites une campagne abominable contre la République, la Révolution française, la patrie et l'humanité. Je ne sais pas si vous l'emporterez pour un jour, mais je sais que ce ne sera que pour un jour. Le châtiment est sûr, et l'avenir vous tient.

Est-ce que vous croyez que la France, c'est vous,
Que vous êtes le peuple, et que jamais vous eûtes
Le droit de nous donner un maître, ô tas de brutes [4]!

« Je suis grossier? Je vous injurie? Mon Dieu, oui. Cela soulage. *J'ai de la périphrase écrasé les spirales.... La main courroucée, qui délivre le mot, délivre la pensée*[5]. J'appelle, moi aussi, Rolet un

1. V, 10.
2. III, 2.
3. I, 11.
4. III, 4.
5. *Les Contemplations*, I, 7.

fripon. *O noirs bouillonnements des colères pro-fondes* [1]!

« La France, trompée par vous, la France à qui vous avez fait prendre le mal pour le bien, l'iniquité pour la justice, le mensonge pour la vérité, la mise hors la loi d'une partie de ses enfants pour le droit et le pouvoir légitime des autres, le déshonneur de l'armée pour son honneur, et d'indignes conseils donnés à la patrie pour le patriotisme, la France ouvrira les yeux, elle se ressaisira, elle égalera la hauteur et l'élan du bond qui la fera sortir de l'abîme à la profondeur de sa chute, et peut-être qu'alors nous aurons, nous, honnêtes gens, à vous sauver, gredins, de sa juste colère.

« Je conserve donc, en dépit d'une situation extérieurement moins violente, mais plus troublée au fond qu'il y a cinquante ans, toute la joie de mon invincible espérance et toute ma foi en Dieu et tout mon amour des hommes ; et, avec ma pitié naturelle pour les victimes du mal qu'on fait à ma patrie, ma *pitié suprême* pour les auteurs mêmes de ce mal, que j'insulte à l'heure où ils sont dangereux et presque triomphants, mais qui me trouveront charitable au jour de l'expiation, si ce jour devance le châtiment de l'histoire, et je crie de nouveau *A ceux qui dorment* :

> Réveillez-vous ! assez de honte,
> Assez de honte, citoyens !...
> Redevenez la grande France !

1. *Châtiments*, VI, 11.

Redevenez le grand Paris!
Délivrez, frémissant de rage,
Votre pays de l'esclavage,
Votre mémoire du mépris! »

Ainsi peut-être parlerait Victor Hugo, en n'usant
que de la langue dont il se servit autrefois pour
flétrir les valets de l'Empire; mais, pour traiter,
selon tous leurs mérites, pour habiller, comme il
conviendrait, de prétendus républicains, traîtres à
la justice, cette première vertu des républiques, il
faudrait que son génie pût inventer encore d'autres
mots et d'autres accents, inouïs dans le vocabulaire
injurieux de la poésie et de l'éloquence.

IX

Agrippa d'Aubigné et Victor Hugo.

Couché à plat ventre dans un entresol rempli de
livres, sous l'indulgent regard d'une mère intelli-
gente, Victor Hugo, adolescent, avait tout lu, et
les Tragiques, d'Agrippa d'Aubigné, avec le reste.

Je ne crois pas que, passé l'époque de ce vaste
emmagasinage, il ait beaucoup entretenu ni renouvelé sa provision. Comment sa production incessante, attestée par tant d'ouvrages qu'il a publiés
de son vivant et par tous ceux qui continuent de
paraître depuis sa mort, lui aurait-elle laissé du
temps pour la lecture studieuse? Mais il possédait
une mémoire aussi tenace que son imagination
était active, et ce qu'il y avait serré une fois n'en
sortait plus.

Il y a entre Victor Hugo et Agrippa d'Aubigné
des ressemblances. Quelquefois, sans doute, elles
s'expliquent par une imitation volontaire, mais
plus souvent par d'inconscientes réminiscences et
surtout par une parenté naturelle de génies.

En 1868, comme je me promenais un après-midi dans la campagne de Guernesey, j'eus l'honneur d'y rencontrer Victor Hugo et d'avoir avec lui une de ces conversations que j'ai rapportées dans mes *Causeries parisiennes*. — « Je ne reviens pas, me dit le poète, de la stupéfaction où m'a plongé une découverte que j'ai faite ce matin. Figurez-vous que j'ai trouvé dans Juvénal la traduction d'un de mes vers, et d'un vers inédit encore! » Je demandai quelques explications sur un phénomène si bizarre.

« Il y a, reprit-il, tout un volume de *Châtiments* qui n'a pas encore vu le jour; plus tard, vous y lirez ceci :

> Personne ne connaît sa maison mieux que moi
> Le Champ de Mars.

Eh bien, j'ouvre aujourd'hui par hasard un Juvénal, et qu'est-ce que j'y trouve?

> *Nulli nota magis domus est sua quam mihi lucus*
> *Martis.*

C'est la traduction exacte en latin de mon vers français. — Mais, observai-je respectueusement, votre vers ne serait-il pas plutôt la traduction exacte en français du vers latin de Juvénal? — Non pas, répliqua-t-il avec énergie, car c'est la première fois que je le rencontrais[1]; je n'ai pas lu, croyez-le bien, toutes les satires de Juvénal; il y en a que je sais presque par cœur, à force de les avoir étudiées; mais il en est aussi que je ne connais pas, que je n'ai même jamais parcou-

---

1. Il est fâcheux pour l'assertion du poète, que ce vers se trouve dans la première satire de Juvénal, une des plus connues.

rues, et celle-ci est du nombre. Puisqu'il faut, de toute nécessité, que l'un de nous deux ait volé l'autre, je soutiens que *c'est Juvenal qui est le voleur*. »

Le paradoxe est amusant; mais il paraîtra moins illogique, sinon moins absurde qu'il n'en a l'air au premier abord, si l'on se reporte à la théorie des quatorze grands génies de l'humanité exposée dans le *William Shakespeare*.

Ces quatorze géants sont frères; ou plutôt c'est le même génie renaissant d'époque en époque, jusqu'à ce que tous ces avatars viennent aboutir au quinzième, que Victor Hugo ne nomme pas, mais qui, dans sa pensée, est manifestement lui-même. Homère, Job, Eschyle, Isaïe, Ezéchiel, Lucrèce, Juvénal, Tacite, Jean de Pathmos, Paul de Damas, Dante, Rabelais, Cervantes, Shakespeare : voilà l'imposant défilé. « Ces suprêmes génies ne sont point une série fermée. L'auteur de Tout y ajoute un nom, quand les besoins du progrès l'exigent. »

Agrippa d'Aubigné ne figure pas dans la liste; ce n'est pas un ancêtre de la grande lignée; mais c'est au moins un *oncle*, comme Corneille et comme Ronsard.

Dans les vers de Victor Hugo que j'ai cités au cours de cet ouvrage, nous avons rencontré quelquefois le nom vénéré du grand poète huguenot du xvie siècle. Il est certain que l'auteur des *Châtiments* avait lu *les Tragiques*. Un récent éditeur de cette vieille satire, M. Charles Read, a fait ou a rappelé, après d'autres, certains rapprochements.

Aubigné dit, dans les *Princes*[1] :

> Vous léchez le sang frais tout fumant de vos pères
> Sur les pieds des tueurs,

et Hugo, dans *Nox* :

> Prosternez-vous devant l'assassin tout-puissant,
> Et léchez-lui les pieds pour effacer le sang!

Triboulet s'écriant, dans *le Roi s'amuse* :

> ... Au milieu des huées
> Vos mères aux laquais se sont prostituées!

et M. de Saint-Vallier :

> Vous avez froidement, sous vos baisers infâmes,
> Terni, flétri, souillé, déshonoré, brisé
> Diane de Poitiers, comtesse de Brézé!

reproduisent et le mouvement et l'idée de ces imprécations des *Tragiques* :

> Vous estes fils de serfs, et vos testes tondues
> Vous font ressouvenir de vos mères vendues.
> (*Princes.*)

> Vous leur avez vendu, livré, donné en proye
> Ame, sang, vie, honneur! Où en est la monnoye?
> (*Jugement.*)

Le livre des *Princes* se ferme sur cette pensée,
que ceux qui furent les complices d'un tyran soit
par leur silence, soit par leurs flatteries, seront
entraînés dans sa ruine :

> Comme, lorsque l'esclat
> D'un foudre exterminant vient renverser à plat

---

1. *Les Tragiques* se composent de sept livres, dont les titres
sont : *Misères, Princes, la Chambre dorée, les Fers, les Feux,
Vengeances, Jugement.*

> Les chesnes résistants et les cèdres superbes,
> Vous verrez là-dessous les plus petites herbes,
> La fleur qui craint le vent, le naissant arbrisseau,
> En son nid l'écureuil, en son aire l'oiseau,
> Sous ce dais qui changeoit les gresles en rosées,
> La bauge du sanglier, du cerf la reposée,
> La ruche de l'abeille et la loge au berger,
> Avoir eu part à l'ombre, avoir part au danger.

Le souvenir de ces beaux vers est sensible dans un passage de la première pièce des *Feuilles d'Automne*, où Victor Hugo dit que le « souffle orageux » des destins de l'empire « à tous les vents de l'air fit flotter son enfance » :

> Car, lorsque l'aquilon bat ses flots palpitants,
> L'océan convulsif tourmente en même temps
> Le navire à trois ponts qui tonne avec l'orage
> Et la feuille échappée aux arbres du rivage!

Chez les deux poètes, les professeurs de littérature ont fait remarquer aux jeunes gens cette liberté relative de versification qui avait été nommée à tort *romantique*. La remarque n'a guère gardé d'intérêt depuis qu'il est acquis que chez tous les poètes français qui ont su versifier, y compris Boileau lui-même, l'alexandrin ne se divise pas constamment en deux moitiés égales, et que la différence entre Victor Hugo et les bons ouvriers du vers *classique* n'est que du plus au moins.

> L'homme est en proie à l'homme, un loup à son pareil,
> Le père estrangle au lit le fils, | et le cercueil
> Préparé par le fils sollicite le père...
> La France donc encore est pareille au vaisseau
> Qui, outragé des vents, des rochers et de l'eau,
> Loge deux ennemis : l'un tient avec sa troupe
> La proue, | et l'autre a pris sa retraite à la poupe.
>   (*Misères.*)

Grand poète, Aubigné n'est point, d'ailleurs, un très bon artiste du vers français ; on ne l'était guère au XVIe siècle ; sa versification est plutôt monotone, et c'est sans recherche ni intelligence des effets que parfois et par hasard il scande heureusement.

La coupe de vers la plus frappante, la plus intéressante aussi, parce qu'elle est la moins banale, qu'on rencontre chez Aubigné comparé à Hugo, c'est la division de l'alexandrin en trois groupes de quatre syllabes. Je ne crois pas qu'on trouve cette mesure chez les autres versificateurs français antérieurs au maître moderne[1]. Hugo dira :

> Les fleurs au front — la boue aux pieds — la haine au
> [cœur.
> (*Chants du Crépuscule.*)

> Ils sont l'exemple — ils sont l'honneur — ils sont l'espoir.
> (Deuxième *Corde d'airain* de *Toute la Lyre.*)

> A vous leur toit — à vous leur or — à vous leur sang.
> (*La Pitié suprême.*)

> Armé d'un arc — vêtu de peau — chaussé de cordes.
> (*Masferrer,* dans *la Légende des Siècles.*)

Aubigné serait donc le seul, avant lui, qui ait placé la césure de la même façon originale :

> Traîner les pieds — mener les bras — hocher la teste.
> (*Princes.*)

> Cette main n'a ravie
> Jamais le bien — jamais rançon — jamais la vie.
> (*Vengeances.*)

1. Un curieux me signale pourtant le vers 268 du *Suréna* de Corneille :

> Toujours aimer, toujours souffrir, toujours mourir.

Henri le Grand, si grand que la paix ny la guerre
Ne luy ont fait souffrir maistre ny compagnon,
Guerrier sans peur — vainqueur sans fiel — roy sans
[mignon [1].

Marc Monnier a découvert dans des vers médiocres, non des *Tragiques*, mais du *Printemps*, poème de la jeunesse d'Agrippa d'Aubigné, le germe de la doctrine spiritualiste révélée au livre VI des *Contemplations* sur la pesanteur, origine du mal moral et de tous les maux du genre humain, germe obscur et très probablement inconnu du poète métaphysicien par lequel parla *la Bouche d'Ombre* :

... Quand le chaos fut desmeslé,
Tout le pesant fut desvalé
Au centre : les serpents, la peste,
Les enfers, le vice, les maux ;
Le doux, le subtil fut céleste
Et vola dans les lieux plus hauts...
Toute vertu est née aux cieux ;
Tout cela qui est vicieux
Recognoist la terre pour mère...
Les flammes ne peuvent aller
Au ciel, au vrai pays des âmes,
Que laissant le corps pour voler...

Philosophie trop peu originale pour qu'aucun des nombreux poètes qui l'exposent puisse être convaincu de l'avoir empruntée à tel ou tel auteur, et que Victor Hugo a souvent développée, notamment dans la pièce 4 du livre IV de *Toute la Lyre* (dernière série) et dans ce passage des *Malheureux* :

... Le corps, époux impur de l'âme,
Plein de vils appétits d'où naît le vice infâme,

1. Vers cités par Marc Monnier ; mais je ne sais où le spirituel critique les a pris.

Pesant, fétide, abject, malade à tous moments,
Branlant sur sa charpente affreuse d'ossements,
Gonflé d'humeurs, couvert d'une peau qui se ride,
Souffrant le froid, le chaud, la faim, la soif aride;
Traîne un ventre hideux, s'assouvit, mange et dort.
Mais il vieillit enfin, et, lorsque vient la mort,
L'âme, vers la lumière éclatante et dorée,
S'envole, de ce monstre horrible délivrée.

Certaines bizarreries de langage sont communes aux deux écrivains.

Hugo dit : « Le bœuf peuple », « la biche illusion », « le fossoyeur oubli », « le bagne lexique »; il a pu prendre cette apposition de deux substantifs chez Aubigné : « Le vice Goliath », écrit l'auteur des *Princes*.

L'un et l'autre, par un tour imité de Virgile, qui nous montre Enée « assis dans sa chaise et dans sa résolution », joignent, de façon insolite, une idée physique et une idée morale. Aubigné met sous nos yeux une mère affamée, qui va manger son enfant, « défaisant, pitoyable et farouche, les liens de pitié avec ceux de la couche » (*Misères*). Il écrit : « Embrasse, mon enfant, le col et les desseins de Fortune » (*Princes*). Des martyrs, « tout chenus d'ans et de sainteté » (*Les Feux*). « Ils sont vestus de blanc et lavés de pardon » (*Jugement*).

Hugo :

Vêtu de probité candide et de lin blanc.
(*Booz endormi.*)

Ils chantaient, ils allaient, l'âme sans épouvante
Et les pieds sans souliers.
(*A l'obéissance passive*, dans les *Châtiments.*)

... Foudroyé, mais resté
Debout dans sa montagne et dans sa volonté.

Nos deux grands satiriques ont un violent amour de l'antithèse; les exemples de cette figure, à laquelle Victor Hugo a presque attaché son nom, sont trop nombreux sous la plume de l'auteur des *Tragiques* pour qu'on puisse utilement faire un choix dans ce qui est une habitude non moins continuelle de son style. Aussi n'en citerai-je qu'un à cette place :

> Évite le flatteur, et chasse comme estrange
> La louange de ceux qui n'ont acquis louange.
> Ris-toi quand les meschants t'auront à contre-cœur;
> Tiens leur honneur à blasme et leur blasme à honneur.

Il n'a pas non plus manqué d'hommes dont l'auteur des *Châtiments* disait que

> Méprisant leur estime, il estimait leur haine.
> (IV, 6.)

On sourit de rencontrer dans les vers de Victor Hugo, quand il rhétorise, quelque abus d'une ritournelle chère à tous les vieux poètes classiques, et dont voici, dans les *Princes* d'Agrippa d'Aubigné, un spécimen, entre plusieurs :

> Plus tost peut-on compter dans les bords escumeux
> De l'Océan chenu le sable, et tous les feux
> Qu'en paisible minuict le clair ciel nous attise...
> Plus tost peut-on compter du printemps les couleurs,
> Les feuilles des forests, de la terre les fleurs,
> Que les infections qui tirent sur nos testes
> Du ciel armé, noirci, les meurtrières tempestes.

L'adjectif *pâle* est une épithète favorite d'Agrippa : « La pasle peur », « la pasle faim », « vos pasles fronts de chiens », « les seins tremblants des pasles spectateurs », « le soleil à regret esleva son pasle front des ondes ». Il nous montre, dans *les Fers*, « la pasle mort courant » à travers la bataille, et n'est-ce pas un vers de Victor Hugo : « La pâle mort mêlait les sombres bataillons » ? L'égout de Rome, dans les *Châtiments*, reçoit « le lavabo vidé des pâles courtisanes », et le livre des *Feux* nous donne le spectacle de graves magistrats qu'on trouve, « au sortir des jeux et des festins, ronflant aux seins enflés de leurs pasles... courtisanes ». Seulement, ici c'est un autre mot qui rime avec *festins* ; Victor Hugo a beau faire profession de franche propriété dans le langage, il est contraint malgré lui, comme Veuillot l'en a justement raillé, à une certaine noblesse de style ; la mâle satire du soldat huguenot se sert de plus « rudes vocables ».

Les rapprochements abondent, bien plus nombreux et souvent plus frappants encore que ceux qu'ont relevés MM. Monnier et Read. Je pourrais citer, dans le livre des *Fers*, l'épisode de l'Océan irrité de voir ses « provinces profondes » souillées du sang et des cadavres que les fleuves lui apportent : c'est le thème du *Danube en colère*, dans les *Orientales* ; mais c'est aussi celui de l'épître IV de Boileau :

> Au pied du mont Adule...

La Ville disparue, dans *la Légende des Siècles*, est une peinture fort belle de la sûre et lente ascension de l'eau faisant le siège d'une ville

> Et rongeant les rochers et les dunes, tranquille,
> Sans tumulte, sans chocs, sans efforts haletants,
> Comme un grave ouvrier qui sait qu'il a le temps,

jusqu'à ce que tout s'abîme et s'évanouisse en un clin d'œil, rien ne restant que l'onde. Le livre des *Vengeances* a une page analogue :

> ... La hauteur n'eust servi, ni les plus forts chasteaux,
> Ni les cèdres gravis, ni les monts les plus hauts.
> L'eau vint, pas après pas, combattre leur stature,
> Va des pieds aux genoux, et puis à la ceinture...
> Il ne reste sur l'eau que le visage blesme.
> La mort entre dedans la bouche qui blasphesme.

Si le « pâtre promontoire » de Victor Hugo a « son chapeau de nuées », les monts « hautains », les rochers « hideux » d'Agrippa d'Aubigné portent aussi *leur froid chapeau*[1].

Quand l'auteur de *Napoléon II* nous fait voir la grande figure de l'exilé de Sainte-Hélène, « en sa cage accroupie, ployée, et les genoux aux dents », il pouvait avoir gardé la vision inoubliable du supplice d'un martyr emprisonné treize mois « en un cachot penché »

> Duquel la vouste estroite avoit si peu de place
> Qu'entre ses deux genoux elle ployait la face
> Du pauvre condamné.
>
> (Les Feux.)

Un arbre foudroyé par Dieu était si grand que ses rameaux s'étendaient « d'orient au couchant, du midi à la bise », et que la terre « estoit en son ombre comprise[2] ». Le tuba, dont on offre le fruit savoureux à l'inconsolable enfant grec des *Orientales*, n'est-il pas, lui aussi :

> Un arbre si grand
> Qu'un cheval au galop met toujours en courant
> Cent ans à sortir de son ombre?

1. *Princes.*
2. *Vengeances.*

Un « blanc vieillard » dont la barbe et les cheveux couvraient de « neiges à ondes » les deux bras et la ceinture, resta trois ans en prison. Puis,

Ce cygne fut tiré de son obscur estuy,

écrit l'auteur des *Feux* dans sa langue curieusement imagée et antithétique, dont personne ne songe à louer la simplicité. Victor Hugo recherche aussi quelquefois le contraste de la brusquerie cynique ou familière de l'expression avec la grandeur ou l'horreur de l'idée, et pour lui le cercueil est une « boîte », dans laquelle la mort serre l'homme, « ce pantin [1] ».

Quiconque a un peu lu Victor Hugo sentira l'ivresse de plaisir et de conquête avec laquelle il devait rencontrer et reconnaître comme *siens*, pour ainsi dire, les vers suivants de son ancêtre.

Des vers remarquables par l'accumulation et le choix de qualificatifs expressifs :

Le zèle flamboyant de ta sainte maison...
La taciturne, froide et lâche trahison...
(*La Chambre dorée.*)
Et les supplices lents finement inventés.
(*Les Feux.*)

Des vers qui font image et sont, en douze syllabes, tout un tableau :

Penchant son corps vousté sur un baston qui tremble.
(*Les Fers.*)
... Fagottés d'une corde et pasles marmiteux...
(*Princes.*)

1. *L'Ane.*

Des vers ronflants :

> Les orages du ciel roulent sur sa peau nue.
> (*Vengeances.*)

Des vers solides, d'un seul jet, où s'ajoute à la plénitude du son, qui rend l'oreille contente, la plénitude du sens, qui satisfait l'esprit :

> Un roi victorieux
> Levoit contre le ciel son orgueilleuse teste.
> (*Vengeances.*)
> Et son throsne eslevé sur les throsnes montoit.
> (*Les Fers.*)
> Nos péchés sont au comble et jusqu'au ciel montés...
> ... Déluges... vous pourrez, par votre onde,
> Noyer, non pas laver, les souillures du monde.
> (*Vengeances.*)

Des vers proverbes, renfermant une sentence frappée comme une médaille :

> Tout péril veut avoir la gloire pour salaire.
> (*Misères.*)
> Retire-toy dans toy; parais moins et sois plus...
> Que mesme ton repos enfante quelque fruict...
> (*Princes.*)

Nos deux poètes, comme tous les poètes, se rencontrent naturellement dans certains lieux communs sur la condition misérable de l'homme et sur la mort. Le « petit vent mauvais » qui suffit, dit le livre des *Feux*, pour tuer le mieux portant, rappelle la « porte entr'ouverte en janvier » de Victor Hugo[1], et quand Aubigné écrit dans le même livre :

> Chascun de tes jours tend au dernier de tes jours,

[1]. Voyez page 100 de ce volume.

quand il sent « par tous endroits sa maison dé-
molie[1] », ce sont les mêmes pensées et les mêmes
images que celles de ces vers de *Toute la Lyre*
(V, 25) :

> Le vieillard chaque jour dans plus d'ombre s'éveille.
> A chaque aube il est mort un peu plus que la veille...
> ... Tour à tour sa voix, sa force succombante
> S'éteignent — ce sera mon destin et le vôtre —
> Comme on voit se fermer, le soir, l'une après l'autre,
> Les fenêtres d'une maison.

Mais il faut borner là ces rapprochements de
détail, dont la liste ne peut avoir d'autre limite
que celle de la lecture et de la mémoire du critique
qui les a une fois commencés. Il sera plus ins-
tructif de montrer les liens naturels qui établissent
entre Agrippa d'Aubigné et Victor Hugo une
parenté générale de génies.

Ils sont les seuls poètes de notre littérature qui
aient conçu la satire non point comme *pouvant être
éloquente quelquefois*, mais comme *devant être poétique toujours*, comme étant propre à tous les mouvements, à toutes les passions, à toutes les figures
que la poésie dite *lyrique* se réserve quand elle
prend, pour l'enclore d'artificielles barrières, une
province isolée de son empire immense. Certes,
des hommes tels qu'André Chénier, Auguste Bar-
bier, Lamartine, ont su faire magnifiquement
vibrer la corde d'airain de la lyre et se sont montrés,
en certaines heures extraordinaires de haute inspiration, poètes et grands poètes dans la satire ; mais

---

1. *Vengeances.*

l'auteur des *Tragiques* et celui des *Châtiments* sont,
en vérité, les seuls démons de la satire française,
qui, ayant cru à leur mission divine de justice et
de vengeance, voulant être soldats, ambassadeurs,
prophètes du Très-Haut, *maintiennent constamment
et naturellement dans un état lyrique leur imagination et leur âme.*

Comme Hugo, dans la dernière pièce des *Feuilles d'Automne*, Aubigné fait profession, dans les
Princes, d'ajouter à sa lyre, qui n'a encore chanté
que l'amour et la joie, une corde nouvelle :

> ... Je n'avois jamais fait babiller à mes vers
> Que les folles ardeurs d'une prompte jeunesse...
> Preste-moy, Vérité, ta pastorale fronde,
> Que j'enfonce dedans la pierre la plus ronde
> Que je pourray choisir, et que ce caillou rond
> Du vice Goliath s'enfonce dans le front...
> Croissant avec le temps de style, de fureur,
> D'âge, de volonté, d'entreprise et de cœur,
> Et d'autant que le monde est roide en sa malice,
> Je deviens roide aussi pour guerroyer le vice...
> Si quelqu'un me reprend que mes vers eschauffés
> Ne sont rien que de sang et de meurtre estoffés...
> Je lui réponds... :
> Cueillons les fruits amers dont ce siècle est fertile.
> Non, il n'est plus permis sa veine desguiser,

il n'est plus permis de ne voir dans la poésie « que
miel, que ris, que jeux, amour et passe-temps,
qu'une heureuse folie à consumer son temps »,
quand l'heure est grave et sombre, quand la patrie,
notre mère, court à une catastrophe dans « la dure
tragédie » qui se joue sous nos yeux,

> Où tant d'actes passés
> Me font frapper des mains et dire : C'est assez!

Victor Hugo renvoie « ces rois qu'on aurait pu bénir, marqués au front d'un vers que lira l'avenir », et son prototype crie aux princes dont il stigmatise les crimes et les hontes :

> J'en ay rougi pour vous, quand l'acier de mes vers
> Burinoit votre histoire aux yeux de l'univers.

Il faut de cette histoire infâme étaler l'horreur tout entière. En ce siècle qui n'ose « ni penser ce qu'il voit ni dire ce qu'il pense », les lâches conseillent au poète un silence prudent :

> On dit qu'il faut couler les exécrables choses
> Dans le puits de l'oubly et au sépulchre encloses,
> Et que par les escrits le mal ressuscité
> Infectera les mœurs de la postérité.
> Mais le vice n'a point pour mère la science,
> Et la vertu n'est point fille de l'ignorance...
> Mieux vaut à descouvert montrer l'infection
> Avec sa puanteur et sa punition.
>
> (Princes.)

Comme le grand justicier du xixᵉ siècle, celui du xviᵉ rétablit les vraies responsabilités ; une des plus graves incombe à l'homme éclairé, mais sans courage, spectateur muet de l'injustice :

> Le malade se plaint ; cette voix nous ajourne
> Au throsne du grand Dieu. Ce que l'affligé dit
> En l'amer de son cœur, quand son cœur nous maudit,
> Dieu l'entend, Dieu l'exauce...
>
> (Misères.)

> ... Bien qu'avec les rois vous ne hochiez la teste
> Contre le ciel...
> Puisque de vous ils sont comme dieux adorés,
> Lorsqu'ils veulent au pauvre et au juste mesfaire,
> Vous estes compagnons du mesfait, *pour vous taire* [1].

---

1. C'est-à-dire : parce que vous vous taisez. (*Princes*.)

« O Dieu vivant, mon Dieu! prêtez-moi votre
force! » Cet appel des *Châtiments* au secours de
Dieu est encore plus fréquent dans le poème plus
profondément religieux des *Tragiques*, qui commence, lui aussi, par l'ombre pour se terminer dans
la lumière, puisque le premier livre est la description
des *Misères* de la France, le dernier, le tableau du
Jugement final des bons et des méchants; d'un bout
à l'autre de l'ouvrage, le satirique répète sa déclaration du début : « J'appelle Dieu pour juge », et
il châtie « avec le juste fouet de ses aigres escrits »
l'insolence de ces « petits dieux enflés », qu'une
verge plus terrible, la verge de fer du Fils de Dieu,
viendra « briser » au dernier jour.

Ainsi conçue, la satire devient la plus sublime
des poésies. Nos deux poètes inspirés parlent le
même langage que les prophètes de la Bible. « Qui
fuira, s'écrie l'un, devant les yeux de Dieu? »

> Quand vous auriez les vents collés sous vos aisselles,
> Ou quand l'aube du jour vous presteroit ses ailes,
> Quand les monts ouvriroient leur plus profond rocher,
> Quand la nuit tascheroit en sa nuit vous cacher,
> Vous enceindre la mer, vous enlever la nue,
> Vous ne fuirez de Dieu ni le doigt ni la vue.
>
> (*Jugements.*)

et l'autre :

> Avenir! avenir! voici que tout s'écroule!
> Les pâles rois ont fui, la mer vient, le flot roule,
> Peuples! le clairon sonne aux quatre coins du ciel;
> Quelle fuite effrayante et sombre! les armées
> S'en vont dans la tempête en cendres enflammées.
> L'épouvante se lève. Allons! dit l'Éternel.
>
> (*Carte d'Europe*, dans les *Châtiments.*)

Le dernier terme de l'état lyrique est l'*extase*. C'est celui où aboutit Victor Hugo dans sa vision magnifique de *Lux*; c'est également celui où s'évanouissent les forces d'Agrippa d'Aubigné, lorsque, à la fin de son poème, après avoir raconté le *Jugement*, il déclare qu'il est à bout d'idées et de mots et qu'il ne peut plus que balbutier :

> Mes sens n'ont plus de sens, l'esprit de moy s'envole,
> Le cœur ravy se taist, ma bouche est sans parole;
> Tout meurt, l'ame s'enfuit, et, reprenant son lieu,
> Extatique, se pasme au giron de son Dieu.

Cette exaltation crée un style particulier qui prend de grandes licences et ne respecte point les règles ordinaires de la raison et du goût. L'esprit du poète a « congé, *par son extase*, de ne suivre, escrivant, du vulgaire la phrase [1] ». Il faut essayer d'entrer dans une analyse un peu plus profonde de ce style singulier.

Victor Hugo fait toutes sortes de fautes : chevilles dignes des Racines grecques [2], absurdités ou non-sens qui sont des accidents de la rime [3], amphigouri [4], longueurs, verbiage, néant qui brille et

---

1. *Les Fers.*

2. Dans le ciel, *que le pied divin foule,*
    Quel sera le plus grand ?
    (*La Fin de Satan.*)

3. La terre est sous les mots comme un champ sous les mouches.
    (*Les Contemplations*, 1, 8.)
    Sur la sévérité des juges la justice
    Pleure comme l'enfant sur le pain noir qu'il mord.
    (*La Fin de Satan.*)

4. Quand notre âme, en rêvant, descend dans nos entrailles,
    Comptant dans notre cœur...
    (*Tristesse d'Olympio.*)

qui résonne ; cependant il écrit un français gram-
maticalement correct [1]. Il a fallu l'impeccable perfection du vers et de la langue de penseurs peut-
être moindres, mais d'artistes plus purs, tels que
Leconte de Lisle, pour nous avertir que l'on pouvait prétendre à une forme plus irréprochable que
la sienne.

Agrippa d'Aubigné est rude, indigeste et obscur ;
incorrect, de toutes les façons. Ses vers de soldat,
qui « sortaient de sa main ou à cheval ou dans les
tranchées », sentent « la poudre, la mèche et le
soufre », non l'huile de la lampe. Ce qui leur
manque, ce n'est pas seulement ce dernier « tour .
de peigne » que Virgile n'eut pas le temps de
donner à son *Énéide* [2], c'est la partie élémentaire
et indispensable de la toilette. Ils sont à la fois
négligés et recherchés ; ils ont le luxe, et ils n'ont
pas le nécessaire. Le texte, improvisé dans les
hasards, non revu par l'auteur, formé d'abrévia-
tions illisibles, d'énigmatiques hiéroglyphes qu'il
jetait n'importe où, est si plein de fautes, qu'on est
tenté, en le lisant, d'y faire quelques-unes des
corrections les plus impérieusement requises, et

---

1. Moins quelques solécismes très rares :

> N'attendez pas de moi que je *vais* vous donner .
> Des raisons contre Dieu (*Toute la Lyre*, t. II, p. 73 de l'édition in-8).
> Et sans église *ni sans* messe (*Ibid.*, t. II, p. 222) ;

et des barbarismes un peu plus nombreux : *traître*, souvent
employé comme un féminin ; *dissoude*, subjonctif de *dissoudre*, etc.
Les barbarismes sont moins graves que les solécismes, parce
qu'ils ne font pas violence à la syntaxe et qu'ils peuvent enrichir
la langue de mots nouveaux ou de doubles formes. *Dissoude*
avait été risqué par Scarron.

2. Montaigne, II, 10.

vraiment on pourrait se les permettre sans sacrilège[1]. Mais ce style est beau de sa barbarie même, de son mauvais goût, de son insolence, et de son fier dédain pour les cuistres qui tiennent la plume mieux que l'épée. N'est-ce pas celui que Montaigne aimait, « nonchalant de l'art », « mâle et militaire », « bref et brusque », « hardi », « le manteau en écharpe, la cape sur une épaule, un bas mal tendu » ? Il entre chez les rois « mal en point », et « hideux, effronté », il leur crache à la face, « pour leur faire grincer les dents », « la mal plaisante vérité[2] ».

> L'imagination, tapageuse aux cent voix,
> Qui casse les carreaux dans l'esprit des bourgeois[3],

est le lutin par lequel nos deux poètes sont menés, pour leur gloire et à leur péril, sur les sommets du beau que des abîmes côtoient. Ce guide très capricieux procède par vives et impétueuses saillies, à la différence de la raison, qui marche pas à pas. Non seulement les images n'ont point entre elles

---

1. Dans ces vers de la *Préface*, par exemple :

> J'eus cent fois envie et remord
> De mettre mon ouvrage à mort...
> Enfin, pour la fin de sa vie,
> *Il me déplut, car il plaisait...*

il est évident que la leçon : « il me plut, car il déplaisait » serait bien plus satisfaisante, puisque l'ouvrage est offensant, que le public l'a peu goûté, peu connu même, et que le poète ne l'a nullement désavoué. En outre, la première « envie de mettre l'ouvrage à mort » semble annoncer un changement final de résolution qui ne se trouve pas dans le texte reçu et qui serait exprimé par la leçon que je propose.

2. Préface des *Tragiques*.

3. *Les Contemplations*, I, 7.

de lien nécessaire comme les idées, mais le trop grand souci de leur suite logique est l'affectation d'un faux bel esprit, dont sont affranchies les imaginations vraiment libres, excepté en matière de *comparaisons*, celles-ci appartenant moins à la poésie et à son essor aventureux qu'à un patient et judicieux travail de composition rationnelle.

Le style d'Agrippa d'Aubigné est *poétique*. Par là j'entends d'abord qu'il est tout constellé d'images originales et soudaines :

> Ce corps est un *logis* par nous *pris à louage*,
> Que nous devons *meubler* d'un fort léger *mesnage*,
> Sans y *clouer* nos biens...
>
> (*Les Feux.*)

Nos rois « *escument* une rue en courant, *attisés* à *crocheter* l'honneur d'une innocente fille », et, devant eux, « le peuple ruiné *à ondes se prosterne*[1] ». Le poète dénonce, dans *les Fers*, les dames de la cour qui ne s'intéressent qu'à la parure, aux chiffons, aux cheveux postiches,

> A l'heure que le ciel *fume de sang et d'âmes!*

Ebloui de sa vision du Jugement dernier, il s'écrie :

> L'air n'est plus que rayons *tant il est semé d'anges!*

Il est superflu de remarquer que ce style continuellement splendide est celui de Victor Hugo. Les images sont tellement habituelles au plus grand des poètes français qu'on reste tout surpris, comme

---

1. *Princes.*

de l'exception la plus rare, quand on rencontre dans ses œuvres poétiques deux vers de suite qui soient de la prose absolument terne et plate, comme ces deux lignes de *Toute la Lyre* (V, 20) :

> Ceux qui parlent ainsi feraient mieux de se taire ;
> Je connais dès longtemps leur vaine objection.

La langue des images étant celle de quiconque a reçu le baptême de feu de la poésie, c'est surtout dans la façon dont nos deux poètes développent l'image qu'il faut chercher entre eux des traits de ressemblance.

Des quatre grandes lois par lesquelles l'imagination de Victor Hugo est régie, deux gouvernent aussi, d'un empire presque égal, celle d'Agrippa d'Aubigné : l'*antithèse*, comme nous l'avons indiqué déjà, et l'*outrance*.

Pas plus que son arrière-neveu, l'ancêtre ne goûte la « sobriété ». Il amplifie, avec un peu moins d'excès peut-être et d'abus, mais déjà sans assez de mesure, par l'énumération, par l'opposition, par un luxe de détails tantôt ingénieux, tantôt choquants, les tableaux que son imagination nous étale. Voyez, par exemple, dans le livre des *Vengeances*, le thème outrageusement et antithétiquement délayé de Nabuchodonosor changé en bête :

> ... Ce roy n'est donc plus roy, de prince il n'est plus prince ;
> Un désert solitaire est toute sa province.
> De noble il n'est plus noble, et en un seul moment
> L'homme des hommes roy n'est homme seulement.
> Son palais est le souil d'une puante boue ;
> La fange est l'oreiller parfumé pour sa joue ;

Ses chantres, les crapauds, compagnons de son lit,
Qui de cris enroués le tourmentent la nuit;
Ses vaisseaux d'or ouvrés *furent* [1] les ordes fentes
Des rochers serpenteux, son vin les eaux puantes;
Les faisans qu'on faisait galoper de si loin
Furent [1] les glands amers, la racine et le foin.
Les orages du ciel roulent sur sa peau nue;
Il n'a dais, pavillon, ny tente que la nue;
Les loups en ont pitié; il est de leur troupeau,
Et il envie en eux la *durté* [2] de la peau.
Au bois, où pour plaisir il se mettoit en queste,
Pour se jouer au sang d'une innocente beste,
Chasseur, il est chassé; il fit *fuir*, il *fuit* [3];
Tel qu'il a poursuivi maintenant le poursuit.
Il fut roy abruti, il n'est plus rien en somme.
Il n'est homme ny beste, et craint la beste et l'homme.

De même, dans le livre des *Feux*, lorsqu'une reine, « prisonnière ici-bas, mais princesse là-haut », va joyeusement au supplice, « pour troquer l'Angleterre au royaume des cieux », l'énumération et l'antithèse nous font passer en revue, sans nous faire grâce de rien, tout le détail de ce « troc » : elle change son trône pour un échafaud, « sa chaire de parade en l'infime sellette, son carrosse pompeux en l'infâme charrette », ses perles d'Orient en fer rouillé, ses bracelets d'émail en cordes pour la serrer de nœuds, et ses riches ceintures en lourdes chaînes.

Un vers effrayant et magnifique du même livre nous fait voir un martyr dont les bras ont eu toute leur chair consumée par le feu, qui, chantant encore dans les flammes les louanges du Seigneur,

Des os qui furent bras fit couronne à sa teste.

1. Il faudrait le présent, non le prétérit.
2. Licence d'orthographe pour la mesure du vers.
3. Le verbe *fuir* est, dans le même hémistiche, un monosyllabe et un disyllabe.

L'enthousiasme lyrique du vieil auteur lui fait trouver des images et des idées étrangement hardies.

Pour un martyr de la foi, être jeté dans un précipice c'est s'envoler au ciel, et, présentée ainsi, la pensée n'est point singulière ; mais quel tour original, quelle expression vive et passionnée lui donne l'exaltation du poète « extatique » ! Celui, dit-il, qui a fortifié son cœur contre la mort,

> Cettuy-là pourra voir
> Le précipice bas dans lequel il doit choir,
> Mespriser la montagne, et, *de libre secousse,*
> *En regardant en haut sauter quand on le pousse!*
> (*Les Feux.*)

L'outrance de l'imagination est une qualité périlleuse ; elle risque de dégénérer en bizarreries que leur affectation rend froides ou risibles, et cet accident, qui n'est pas rare dans les vers de Victor Hugo, arrive à son ancêtre.

Les chiens qui « se sont saoulés des superbes tetins » de Jezabel, deviennent *enragés* ; ce sein sans pitié dont tant de meurtres n'avaient pas assouvi la fureur meurtrière

> A fait crever les chiens; de ton fiel le carnage
> Aux chiens osta la faim et leur donna la rage ;
> Vivante, tu n'avois aimé que le combat ;
> Morte, tu attisois encore le débat
> Entre les chiens grondants qui donnoient des batailles
> Au butin dissipé de tes vives entrailles.
> (*Vengeances.*)

Comme Hugo, en pareille occurrence, n'y aurait pas manqué non plus, Aubigné ne rencontre point le thème de la résurrection universelle sans faire

un dénombrement complet de « toutes les places »
d'où sortent « les visages nouveaux des enterrés » :
non seulement « le ventre des tombeaux », mais
le sein de la terre nourricière et de l'abîme liquide,
les champs, les prés, les bois, les villes, les châteaux et tous les terrains bâtis dont le front des
morts perce les fondements :

> Icy un arbre sent des bras de sa racine
> Grouiller un chef vivant, sortir une poitrine;
> Là, l'eau trouble bouillonne, et puis, s'esparpillant,
> Sent en soy des cheveux et un chef s'esveillant.
> Comme un nageur venant du profond de son plonge,
> Tous sortent de la mort comme l'on sort d'un songe.
>
> (*Jugement.*)

La plainte de la Nature, au jugement dernier,
contre les tyrans qui ont fait d'elle l'instrument de
leurs crimes, est une idée des plus poétiques, dont
l'expression chez Aubigné est presque assez belle
pour que, si de tels vers étaient signés Hugo, on
n'en fût pas extrêmement surpris. Pourquoi, demande le Feu, avez-vous fait de moi un bourreau,
valet de votre tyrannie? Pourquoi, demande l'Air,

> Pourquoy, tyrans et furieuses besies,
> M'empoisonnastes-vous de charognes, de pestes,
> Des corps de vos meurtris? Pourquoy, diront les Eaux,
> Changeastes-vous en sang l'argent de nos ruisseaux?
> Les Monts, qui ont ridé le front à vos supplices [1] :
> Pourquoy nous avez-vous rendus vos précipices?
> Pourquoy nous avez-vous, diront les Arbres, faits
> D'arbres délicieux, exécrables gibets?

---

1. C'est-à-dire probablement : auxquels vos supplices ont fait
froncer le sourcil.

Mais, dans le même livre du *Jugement*, le désespoir des damnés, qui ne pourront plus mourir et qui ont devant eux une éternité de supplices, est une page justement célèbre que rien ne surpasse dans la poésie française :

> Damnés, n'espérez point fin à votre souffrance.
> Point n'esclaire aux enfers l'aube dé l'espérance...
> Abboyez comme chiens, hurlez en vos tourments,
> L'abisme ne respond que d'autres hurlemens...
> Que si vos yeux de feu jettent l'ardente vue
> A l'espoir du poignard, le poignard plus ne tue.
> Que la mort, direz-vous, estoit un doux plaisir!
> La mort morte ne peut vous tuer...
> Voulez-vous du poison? en vain cet artifice.
> Vous vous précipitez? en vain le précipice.
> Courez au feu brusler, le feu vous gèlera;
> Noyez-vous, l'eau est feu, l'eau vous embrasera;
> La peste n'aura plus de vous miséricorde;
> Estranglez-vous, en vain vous tordez une corde;
> Criez après l'enfer, de l'enfer il ne sort
> Que l'éternelle soif de l'impossible mort.

Aubigné s'est penché, comme Hugo, sur le cadavre; sa réponse à l'effrayante question de la mort n'est pas la même que celle du poète philosophe, puisque c'est la vieille réponse de la Bible et de la foi, et ce sont les « faits grands et terribles » du Seigneur qu'il voit sortir « du creux de ces bouches horribles [1] ».

La « grande pitié qui était au royaume de France » pendant les guerres civiles du xvie siècle, la misère, sous Louis XIV, « attaquant les mornes catacombes [2] », et la famine de l'Algérie en 1869,

---

1. *Misères.*
2. *La Révolution*, dans le *Livre épique* des *Quatre Vents de l'Esprit.* Voyez aussi page 162 du présent volume.

ont inspiré au crayon hardi des deux poètes le même épouvantable tableau, celui d'une mère mangeant son enfant.

Citons Hugo d'abord :

> On rencontre une femme au fond de quelque trou
> Accroupie, et mangeant avec un air étrange.
> — Qu'est-ce que tu fais là? — Hé bien, j'ai faim, je mange.
> — Ton chaudron sur le feu, femme, qu'as-tu dedans?
> Ces os, que l'on entend crier entre tes dents,
> Cette chair qu'en grondant ronge ta bouche amère,
> Qu'est-ce? — C'est un enfant que j'avais, dit la mère[1].

Aubigné va plus loin et trop loin dans l'horreur. Il ne nous fait pas grâce de détails devant lesquels le poète moderne a reculé, bien qu'ils fussent dans la tendance de son génie. Une mère affamée, « asséchée », sans lait à ses mamelles, la peau presque trouée par ses os transparents, « horrible anatomie », qui se dresse devant nos yeux, dans son livre des *Misères,*

> Convoite dans son sein la créature aimée :
> « Rends, misérable, rends le corps que je t'ay faict.
> Ton sang retournera où tu as pris le laict;
> Au sein qui t'allaitait rentre contre nature;
> Ce sein qui t'a nourri sera ta sépulture! »
> La main tremble en tirant le funeste couteau,
> Quand, pour sacrifier de son ventre l'agneau,
> Des pouces elle estreint la gorge qui gazouille
> Quelques mots sans accent, croyant qu'on la chatouille...
> De sa lèvre ternie il sort des feux ardents;
> Elle n'appreste plus les lèvres, mais les dents,
> Et des baisers changés en avides morsures!...
> Qui pourra voir le plat où la beste farouche
> Prend les petits doigts cuits, les jouets de sa bouche?...

---

1. *Misère,* dans la deuxième *Corde d'airain* de *Toute la Lyre.*

D'autres massacres d'innocents, dans *les Tragiques*, nous peignent les tremblantes mères « pressant à l'estomac leurs enfants éperdus », « les petits bras liés aux gorges de leurs mères », « les petits pieds fuyant le sang... » ; mais le fer des brutes ne connaît pas plus l'âge que le sexe :

> C'est assez pour mourir que de pouvoir mourir [1].

En même temps qu'une réalité, le spectre de la mère affamée, réduite aux extrêmes fureurs, est un symbole : il représente la patrie déchirée par la guerre civile.

Deux jumeaux, dans *Misères*, se disputant le lait de leur nourrice, se livrent « un combat dont le champ est la mère » ; et l'auteur de *l'Année terrible* s'écrie :

> Mais ce pays meurtri de vos coups, c'est le vôtre !
> Cette mère qui saigne est votre mère !...
> Ici l'armée et là le peuple ; c'est la France
> Qui saigne [2] !...

Pour les satiriques de toutes les époques, le passé fut toujours la honte du présent. Nous avons vu ce que l'antithèse des hommes d'autrefois opposés aux hommes d'aujourd'hui a fourni à la poésie de Victor Hugo [3]. Avec la même religion des tombes, le poëte du xvie siècle fait rougir de leurs aïeux les Français dégénérés, chez qui « la caduque vieillesse qui nous oste l'ardeur » n'accroît que la rouerie du valet et du courtisan.

1. *Les Fers.*
2. Avril, IV, et Mai, V.
3. Voyez page 68.

Vos pères un jour seront vos juges[1]. Vous avez, il est vrai, l'excuse de l'éducation papiste que, pour vous abêtir, vos tyrans vous ont imposée :

> Ils vous ont desrobé de vos ayeuls la gloire,
> Imbu vostre berceau de fables pour histoire,
> Choisy, pour vous former en moines et cagots,
> Ou des galants sans Dieu ou des pédants bigots...

Notre génération impudente n'a plus, dit le guerrier huguenot, « ni respect du vieillard, ni pitié de l'enfant », « ces deux colonnes saintes » que le penseur des *Voix intérieures* reconstruit

> Pierre à pierre, en songeant aux vieilles mœurs éteintes,
> Sous la société qui chancelle à tous vents[2].

Non moins que les ressemblances, les différences essentielles sont intéressantes à connaître.

La principale réside dans la grave religion du poète calviniste et dans sa morale rigide en doctrine, qui le rend chrétiennement sévère à lui-même, tandis que l'ancien catholique des *Odes et Ballades*, devenu libre penseur, se connaît mal, ne se juge guère, se condamne moins encore et se prend trop complaisamment pour un juste, sinon pour un saint[3].

> J'ai senty l'esguillon, le remords violent
> De mon ame blessée et ouy la sentence
> Que dans moy contre moy chantoit ma conscience...
> Le mal bourgeonne en moy, en moy fleurit le vice,
> Un printemps de péchés...
> Change-moy, refay-moi... Fay-moy revivre à toy;
> Séparé des meschants, sépare-moy de moy.
>
> (*Vengeances.*)

1. *Jugement.*
2. *Prélude* des *Voix intérieures.*
3. Voyez page 87 de ce volume.

Objectivement contemplée, la « pasle conscience », qui met « ses esguillons crochus dans la moelle des os[1] », a inspiré à l'auteur de *Vengeances* des vers sur Caïn qui sans doute n'égalent pas le chef-d'œuvre de *la Légende des Siècles*, mais qui l'annoncent et qui peuvent l'avoir préparé :

> ... Il avoit peur de tout, tout avoit peur de luy...
> Vif, il ne vescut point; mort, il ne mourut pas.
> Il fuit, d'effroy transy, troublé, tremblant et blesme;
> Il fuit de tout le monde, il s'enfuit de soy-mesme[2].
> Les lieux plus assurés lui estoient des hasards,
> Les feuilles, les rameaux et les fleurs, des poignards...
> Ses mains le menaçoient de fines trahisons...
> ... Le pis de sa rage,
> C'est qu'il cherche la mort et n'en voit que l'image.
> De quelque autre Caïn il craignoit la fureur...
> Il estoit seul partout, hormy sa conscience,
> Et fut marqué au front, afin qu'en s'enfuyant
> Aucun n'osast tuer ses maux en le tuant.

Ne reconnaissez-vous pas les deux derniers vers de *Sacer Esto* :

> Peuples, écartez-vous ! Cet homme porte un signe.
> Laissez passer Caïn, il appartient à Dieu!

Victor Hugo est républicain, mais Agrippa d'Aubigné est royaliste. Il n'a pas bonne opinion de l'espèce de « bête qu'est un peuple sans bride[3] », c'est-à-dire pour lui, sans roi.

Qu'est-ce qu'un roi idéal?

> Ceux-là règnent vraiment, ceux-là sont de vrais roys
> Qui sur leurs passions establissent des loys,

---

1. *Jugement.*
2. Comparez Victor Hugo :
   > ... Il marcha trente jours, il marcha trente
   > Il allait muet, pâle et frissonnant aux   u
   > Sans repos, sans sommeil...
3. *Les Fers.*

Qui règnent sur eux mesme et, d'une àme constante,
Domptent l'ambition volage et impuissante [1].

Les rois, dans la saine doctrine du vieux poète biblique, ne sont pas moins capables que les autres

[1]. *Princes*. — On peut rapprocher de ces quatre vers deux vers de Victor Hugo :

Qui sait dompter son cœur et ses passions viles
Est plus fort que celui qui prend d'assaut des villes.

Mais ils n'ont pas été, que je sache, recueillis dans ses œuvres. Le 21 juin 1868, déjeûnant à Hauteville House, j'entretenais le poète d'une singulière découverte qu'on venait de faire en France. Un abaissement considérable des eaux du Rhône avait mis à nu, dans le lit du fleuve, un rocher sur lequel était gravée cette inscription :

Quae nudum Rhodano dorsum fatale videbunt
Saecla, ibunt tenebrosa se involventia nocte.

Vivement frappé de ce fait, dont je n'ai pas vérifié l'authenticité et qui n'était peut-être qu'un conte de mon joyeux correspondant de Paris, Victor Hugo me fit répéter trois fois ces douteux vers latins, et, après avoir réfléchi une demi-minute, il improvisa cette traduction :

Les siècles qui verront, Rhône, ta croupe affreuse,
Iront s'enveloppant dans la nuit ténébreuse.

Il me dit alors : « Un de mes amusements favoris, c'est de traduire des vers latins en vers français. Mais je veux que la traduction soit rapide (qu'elle ne me prenne pas trop de temps) et qu'elle soit exacte. Il y a, sur une tapisserie des Gobelins que j'ai là-haut, ces deux vers :

Juppiter aurati pacasset jurgia pomi;
Qui litem sedet sed Paris eligitur.

« François me demandait un jour comment je les traduirais. Je répondis immédiatement :

Jupiter de la pomme eût apaisé la guerre;
Mais Pâris est choisi pour décider l'affaire.

« Un poète du XVI° siècle a dit :

Qui linguam frenare potest sensusque domare,
Fortior est illo frangit qui viribus urbes.

« Je traduis :

Qui peut dompter sa langue et ses passions viles
Est plus fort que celui qui prend d'assaut des villes. »

Le 22 décembre de la même année, Victor Hugo me disait

hommes de régner sur eux-mêmes. Quand ils soumettent leurs passions à la raison et leur volonté à celle de Dieu, alors ils sont dignes du nom de rois. Aubigné distingue — ce que Hugo refuse de faire — les rois des tyrans. Sa théorie monarchique est à peu près celle de Bossuet. « Image de Dieu, » le roi est

> Juste dans sa pitié, clément en sa justice.
> ... Le peuple estant le corps et les membres du roy,
> Le roy est chef du peuple; et c'est aussi pourquoy
> La teste est frénétique et pleine de manie
> Qui ne garde son sang pour conserver sa vie;
> Et le chef n'est plus chef quand il prend ses esbats
> A couper de son corps les jambes et les bras...
> Ce roy n'est donc plus roy, mais monstrueuse beste,
> Qui au haut de son corps ne fait devoir de teste :
> La ruine et l'amour sont les marques à quoy
> On peut connoistre à l'œil le tyran et le roy...
> L'un veut être haï, pourvu qu'il donne crainte;
> L'autre se fait aimer et veut la peur esteinte;
> Le bon chasse les loups, l'autre est loup du troupeau;
> Le roy veut la toison, l'autre cherche la peau...
>
> (*Princes.*)

Le saint diadème posé « sur leur teste insolente », les tyrans, « loups sanguinaires du troupeau domestique », sont « l'ire allumée et les verges de Dieu ». « Fantastiques rivaux de la gloire de Dieu », s'enflant pour imiter la majesté

---

encore qu'il savait par cœur six mille vers latins. En 1815, étant en rhétorique, il lisait tous les soirs avant de se coucher et apprenait une trentaine de vers de Virgile; puis il lisait attentivement trois ou quatre traductions en vers (Delille, Malfilâtre, etc.) et s'imposait, avant de s'endormir, le devoir de traduire le même passage mieux ou aussi bien. Cette gymnastique lui a été merveilleusement utile.

divine, ayant « beaucoup du singe et fort peu des lions », ils sont punis par où ils ont péché :

> Vous restez esbahis
> Que, désobéissants, vous n'estes obéis...
> Vous secouez le joug du puissant roy des roys!
> Vous mesprisez sa loy, on mesprise vos loys.

Comme aux sublimes aïeux leurs petits-fils déchus, Aubigné oppose aux rois d'un peuple en décadence et d'une cour corrompue les princes excellents de notre ancienne histoire. Deux vers que je souligne dans le beau passage que je vais citer sont du grand nombre de ceux qu'il a évidemment *volés* à Hugo : ·

> Jadis nos roys anciens, vrais pères et vrais roys,
> Nourrissons de la France, en faisant quelquefois
> Le tour de leur pays en diverses contrées,
> *Faisoient par les cités de superbes entrées.*
> Chacun s'esjouissoit, on savoit bien pourquoy.
> *Les enfants de quatre ans crivient : Vive le Roy!*
>
> (*Misères.*)

Le poëte huguenot aime Henri IV, mais comme les prophètes aimaient les rois d'Israël : en le menaçant de la colère de Dieu, s'il le renie, et en lui prédisant le fer de Ravaillac :

> Quand ta bouche renoncera
> Ton Dieu, ton Dieu la percera,
> Punissant le membre coupable;
> Quand ton cœur, desloyal moqueur,
> Comme elle sera punissable,
> Alors Dieu percera ton cœur.
>
> (*Préface* des *Tragiques.*)

La sanguinaire folie de Charles IX,. « ce roy, non juste roy, mais juste arquebusier, giboyant

aux passants » ; les amours ridicules et monstrueuses de Henri III, « douteux animal », entouré
de ses mignons, fardé de blanc et de rouge comme
une fille de joie, portant un corset de satin noir,
une jupe, des manches bouffantes,

> Si qu'au premier abord chascun estoit en peine
> S'il voyoit un roy femme ou bien un homme reine [1],

surpassent singulièrement, par l'étrangeté des crimes
et des débauches, comme par la cynique audace du
peintre, tout ce que Victor Hugo a pu nous offrir
de plus horrible et de plus dégoûtant dans ses
récits de la nuit de décembre, dans ses *Éblouisse-*
ments et dans *l'Égout de Rome*.

Le Juvénal du xvie siècle n'a eu garde d'omettre,
par chevalerie, sa satire des femmes, galamment
oubliée du poète romantique ; elle excède avec lui
les limites de la brutalité ordinaire et nous présente des tableaux inattendus, tels que cet im-
payable croquis d'un duel de femmes, dans le premier livre :

> Ces hommaces, plustost ces démons desguisés,
> Ont mis l'espée au poing, les cotillons posés,
> Trépigné dans le pré avec bouche embavée,
> Bras courbé, les yeux clos, et la jambe levée ;
> L'une dessus la peur de l'autre s'advançant
> Menace de frayeur et crie en offensant.

La Chambre dorée, troisième livre des *Tragiques*,
est, pour faire suite à la satire des *Princes*, celle
des juges. On y rencontre la prosopopée, vieille

---

1. *Misères, Princes, Vengeances.*
2. *Princes, les Fers.*

comme la poésie, et que n'a pas dédaignée Hugo,
de la Justice, de la Piété, de la Paix exilées de la
terre et portant leur plainte devant le trône de
Dieu. Trop de personnages allégoriques, selon le
goût ancien, refroidissent ce poème, qui est le
moins vivant de toute l'œuvre ; cependant on peut
mettre à part, dans cette suite d'abstractions person-
nifiées, deux figures, l'Ignorance « au front étroit » :

> Sa grand bouche demeure ouverte à tout propos...
> Elle dit *ad idem*, puis demande que c'est,

et la « misérable Crainte » :

> Son œil morne et transy en voyant ne voit pas...
> Son advis ne dit rien qu'un triste ouy qui tremble...

L'une et l'autre sont impitoyables, la première
par stupidité, la seconde par lâcheté. Un brutal
égoïsme a « fiché sous leur sein ses doigts crochus
pour leur oster le cœur ».

« De la formalité la race babillarde oste l'estre à
la chose, » fait signer de la main « ce qu'abhorre
le sens » et change la plume en « outil de bourreau ». Est-il d'Aubigné ou d'Hugo ce vers sur la
vénalité des gens de loi :

> Rendez-vous la justice ou si vous la vendez ?

Mais leur droite balle, comme eût dit Montaigne,
à ces deux champions intransigeants du droit et de
la vérité, et le vrai gibier de leur satire, c'est
l'Eglise romaine.

« La prestraille aux hypocrites mines[1] » ment

1. *La Chambre dorée.*

quand elle se disculpe de verser elle-même le sang. Puisqu'elle excite et dirige ceux qui le versent, que fait-elle sinon d'ajouter à la cruauté qui frappe les coups la couardise qui dissimule la main? Victor Hugo a démasqué ces bons apôtres aspergeant d'eau bénite le sabre des soldats et des princes; il a dit, dans les *Châtiments*, à certains *Journalistes de robe courte*, trop bons chrétiens pour toucher une épée :

> Vous vous croyez le droit, trempant dans l'eau bénite
> Cette griffe qui sort de votre abject pourpoint,
> De dire : Je suis saint, ange, vierge et jésuite,
> J'insulte les passants et je ne me bats point!
>
> ... Lâches gueux! leur terreur se dégui.e en scrupules,
> Et ces empoisonneurs ont peur d'être assassins.

L'auteur de *la Chambre dorée* s'écrie :

> O vous qui le faux nom de l'église prenez,
> Qui de faits criminels, sobres, vous abstenez,
> Qui en ostez les mains et y trempez les langues,
> Qui tirez pour cousteaux vos meurtrières harangues,
> ... N'êtes-vous pas des Juifs, race de ces docteurs
> Qui confessoient toujours, en criant : « Crucifie! »
> Que la loi leur défend de trancher une vie?
> Des bourreaux ne vivant que de mort et de sang,
> Qui, en exécutant, mettent dans un gant blanc
> La destruisante main aux meurtres acharnée,
> Pour tuer, sans toucher à la peau condamnée?

Le livre des *Misères* et celui du *Jugement* nous étalent l'orgueil immense de la papauté, « marche-pied fangeux » de tous les trônes :

> On voit, sans qu'on s'étonne,
> La pantoufle crotter les lys de la couronne.

Nous entendons « le Dieu en terre », comme
Rabelais appelait le pape, tenir ce langage insensé :

Entre tous les mortels, de Dieu la prévoyance
M'a du haut ciel choisy, donné sa lieutenance...
Rien ne fleurit sans moy... Mon plaisir pour tous droits
Donne aux gueux la couronne et le bissac aux roys...
La gent qui ne me sert, ains contre moy conteste,
Pourrira de famine et de guerre et de peste.
Roys et roynes viendront au siège où je me sieds,
Le front embas, lescher la poudre sous mes pieds...
Je dispense... du droit contre le droit;
Celuy que j'ay damné, quand le Ciel le voudroit,
Ne peut estre sauvé; j'authorise le vice,
Je fais le fait non fait, de justice injustice;
Je sauve les damnés en un petit moment;
J'en loge dans le ciel à coup un régiment...
Je puis, cause première à tout cet univers,
Mettre l'enfer au ciel et le ciel aux enfers.

Mais voici venir le grand jour où tant d'insolence
recevra son châtiment :

Il faut aux pieds de Dieu ses blasphèmes et titres
Poser, et avec eux les tiares, les mitres,
La bannière d'orgueil, fausses clefs, fausses croix,
Et la pantoufle aussy qu'ont baisé tant de roys.

Le héraut de la justice divine dénonce les péchés
de l'Antechrist, « ses fornications, adultères,
incestes », ses vices contre nature et ses crimes
sataniques :

Quand l'orgueil va devant, suivez-le bien à l'œil,
Vous verrez la ruine aux talons de l'orgueil.
                              (*Vengeances.*)

Dieu se sert de tous les moyens, « des vers, allu-
mettes de peste », des poux, « petits soldats de
Dieu ». « Les élevés d'orgueil sont abattus de
poux. » L'empereur Constant, pour avoir suivi la

doctrine d'Arius, « versa en une orde latrine ventre
et vie à la fois [1] », et c'est l'affreuse mort de Saint-
Arnaud :

> Les boulets indignés se détournant de lui,
> Vil, la main sur le ventre, et plein d'un sombre ennui,
> Il voyait, pâle, amer, l'horreur dans les narines,
> Fondre sous lui sa gloire en allée aux latrines [2].

A l'heure où dans je ne sais quel cardinal « tous
les diables moururent », la nature frémit, la terre
trembla, les eaux s'enflèrent, « l'air noirci de
démons ainsi que de nuages » creva de toutes parts
en orages impétueux; car le ciel « serein et beau
ne voit rien icy-bas qui trouble tant sa face que
l'haleine et que l'œil » de certains scélérats [3], et
l'auteur des *Tragiques*, comme celui des *Châtiments*,
fait à la nature les plus poétiques appels; il s'écrie,
lui aussi :

> O soleil, ô face divine!...

La note sublime de la « pitié suprême », qui,
au-dessus de la compassion naturelle pour les victimes du mal, s'élève jusqu'à plaindre, comme
bien plus misérables encore, ceux qui en sont les
auteurs, ne se trouve point dans les *Tragiques* et
ne pouvait pas s'y rencontrer. Elle est l'honneur
de la conscience moderne. Le farouche huguenot
du xvie siècle devait être inexorable et entier comme

1. *Vengeances.*
2. *La Mort de Saint-Arnaud*, dans *les Années funestes* ou dans
la deuxième *Corde d'airain* de *Toute la Lyre.*
3. *Princes. Vengeances.*

la raide justice de l'antiquité biblique ou païenne, et, semblable au plus grand poète du moyen âge, il aurait sans doute traité d'impie le cœur assez faible pour donner aux damnés de l'enfer une pensée de pitié : « Quel plus grand criminel, dit Dante, que celui qui s'afflige des tourments du pécheur que Dieu même a maudit?[1] ».

Malgré son archaïsme, malgré la barbarie de certains sentiments d'un autre âge, la satire d'Agrippa d'Aubigné, comme tout ce qui est vraiment poétique, demeure actuelle en grande partie et se laisse aisément transposer à l'usage de l'âme contemporaine.

Pour lui, comme pour Victor Hugo, il ne peut y avoir l'ombre d'un doute sur le parti qu'il aurait généreusement embrassé, dans notre guerre civile des esprits, par cette simple raison qu'il était un honnête homme, c'est-à-dire une conscience ; un protestant, c'est-à-dire une conscience fière et libre. Il serait assurément pour la vérité contre le mensonge, pour la justice contre l'iniquité, pour les droits de l'individu contre la violence et l'oppression, pour la liberté agitée et féconde contre l'autorité qui achète l'ordre et la paix par le silence de la raison endormie, pour les principes sacrés contre les faits brutaux, pour l'immatérielle puissance de l'idée contre le culte grossièrement superficiel du panache, pour le véritable honneur de l'armée contre un fétichisme

1. *L'Enfer*, XX, 28.

militaire servile et abject, pour la patrie enfin
contre un nationalisme stupide.

Je ne sais rien de'plus honorable, non seulement
pour nos deux plus grands poètes satiriques, mais
pour la poésie, que le soupir de l'âme regrettant
leur absence et disant, quand il y a un combat à
livrer pour quelque noble cause : « Oh! s'ils
avaient été là! » Cet appel au secours que les
beaux vers peuvent apporter à la victoire de la
vérité et de la justice, implique dans la vertu de
la poésie un précieux reste de foi qui est un souvenir de son antique pouvoir et qui est tout le
contraire du dédaigneux respect avec lequel la critique moderne relègue les poètes dans les nuages
et les écarte de l'action utile.

Victor Hugo croyait à sa propre mission sacrée
et à son « devoir de flambeau ». Agrippa d'Aubigné
réclamait pour ses vers prophétiques la sérieuse
attention et le tremblement du pécheur, quand ils
n'étaient que la traduction des menaces divines :

> Il n'y a rien du mien ni de l'homme en ce lieu.
> Ce sont les propres mots des organes de Dieu [1].

Et pourquoi donc la belle poésie serait-elle
moins capable d'agir sur les hommes qu'une prose
infecte dont personne aujourd'hui ne peut songer
à nier l'influence? S'il y a une vérité, contestée
autrefois par je ne sais quels rêveurs dormant les
yeux ouverts, mais que notre dernière « année
funeste » a éclairée comme d'un coup de foudre,

---

1. *Jugement.*

c'est que le journal à un sou est omnipotent, puisqu'il a réussi à oblitérer dans tout un grand peuple ses qualités natives de bon sens, d'esprit net et clair et de sensibilité généreuse. L'*écrit* est devenu le roi du monde. Les hommes de talent qui emploient leur plume à pervertir, asservir, abêtir une nation sont une nouvelle espèce de tyrans et de malfaiteurs couronnés, plus dignes de la colère de la satire que ne le furent jamais les derniers des Valois et les Napoléon-le-Petit.

Contre le poison de la presse, puissance de mort, mais puissance d'un jour, la poésie verse à pleines urnes son onde éternelle et vivifiante.

Il n'est pas vrai qu'elle soit inutile. Ouvrière de la civilisation à l'origine de l'histoire, elle continue, plus qu'on ne le croit, de fortifier le cœur des individus et d'adoucir la barbarie des sociétés. A défaut d'une réforme efficace des mœurs, elle soulage la conscience des honnêtes gens, et c'est ce qu'elle a fait, avec Aubigné, au XVIe siècle; mais, dans le nôtre, avec Hugo, elle a certainement fait plus.

Elle a tué, non, il est vrai, d'un de ces coups qui laissent le cadavre sur place, mais d'une flèche qui s'attache à l'aile de la victime et l'empêche de voler bien loin, les puissances de la Force et de la Nuit : la guerre, l'échafaud, la servitude sociale, la tyrannie, les justices d'exception, l'iniquité des lois, le pédantisme d'une éducation faussant la nature, l'autorité des noirs personnages qui veulent éteindre la raison et supprimer la liberté.

Elle a préparé l'avènement du temps où les frontières ne se dressant plus les unes contre les autres, l'hostilité en armes des nations civilisées sera aussi incompréhensible pour l'homme que l'est devenue, depuis quatre siècles, celle de ville à ville, de commune à commune, de province à province, dans l'intérieur de la patrie française unifiée.

Elle a rendu impossible, non sans doute quelque surprise de la dictature étranglant une nuit la république, mais toute restauration durable de la monarchie; car on peut recommencer, mais non consolider, la folie et le crime stigmatisés pour tous les siècles dans le livre immortel des *Châtiments*.

La poésie de Victor Hugo a consacré l'œuvre de la Révolution, popularisé l'idée du progrès, répandu dans le monde les doctrines libérales.

Elle fait que nous rions et haussons les épaules quand un revenant du passé, pour faire sa cour au pape et à l'Église romaine, feint d'appeler de ses vœux le rétablissement de l'unité catholique; car le libre examen n'est plus la propriété spéciale des protestants et des philosophes, depuis que des vers magnifiques ont célébré l'affranchissement de l'esprit humain; nous savons qu'il ne faudrait rien de moins qu'une Saint-Barthélemy pour réaliser pendant une heure l'utopie d'un recul si monstrueux dans les ténèbres du moyen âge, et, bien que le fanatisme soit capable de tout et qu'il reste toujours prudent de s'en méfier, comme d'un chien qui peut prendre la rage, nous sentons qu'une répétition de la Saint-Barthélemy est peu vraisemblable depuis que la poésie et la musique s'en sont emparées, depuis que l'auteur des *Tragiques* l'a mise en vers et l'auteur des *Huguenots* en opéra.

Si le grand poète du xix⁰ siècle, né un peu plus tard, avait vécu jusqu'à nos jours, il aurait élevé son éloquente voix, bien autrement puissante que la nôtre, pour la défense des droits du citoyen et de l'homme; grâce à lui peut-être la patrie n'aurait pas fait faillite à ses nobles traditions, et alors, au lieu de la défaite morale qui nous humilie aujourd'hui devant le monde, « parmy les estrangers », comme s'exprime en son livre des *Fers* le grand poète du xvi⁰ siècle à peine retouché,

> Parmy les estrangers nous irions sans rougir,
> L'œil gay, la face haut, d'une brave assurance,
> Fiers, et portant au front l'antique honneur de France!

FIN

TABLE DES MATIÈRES

I. — La satire lyrique............................... 1
II. — Lois de l'imagination de Victor Hugo............ 45
III. — Satire générale de l'homme.................... 84
IV. — Idées religieuses, sociales, politiques............ 114
V. — Les crimes de la force......................... 152
    Princes.. 152
    Napoléon le Grand et Napoléon le Petit........ 183
VI. — Les puissances de la nuit...................... 198
    Prêtres.. 198
    Juges.. 213
    Cuistres....................................... 222
VII. — Les bêtes, les choses et la nature dans la poésie
    satirique de Victor Hugo...................... 250
VIII. — De l'injure poétique ou éloquente................ 281
IX. — Agrippa d'Aubigné et Victor Hugo.............. 307

Coulommiers. — Imp. Paul BRODARD. — 1062-1900.

www.ingramcontent.com/pod-product-compliance
Lightning Source LLC
Chambersburg PA
CBHW060939030726
47503CB00003B/655